有爱的青春陪伴者

青季初至
逢徽 著
江苏凤凰文艺出版社
JIANGSU PHOENIX LITERATURE AND ART PUBLISHING

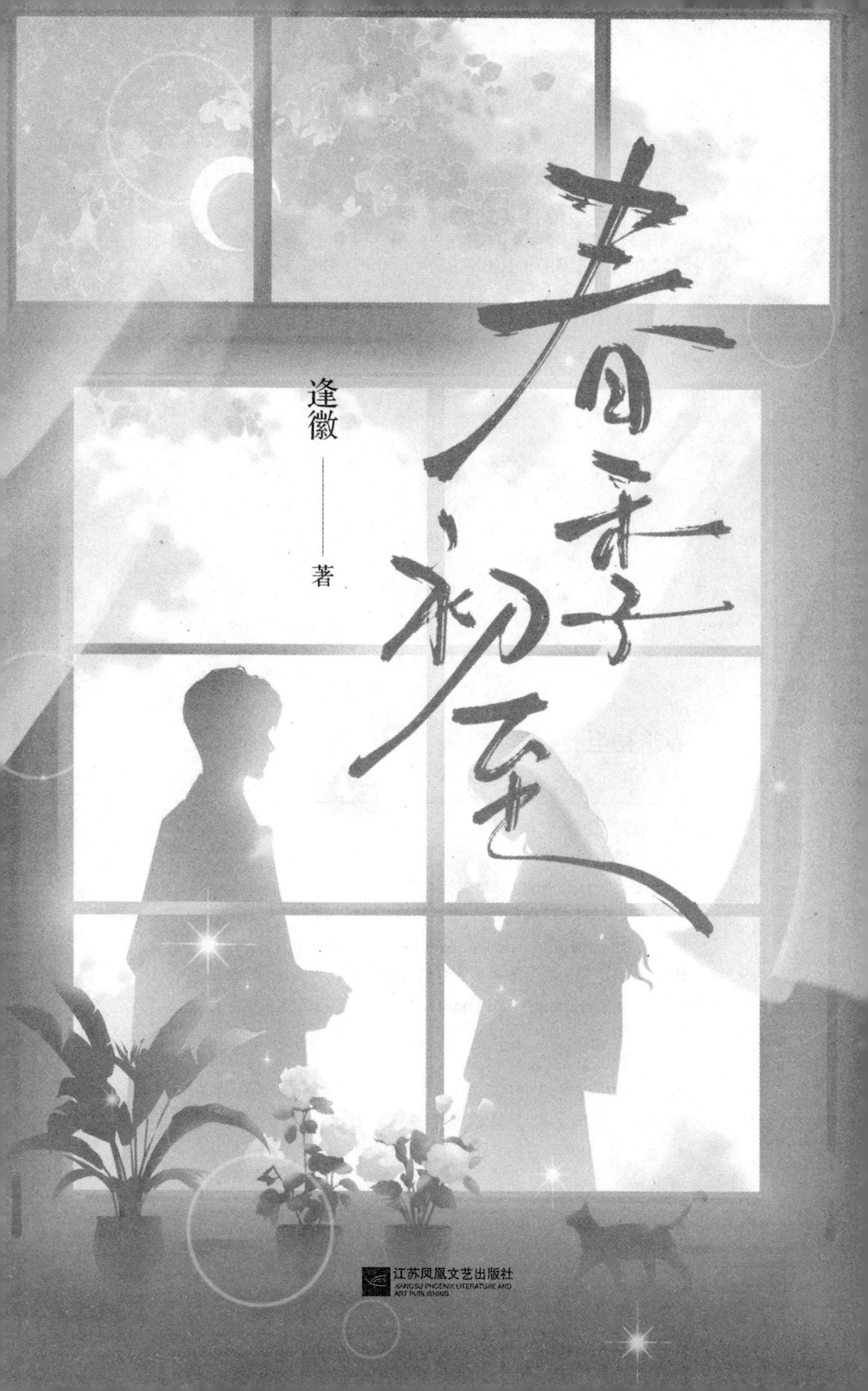

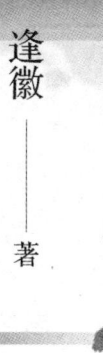

图书在版编目（CIP）数据

春季初至 / 逢徽著. -- 南京：江苏凤凰文艺出版社, 2025.3. -- ISBN 978-7-5594-9254-8

Ⅰ.I247.5

中国国家版本馆CIP数据核字第2025MA7963号

春季初至

逢徽 著

责任编辑	王昕宁
特约编辑	周丽萍
出版发行	江苏凤凰文艺出版社
	南京市中央路165号，邮编：210009
网　　址	http://www.jswenyi.com
印　　刷	长沙鸿发印务实业有限公司
开　　本	880mm×1230mm 1/32
印　　张	9
字　　数	217千字
版　　次	2025年3月第1版
印　　次	2025年3月第1次印刷
书　　号	ISBN 978-7-5594-9254-8
定　　价	42.80元

江苏凤凰文艺版图书凡印刷、装订错误，可向出版社调换，联系电话025-83280257

目 录 /contents

- **第一章** / 重逢 /001
- **第二章** / 试探 /030
- **第三章** / 采访 /055
- **第四章** / 游乐园 /081
- **第五章** / 靠近 /113
- **第六章** / 沉溺 /138

目 录 /contents

- 第七章　　/ 选择 /165
- 第八章　　/ 喜欢 /199
- 第九章　　/ 相爱 /225
- 番外一　　/ 比赛 /258
- 番外二　　/ 旅游 /267
- 番外三　　/ 曾经的日记 /273
- 后　记　　/280

第一章
重逢

临城的五月，晚风中已经带了几分盛夏来临前的燥热。可人在临城同和医院六楼的任初至，心中一片冰凉。

初至看着左手拿着的彩超报告。

彩超上的检测结果，明明白白地写着考虑阑尾炎性病变可能。

耳边是医生温和的声音："急性阑尾炎，建议立即手术住院，如果穿孔就麻烦了。"

初至本来设想的今晚应该是很惬意的：星期天的晚上，和好友周莞一起吃顿烤肉，顺带着吐一吐工作上的苦水，没想到烤肉一口没吃，倒是因为腹痛得走不了路被救护车拉来了医院。

在医院一通抽血、彩超检查下来，幸运的是只是阑尾炎，不幸的是还得做手术。

初至仿佛看见自己这个月的满勤奖开始逐渐飘远，她叹了口气，忍着痛从包里掏出手机。

周莞看见了，连忙凑上去："你干什么？"

初至说："去网上看看别人的阑尾炎手术感受。"

周莞一把拿开初至的手机，以一副过来人的口吻对她说："别看了，越看越害怕。到时候上了手术台你就当睡个觉就过去了。"

初至觉得也对，这时候耳边又响起了医生的声音："小姑娘，考虑好了吗？"

初至抬头看向说话的医生。这位主任医生五十岁左右，戴着一副厚厚的框架眼镜，面容温和敦厚，两鬓的头发已经花白，看上去非常可靠。

初至问："医生，现在做手术是最好的方法了吗？"

医生点点头，毋庸置疑的样子。

初至咬咬牙："那就做！"

签完术前协议，换上手术服，做完一系列术前准备。被推进手术室时，初至一直忙碌着的神经才空闲了下来，此刻她才真切地感觉到害怕。

头顶是天花板上明亮到刺眼的灯光，身下躺着的是冷冰冰的手术台，她心中突然腾升出一种恐慌，双手握成拳紧紧攥着，身体不禁有些僵直，很没出息地有点想发抖。

手术室里满眼的绿色，除了仪器的"嘀嘀"声，一切都很安静。

她脑中一团乱麻地想着，虽然这是个微创手术，可毕竟是手术就有风险，会不会她就是那个天选倒霉蛋？

这有可能吗？

想到这儿，她咬了咬嘴唇，也不是没有可能哦。

说不定明天临城的新闻板块其中之一就是——震惊！本市一任姓女子阑尾炎手术却不幸……

"没事的，别害怕。"

一道清冽的声音打断了她的胡思乱想。初至抬眸一看，这才发现身旁的医生，并不是她之前挂号时交谈的那位医生。

医生身形瘦高，即便戴着防护帽和医用口罩，她依然能从他露出来的那双眼睛和饱满的眉骨判断出，这应该是一位非常年轻的男人。

初至觉得那双眼睛生得很漂亮：眸色黑沉，眼尾上扬，睫毛浓密。看向她的眼神十分平静，平静得让她心中生出一种安定的感觉。

更重要的是，还有种莫名的熟悉感。

她嘴比脑子快地问了一句："医生，我会好好活着的吧？"

这话一出，手术室里的医生和护士似乎都笑了。

医生也弯了弯眼睛，干脆地答道："会。"

这时护士已经开始给初至手上的滞留针推麻药。迷迷糊糊中，初至听见医生的声音仿佛从很远的地方传来："准备睡觉吧。"

然后她就什么都不知道了。

初至在梦里听到有人在叫自己的名字，她想努力睁开眼睛，可就是怎么都睁不开，仍然有一股很强烈的困意。

挣扎着醒来后，隐约听到医生对她说不能睡。

等她真正清醒过来时已经是凌晨了，她躺在普通病房的床上，此时病房内已熄灯。

借着窗外和走廊的灯光，初至注意到坐在病床旁边的周莞正关切地看着她。

见初至转头看她了，周莞这才放下心来，小声说道"你终于清醒了，吓死我了，我都要去叫医生了你知道吗？"

初至想说话，可大概是麻药的劲还没过，她的舌头有点打结似的，捋了好几遍才把想说的话说出来："你快点回家吧，明天早上还要上班。"

说完她咽了咽口水，觉得嗓子现在又哑又痛。

痛得她脑海中不禁浮现出那句：宝鹃！我的嗓子！我的嗓子怎么成这样了！宝鹃！

谁来救救她的笑点。

周莞看着初至因为憋笑而略显扭曲的面部表情，还以为她是伤口太疼了，叹口气说道："忍一忍吧，医生说你术后两个小时都不能睡觉，

/ 003

让我看着你,和你说说话。"

她看着初至从手术室被推出来时,心里是真正惊了一瞬的。平时那么活泼的一个人,那时面色苍白、眼皮半睁不睁地躺在转运床上,看上去无比虚弱的样子。

初至摇摇头,这时才感觉到腹部的伤口扯着痛。她缓了缓才继续说道:"我会看着时间的。"

周莞根本没理初至的建议,自顾自跟她说起了话:"你这样子肯定得请假了,白天给单位请一周的假好好休息休息。我说让你告诉你爸妈吧,你还不愿意,也不知道接下来的几天该怎么办。"

初至:"说了的话他们肯定得兴师动众地来,到时候没来两天我估计就出院了,没事的,实在不行就请个护工。"

初至的父母在川城开了一家小饭店,初至的弟弟再过一个月就要中考了。如果这时候告诉他们自己住院了,父母肯定连店也不看了就得过来,她不想把事情搞得那么麻烦。

半年前,初至无意间跟妈妈视频聊天时,提起自己得了肠胃炎去医院输了液。没想到,第二天爸妈就关店带着行李急匆匆赶过来了,在酒店里变着花样给她煮了各种营养粥,一日五顿地送到单位里看着她喝。

那时候她每天喝粥喝到反胃,吃着这么清淡的食物硬生生胖了五斤,看着女儿的脸终于圆润了些,在初至的再三催促下,二老这才心满意足坐着六小时高铁回了川城。

想起父母那喂猪似的喂她的爱,初至摇了摇头,好可怕,她还是一个人挨着吧。

周莞见初至这样,也就换了个话题说:"给你做手术的那个男医生挺好的,我都不敢动你。是他把你从转运床上抬到病床上的,就你这神志不清的样子,我估计也是他把你从手术台上抬到转运床上的。"

初至思考了一下，很想反驳周莞口中的"抬"这个字，她又不是什么货物，但是话到嘴边，又咽了下去。

和其他的字眼相比，的确是"抬"这个字比较专业。

初至张张嘴慢悠悠地说："回来出院的时候，给他送个锦旗。"

周莞"扑哧"笑出声："这个可以啊，你想写什么？我来帮你订。"

初至想了想："左联——妙手回春救我狗命。

"右联——佛祖保佑再不相见。

"横批——帅哥牛啊！"

周莞听了乐得花枝乱颤，果然人的本性不会变，任初至还是那个任初至，躺在病床上忍着疼痛还能继续插科打诨。

"行，没问题。"

周莞接下来又低声对初至嘱咐了一些术后注意事项，这时旁边病床的人咳嗽了一声。

初至对周莞比了个"嘘"的手势，点头示意自己都明白了。

两个小时后，周莞离开。

周莞走后，初至又迷迷糊糊地睡了过去。

早上八点，一行医生进来查房。

初至住的病床，是三人间最里面靠窗的那张床。

旁边的两张床上住的一个是因为拖很久才来医院，所以情况比较严重的年轻男人。另一个是和初至妈妈年龄差不多大的阿姨。

在对其他两床的病人进行惯例询问后，一行医生来到了初至的病床旁边。

初至一眼认出了一行人中领头的是昨天挂号时和她交谈的主任医师。主任站在病床右侧，笑眯眯地率先开口："小姑娘，你现在感觉怎么样啊？"

/ 005

初至咧咧嘴："还行。"

"放屁了吗？"

初至老老实实地摇摇头："还没。"

"那要下床走动一下，放屁之前都不可以吃东西啊。"

"好。"初至点点头，视线一转看到了站在病床左侧的那位医生。

医生高高瘦瘦的，穿着白大褂，戴着蓝色口罩，露出来的那双眼睛正在盯着她看。

在和初至的眼神对上之后，他淡然地看了她一眼，然后就转移了视线，非常自然地抬眸看向盐水架上的吊瓶。

这时候初至看清了他的容貌，只觉得摆脱了昨天手术时的恐惧情绪后，今天再看他时，那股熟悉感愈加强烈。

初至不由得出声问道："你是……"

戴着眼镜的主任以为她是对主刀医生的年纪有芥蒂，就率先接了话："这位是季医生，也是你的主刀医生。别看他年纪不大，可从实习的时候就跟着我一起做手术了，经验方面你可以放心。"

jì 医生？

听到这话的初至头脑一蒙，她心中隐约浮现出一个可怕的想法。

她好像知道了那股熟悉感从何而来。

初至有两百度的近视，她使劲眯了眯眼，却还是看不清季医生胸牌上的名字。

在确定自己看不清后，她就放弃了挣扎，几乎是脱口而出地问："jì 医生的 jì 是哪个 jì 啊？"

她心中仍抱着最后一丝侥幸心理，毕竟可能是纪律的纪，毕竟眼睛长得像的人也有很多……

"季弥，季节的季，弥补的弥。"

这次不待其他人开口，初至就听到了他的回答。

淡淡的，没什么情绪，像是在回答患者一个再普通不过的问题。

初至的思绪有一瞬的停滞，她觉得自己的心被什么狠狠攥住。

很快，她听到自己嗫嚅说了句："挺好听的。"

对初至来说，距离第一次听到这个名字，已经过去了十年。

那时候也是她第一次见季弥，在高一开学前的军训上。

第一天训练间隙，全班人坐在操场上围成一个圈。教官让站在操场上的每个人进行自我介绍。

每个人都或害羞或热情地进行了一番自我介绍。毕竟是活泼的年纪，同学们大多数说了名字、年龄、兴趣爱好之类。更有兜不住话的同学恨不得把自己的家庭住址和人员关系都说个透彻。

轮到季弥的时候，他只干巴巴地挤出四个字："我叫季弥。"然后便没了下文，在同学们期待的目光下一言不发，无形之中透出一股冷冽。

那时作为班级里活跃分子的初至，自然是不乐意这种长久的沉默，极其大声地问了一句："那你是哪个 jì？哪个 mí 啊？"

这话自然是引起全班的一阵哄笑，一向严肃的教官也笑了。

少年红着耳朵解释："季节的季，弥补的弥。"

初至昨晚知道自己要做手术时还在心中安慰自己：今年是本命年，本命年时进医院做手术是命中注定有这一劫。过了这个劫，接下来的时间也就都能平安度过了。

谁知今天她就深感昨天自己的想法是多么天真。

是谁不好，偏偏是他。

初至闭了闭眼睛，或许这就是传说中的劫中劫？

医生查房离开后，初至躺在病床上艰难翻了个身，这时候手机提示音响了起来。

初至拿来一看，是周莞发来的消息。

周莞：你在干什么？

初至：在等。

周莞：等什么？

初至：等屁也等你。

周莞：啊哈？

周莞：你这话虽然也没啥问题，可我怎么这么不爱听呢？

初至咧了咧嘴巴，发了个可爱的卖萌表情包过去。

没多久，周莞就发了一条长消息过来。

周莞：刚才接到主任通知说午休前要开个全体会议，我应该是没办法提前溜了，最早也得到十二点之后才能去看你了，你先试着自己下床走一走。

初至：好的。

给周莞发完消息，她就打开了相机，按了录像键。

初至把自己病床四周的环境都快速录了一下，随即镜头一转转到了自己的脸，脸色一沉，压低声音说道："领导大事不好了，是谁昨晚在医院痛失了一块肉？原来是我的阑尾被人无情地割了！所以现在整个人就处于元气大伤的状态。我得请一周的病假，这一周的节目我都播不了了。"

录完后，在微信里点开台里领导李东绪的聊天框，选中这段视频按下了发送键。

三分钟后，李东绪的电话就打了过来。

初至按了接听后并未作声。

电话那头声音比较吵闹，呼啸的风声中还掺杂着几句字正腔圆的路线导航声，应该是正在开车。

一道成熟的男声传了过来："初至？"

初至立刻虚弱地应道:"领导,是我。"

"你给我发的视频我看到了,那你好好休息吧。台里的事情就不要操心了,明天我去医院探望一下你。"

初至一听这话立刻就警觉起来:"探望就不必了,但是领导我有一句话一定要说。"

"你说。"

"请一天病假扣的是半天工资啊,你千万别搞错了,工资本来就少得可怜,可不能再给我扣多了。"

电话那头是良久的沉默。

"任初至……"

初至感觉形势不对,还没等领导说完话就立刻卖乖:"行,领导,我相信你,你知道就行了,挂了啊我休息了。"

"等等!"

初至本已拿下来的手机又放到了耳边,疑惑地问:"什么事?"

"我再跟你强调一遍,以后都不要一遇到什么事,就把领导和大事不好这两个词连在一起说。我目前身心健康,一切都好得很。"

初至:"哦……"

挂了电话后,初至把手机往床头一放,躺在床上又忍痛翻了个身,丝毫没有要起来的意思。

她在脑海里算自己这个月得被扣多少钱,又想了想这次手术要花的医药费,不由得长叹一声,谁能救她出这片贫穷的苦海。

这时,护士进来给初至换吊瓶。护士见她一脸痛苦的样子,不由得关切地问:"你很疼吗?"

这时,初至缓缓抬起手摆了摆:"美女,你可能不太了解,我们真正的勇士从不喊疼,只会说爽。我现在可太爽了。"

护士被逗笑了,末了还不忘嘱咐一句:"你要起来走一走的。"

初至点点头,这时却看到季弥从外面走了进来。

此时护士已经换好吊瓶,给季弥打了声招呼就走出了病房。

季弥径直走到初至的病床旁边,见她仍在床上安逸地躺着,不由得皱了皱眉头:"你怎么还不下床走一走?"

初至见到他,顿时也没了耍宝的心思,只觉得自己像是被老师逮到的没写作业的学生。

她有些理亏地说道:"那个,我的伤口还有点疼。"

季弥扯了扯嘴角:"刚才是谁说的不喊疼的?"

初至一噎,讪讪地说:"那是,我开玩笑的……我现在可以不下床走吗?"

"如果你想肠粘连的话,可以。"

听着季弥毫无感情的声音,初至心头一凛:"可是我的朋友最早也得中午才能到,我一个人……"

我一个人又走不了。

这句话的下半句她却怎么都说不出口。

很像一种示弱,又像是一种无能为力,或许换个医生她就说出来了,可是对着季弥,她并不想说。

像是知道她会说什么似的,季弥几乎是在她开不了口的下一秒就接道:"从现在开始,我陪你走半个小时。"

说完他就伸手把初至的床往上摇,紧接着蹲身下来,把床边的鞋子摆好。

初至惊讶地看着他乌黑的发顶,此刻他因为低头,所以额前的碎发落了下来遮住了眼睛。

看不清他的表情,也无法感知他的情绪。

这未免也太熟稔了一些,可是不该是这样的。

初至不知道该说些什么,纠结半晌后才开口:"你……你不认识我了吗？"

说完她就重重咬了一下自己的嘴唇，这可真不是一个好问题。

果不其然，季弥扶着她的手顿了一下，淡淡地道："我应该要认识你吗？"

季弥的声音很平静，平静得让初至没来由地有些难过。

其实细算下来，他们之间已经有九年没有见过了。

九年之间可以发生的事情太多，即使忘记一个人，即使那个人曾经与自己关系匪浅，也是情有可原的。

更何况到现在，她为数不多见他的几面里，他的脸庞都遮在厚重的口罩后面，初至甚至都不知道他现在究竟长什么模样。

她对他的所有记忆，都停留在九年前，回忆起来的也是那张清俊却又略带稚气的脸。

回忆中的脸庞和眼前的人交织重叠，他比那时候又高大了一些，身量比起少年时的骨骼纤细更多了几分成年男人的沉稳可靠。

那时他对自己非常有耐心，即使被惹急了，他也不会这样冷漠地跟她说话。

初至接下来没有说话，只是按照季弥的指示扶着他的手臂。就这样走出了病房，慢慢在走廊里散步。

说是季弥扶着她走，可她因为伤口痛又没什么力气，几乎大半个身子的重量都压在季弥的身上。

刚开始初至还特别不好意思，她悄悄抬头瞥了一眼身旁的季弥，见他目光淡淡的样子，也就想开了。

既然有人愿意主动扶着她走，那就放宽心走吧，更何况季弥扶她扶得很稳。男生就是劲大，如果换成周莞来都不见得能扶起她。

稍微走个几步，初至就会因为扯到伤口而要站在原地休息一会儿。这时候季弥也会安静地站在她身边，没有一点不耐烦的样子。

偶尔有医生快步经过走廊时会跟季弥打声招呼,紧接着好奇的目光就会在初至身上停留一会儿。

初至无所畏惧,看就看吧,医生帮助病人这是好事,回来她可是要送锦旗的。

目前令初至更头疼的问题却是两人之间的氛围。

如今再见面时应该说点什么呢?

是故作轻松的普遍问法——你这些年过得怎么样?

还是煽情版本的——其实这些年我心中一直有你?

初至觉得自己的脑细胞在因为思考这个问题而快速消亡,主要是他们太久没见,相识的时候又都太年轻。

比起说这些,或许她还是问他今天早上吃了什么更合适一点。

毕竟现在两个人好像也没有这么熟。

"你——"

"你——"

初至和季弥同时开口,两人又都很有默契地在说完一个字后同时停止。

初至立刻松了口气:"你先说。"

季弥也没跟她客气:"你有感觉了吗?"

初至疑惑:"嗯?"

季弥提醒得很文雅:"排气。"

初至有点尴尬:"这个的感觉倒是没有。"

季弥立刻敏锐地听出了她的话里有话,毫不客气地追问道:"那你有感觉的是什么?"

初至低头不语,觉得自己还是不要想着说话了,凭自己这漏洞百出的智商,不言不语保平安。

两人从走廊的这头走到了那头,又从走廊的尽头走到了病房门口。

初至拿出手机看了眼时间，还有五分钟到半个小时，不由得说了句："你先忙吧，等中午我朋友来了，我再让她陪我走一走。"

"再走五分钟。"

初至是真的走不动了："真的不用了，我……"

话未说完，初至就感觉到有一阵气体非常不合时宜地从自己的体内跑了出来。

听到声响，季弥率先松开了手，平静地说道："行了，回去吧，可以开始吃些流食了。"

说完，他就往前走了，只留下一个在原地凌乱的初至。

初至见他离开，才如梦初醒地喊了一句："你等等。"

前方的季弥停了下来。

初至深吸一口气，扶着墙一瘸一拐走到他身旁，强装淡定地说："刚才不是我，是你幻听了。"

季弥仰了仰头，随即似笑非笑地偏头对初至说了一句："哦。"然后就快步离开了。

初至：嗯？

这个"哦"字是什么意思？被他说得怎么那么像嘲讽？

算了，不过是屁大点事，她不纠结了。

初至回到病房刚刚躺倒，病床和病床之间遮住的帘子突然"唰"的一声被拉开。

寻声一看，原来是隔壁床的阿姨。

阿姨此刻满面笑容地看着她，手里拿着一个苹果，问："丫头，吃苹果吗？"

初至笑着摇摇头："谢谢阿姨，我不吃。"

阿姨顺手把苹果放在了床头柜上，却没有结束话题的意思："丫

/ 013

头,阿姨问你啊,那个季医生和你是什么关系?"

初至一怔,这该怎么说?

"嗯……他和我是高中同学。"

阿姨听到她说这话才放下心来:"原来是同学啊,我看他帮你,还以为你们是亲戚或者男女朋友呢。"

初至端起床头的水杯摇摇头:"不是。"

"那就好,我家闺女是在读研究生,现在都二十五了还没对象。我愁得觉都睡不着,还寻思着把我闺女介绍给季医生呢,这个年头小姑娘找个好对象多难啊。"

初至闻言一口水直接喷了出来。

阿姨连忙热心地给她递纸巾:"哎哟,丫头喝慢点,喝慢点,这咋喝口水还能呛住呢?"

随即阿姨神神秘秘地往她这边移了移:"我没好意思直接问季医生,昨天我还问了科室里的护士呢,听说季医生现在是单身,还是临城医科大学毕业的呢。"

三甲医院的外科医生,工作稳定体面。

临城医科大学,国内首屈一指的医科大学。

按照高中时候的样子那么长,季弥的外形条件的确是很出色的。

种种条件综合,的确是相亲市场上的优秀男士,家有千金的父母心中的最佳女婿。

阿姨说这话的时候神情中透露着满意,真是应了那句老话——丈母娘看女婿,越看越欢喜。

初至的大学也是在临城读的,更重要的是,医科大学就在她学校的对面。

可大学整整四年,她没有见过他一次。

想到这儿,初至在心里叹了口气,原来那四年里他离自己那么近。

命运是多么奇妙,而他们之间又是多么……有缘无分。

下午一点钟,周莞准点出现在初至的病房里。

初至看见她左手拎着食盒,右手拎着……一对拐杖?

周莞笑眯眯地把拐杖靠墙放下:"小初初,等急了吧?我给你送拐来了,是我今天特意托之前骨折的同事带来的。"

初至挠了挠头发,说:"我是挺感动的,但是我应该也没有这么严重吧。"

周莞一副你不懂的样子说:"我得扶你起来活动啊,万一我力气不够扶不起你的话,你是不是得拄拐啊?"

"不用了,我等到了。"

周莞不明所以:"你等到了?你等到什么了?"

初至淡定地说:"两个都等到了。"

周莞一下子想起她早上给自己发的短信,明白过来。

周莞不由得问道:"谁帮你的啊?"

"医生。"

"天哪,这医院的医生这么好啊!"周莞感叹道,"赶明儿我生病了我也来这……哦不,我还是不要生病了吧。"

"那这碗鸡蛋羹你趁热吃吧,我还想着回来要是凉了该怎么办呢。"

周莞把饭盒递了过去,初至看着黄澄澄的鸡蛋羹说道:"不愧是我的全球粉丝后援会会长,真是尽心尽力,我可太感动了。你放心,等我以后火了这个位置还是你的。"

周莞听了这话笑出了声:"我谢谢你啊,快吃饭吧。"

初至刚吃两口,手机就响了起来,一看屏幕原来是妈妈打来的视频电话。

初至连忙把手机递给周莞:"快替我接一下,我现在穿着病号服呢,我妈肯定能看出来。"

周莞硬着头皮接了电话。

视频那头传来热情洋溢的女声："是小莞啊，你吃饭了吗？"

周莞和初至是大学时的室友，两人学的都是法律，毕业后都留在了临城工作。周莞大四那年考进了事业单位，初至则是进了电台当音乐节目的主持人。

因为两个女孩的交情太好，所以两家的父母也都互相认识。

周莞看着视频里的阿姨，笑容满面地说道："我和初至一起出来吃饭的，她刚刚上厕所去了，阿姨您有什么事情吗？"

"没啥事，就是今天一起来就觉得心里不太安生，所以打个电话给初至问一问，你们好好地就行，这段时间换季注意身体啊，不要感冒了。"

有惊无险地结束了这次通话，周莞把手机递给初至："一会儿再给阿姨发条语音消息讲一下吧。"

在外地打拼的年轻人，习惯了对家里报喜不报忧。

初至点点头，接过手机。

周莞下午还要上班，嘱咐了初至几句后就离开了医院。

初夏的阳光非常浓烈，透过纱窗大片大片地照射进屋内。

初至的脸庞被这光照得有些发烫，她转过头被光亮得眯了眯眼睛，后知后觉地感知到今天的天气很好。

女孩的思绪不由得有些恍惚，仿佛时光又回到了高一时的那个午后。

那时她还在对季弥死缠烂打，极尽所能地献殷勤。

用季弥同桌的话来说，就是给初至一条尾巴，如果说初至对季弥的喜欢可以用摇尾巴来表示的话，初至都能被尾巴摇得飞上天。

有天中午，她从食堂买完饭回到教室时，发现只有季弥一个人在教室后排趴在桌子上睡觉，就蹑手蹑脚地走了过去。

整个教室空荡荡的，就只有她和季弥两个人，这让她心中有一丝丝甜。

她坐到了季弥旁边的座位上，正午阳光炽烈，她就把语文课本竖了起来，替季弥遮挡阳光，希望他能睡得舒适些。

可还没挡多久，季弥就醒了，声音有些哑地问她在干什么。

初至笑容满面地答道："在给你遮光。"

可他并不领情，伸手拿回了初至手中的语文课本，淡淡地说了句"不必麻烦"后就转了个方向睡觉，只留给初至一个黑黢黢的后脑勺。

那时候啊……

那时候的青涩，那时候的心动，现在回想起来，真是恍若隔世。

晚上九点，麦格酒吧门口，一个穿得像花蝴蝶一样的男人翩然飞进了酒吧里。

他一眼就在五光十色的彩灯下锁定了吧台处坐着的季弥，长腿一迈，几步就坐到了季弥身旁，自然而然地把手搭在了季弥肩上。

"我说季医生，哥们够意思吧，你一个电话我就抛下美女来陪你了。"

季弥平静地说道："赵修齐，把你的手从我身上拿开。"

赵修齐笑嘻嘻地说："给老子搭一下都不行，真是小气。"

赵修齐把手收回去后拿起酒瓶就往杯子里倒，目光无意间触及季弥面前摆着的玻璃酒杯时，顿感不对劲，拿起来闻了闻果然是水。

他顿时不满地嚷嚷了起来："好兄弟，你说让我来陪你喝酒，结果你自己喝的却是水，这不太地道吧？"

/ 017

"明天还有手术。"

赵修齐听到这话明白了，也没再说什么。

他和季弥是大学同班同学，不过毕业后季弥选择了做医生，而他则是回家做生意去了，俗称继承家业。

赵修齐摇了摇酒杯："我来的急，都忘了问你怎么转了性？平时这个点你不都应该在家听广播吗？今晚怎么有时间出来了？"

季弥不知道怎么回事，看上去对什么都不感兴趣的一个人，大四那年忽然迷上了广播，每晚九点就要开始他固定的听广播时间。

偶尔的确需要做实验，或者导师开会错过了这个听广播的时间，那他第二天也一定要抽出时间来听回放。

赵修齐把这理解为人类的弱点，比如自己的弱点就是喜欢美女，而季弥的弱点就是听广播。

刚开始他并不理解，但是和很多周边的人比较了一下，觉得还是季弥的这个古老的弱点最好，健康又省钱。

季弥听到这个问题顿了一下，轻声说："这段时间都不用了。"

赵修齐也没追究，只是以为他又换了爱好："我记得上次你找我喝酒还是上学的时候了，那时候你前一天又是买西装又是买花的，吓死老子了，这些年你身边连个女人的头发丝都没见过，老子还以为你要跟我求婚了。你都不知道我那时候多惶恐，在失去兄弟和被逼断袖的选择中生不如死。结果第二天花还好好地在宿舍里，你却在酒吧里喝酒。"

说到这儿，赵修齐就有些愤愤不平："到现在还不肯跟哥们说怎么回事，到底是被谁伤了心啊？你尽管说，不论是男是女，哥们都肯定会帮你的！"

说完他就往嘴里送了一口酒，也没指望季弥能真的跟他说什么，毕竟这位兄弟非常能藏事，所以在他听到季弥接下来说的话时，基本可以用"震惊"两个字来形容。

他听见季弥闷闷的声音:"如果一个女孩十几岁的时候说过不喜欢你了,那这辈子还有再喜欢你的可能吗?"

赵修齐几乎不敢相信自己的耳朵,他这几年做生意走南闯北也算是见识不少,但都比不上此刻季弥这句话的威力。

这个淡漠到感觉可以第二天就去出家的男人,也会为情所困吗?

更让他不解的是,根据季弥这话的意思,他还是被拒绝的那一方?

"你要当舔狗?"反应过来后,赵修齐精简地总结了季弥的意思,终于爆发出今天的第一声吼。

这话说得很大声,即便在喧嚣无比的酒吧里也格外刺耳,引得附近的好几个人侧目往他俩这儿看。

季弥无语地看着眼前这个情绪起伏极大的男人,没想到他的发散思维强到这种不着边际的地步:"你淡定一点……"

赵修齐激动地站了起来,像是一个被戴了绿帽子的可怜男人:"我怎么淡定?你让我怎么淡定?我一直以为你这种长相永远会是被舔的那个,怎么有朝一日也要沦落进我们舔狗的队伍了?你这种都要舔了我们还怎么活?我不接受!"

随即他又有些幽怨地搂住了季弥的胳膊:"哥们,你肯定还不太熟悉舔的流程,我给你出个好主意,你可以先试试舔我,然后我这个资深舔狗再指出你哪方面舔得不对,这样你才能有进步不是吗……"

季弥忍无可忍地伸出修长的手指捏住身旁的酒瓶,冷冷说道:"你再这样恶心,我不保证这个酒瓶下一秒会出现在哪儿。"

赵修齐瞥了眼被季弥紧紧握着的酒瓶,放开了搂着季弥的手,口中仍然碎碎念着:"你好无情好冷漠……"

季弥从酒吧里出来时,初夏的晚风吹散了些心中的烦闷。

他回想起刚才赵修齐真挚的脸:"哥们跟你说句实话,这时候最

/ 019

好的做法就是以不变应万变。"

他眼眸漆黑地看向夜色深处,真的能做到不变吗?

新的一天,早上一行医生过来查房时,初至并没有看到季弥。

好消息就是医生告诉初至她恢复得挺好,可以去换药了。

上午护士小姐姐来给她拔了滞留针和镇痛泵。

尽管昨天初至拒绝了领导提出的探望,但是十一点的时候,李东绪还是拎着一箱酸奶和两袋水果过来了。

李东绪询问了一些初至病情上的事情,两人之间象征性地说了些客套话,基本都是李东绪叮嘱她要好好休息、不要太辛苦之类的。

说完,李东绪还递给了初至一个红包。初至忍啊忍,硬是忍到领导走了之后才拆开来看。

已经很久没有收到红彤彤的现金了,打开红包后初至数了数,整整五百块钱!

逢年过节台里也没有发过这么多。

初至立刻警觉:无事献殷勤,非奸即盗。

领导这是憋着什么坏呢?

但是钱财带来的喜悦还是暂时迷住了她的心。不管了,今朝有酒今朝醉,今天有钱就开心。

中午周莞来送饭的时候,递给了初至一个长条状的盒子。

初至疑惑地问:"这是什么啊?"

"你说要订的锦旗啊,我办事速度吧,今天就到了。"

初至挠挠脑袋,好像是有这么一回事,不过做完手术的那天晚上她究竟说了什么她都忘得差不多了。

初至打开锦旗一看,锦旗的红底金字简直要闪瞎了她的眼睛。

左联——妙手回春救我狗命。

右联——佛祖保佑再不相见。

横批——帅哥牛啊！

左下角一行小字：患者任初至敬赠。

初至"嘶"地吸了一口凉气。

这上面的话真的是从她嘴里说出来的？

周莞在一旁得意扬扬地说："怎么样？我的记忆力不错吧，和你那晚说的一字不差哦。"

初至无奈地仰了仰头。

倒是希望你的记忆力能差一点。

这话好羞耻，她还是不要去送了。

她刚要把锦旗卷起来时，就听见旁边病床阿姨的一声吆喝："哟，丫头，你这是要送季医生锦旗吗？你说说我怎么就忘了这碴儿呢！不应该啊！"

初至听见阿姨的这几声大嗓门，不禁心中一颤。

果然，阿姨看热闹不嫌事大地还拍了拍给她换药的护士："姑娘你看看，这丫头多热心啊，要送医生锦旗呢！"

一时间病床里的所有人都眼睛亮晶晶地围到了初至床前，就连左边床那位脚一落地就哭天抢地喊疼的年轻男人，此刻也拄着拐，身残志坚地来看锦旗了。

由此可见，八卦带给人的力量是无穷的。

所有人都很快乐，除了初至，她真的好想死。

她握着锦旗的手都有点发抖，在一群人的注目下，脑袋晕乎乎地开始放歌：我好想逃却逃不掉……

最后还是护士宽慰似的拍了拍初至的肩膀，憨笑道："都是好意，季医生能理解的。"

嘴上虽然说着季医生能理解的，但她还是决定把这件事当作近期

/ 021

遇到的最好笑的事情，给全科室的人都讲一遍。

初至现在只有一个想法：看来这锦旗是不送也得送了。

周莞走后，初至下床在走廊里溜达了一圈，在一个小小的会议室里看到了季弥。

他正坐在椅子上快速敲着笔记本电脑的键盘，应该是在记录着什么。

这时的季弥没有戴口罩，初至愣愣地看着那张脸，桃花眼，笔挺的鼻，厚薄适中的唇，流畅立体的脸部轮廓……

他还是很好看，甚至比高中时更好看了。可这种熟悉的陌生感还是让她一时间有点发怔。

此时季弥也看到了站在门口的初至，起身走到了她身前，问道："什么事？"

初至笑了笑，把手上的锦旗递给他，说："送你的，谢谢你这几天的照顾。"

没想到的是，季弥会立刻当着她的面打开锦旗。在他打开锦旗的瞬间，初至选择闭上眼睛。

季弥看着锦旗上金光闪闪的字，难得地微微笑了笑，的确是只有她才能想出来的。

"我知道了，谢谢你。"

初至闻言睁开眼，见他并没有生气的样子，松了口气，可原来想着让他举着锦旗照张合照的要求却不敢再提。

"你恢复得挺好的，没什么问题的话明天就可以办理出院了。"

大概是想起了以前，又大概是出于一些其他的原因。听到这话，初至心中滋生出些许不舍的情绪。

她想都没想开口就说："这么快？我可以多住几天吗？或许你们

还可以给我再做个彩超,看看有没有什么剪刀、纱布之类的东西落在我肚子里……"

还未等初至说完,季弥就打断了她:"不会。"

初至不明所以:"啊?"

季弥耐着性子解释道:"不会有任何东西落在你的肚子里。"

初至还想做一番讨价还价,低头轻声说道:"哦,那我真的不可以多住几天吗?我跟台里请了一周的假……"

"任初至。"这是这几天以来,季弥第一次叫她的名字,初至抬起头看他,可他的声音却有些冷,"医院不是你家,既然病好了就回去,不要待在医院浪费医疗资源。"

初至被他这话说得有些蒙,怔怔地看了他一会儿。

半晌,她才开口轻声说道:"你和以前相比,变了挺多的。"

季弥扯了扯嘴角:"你倒是没怎么变。"

初至看向他,眼中有着探究。

"还是一样的任性妄为。"

新的一周,任初至着急忙慌地推开临城广播电视台的玻璃门,迅速冲向电梯的方向。

初至的广播时间是每晚九点到十一点,她一般都会提前一个小时过来台里。

不过今天李东绪说六点有个会议要开,她下午还出门一趟去配了副眼镜,本来是算好了时间的,没想到还是迟了一步。

因为经常昼伏夜出,她低估了临城市晚高峰地铁的壮观程度。

初至费了九牛二虎之力,挤得鞋都要掉了才挤上了六号线。还没松一口气就被一个穿着皮裤的女人嫌弃地问:"我马上就要下了,你挤过来干什么?"

初至心里那个无语啊,怎么,临城市的地铁被你承包了吗?管天管地还管别人挤到哪儿啊?

她当时就说:"这位大小姐,你看民女这像——"

你看民女这像有的选吗?

只不过话未说完,前面一拨人就又挤了过来,初至在人群的裹挟下远离了那个皮裤女,又有更多的人把皮裤女从地铁门口往里挤。

初至看着这幅场景,觉得不用她说,对方也应该能明白了。

可一切都抵不上目前情况的紧急,还有一分钟就要到六点了,眼看着不远处的电梯门就要缓缓闭合,初至急中生智大喊一声:"电梯里面的好人,等等我!"

本来即将关上的电梯又因为这句话缓缓开启,初至原本停下的脚步又充满动力。

终于喘着粗气跑进了电梯,初至感激地想跟好人道个谢。没想到抬眼一看,眼前的好人,不正是打着电话催自己来台里开会的李东绪吗?

领导还在这儿呢,初至放了心,"嘿嘿"一笑道:"领导,可真巧。"

李东绪点了点头,关切地问道:"你身体恢复得怎么样?现在能工作了吗?"

初至非常狗腿地回答道:"领导你放心,我身体恢复得倍儿棒,继续为台里效个三十年的犬马之劳肯定是没问题的。"

李东绪被她这话逗笑了:"行,我期待你的表现。"

很快,在会议室里的初至就明白了领导说的"表现"是什么意思。

前些日子,电台负责"人物之声"板块的主持人李萱休产假去了。于是,在李萱休产假的这段时间里,每周三次,每次两小时的主持时间便均摊到了台里其他的主持人身上。

李萱休假前,领导给全体主持人开了个会,一起探讨这每周三次的空缺该怎么填。

初至记得在领导让大家提建议的这个环节上，同事们都噤若寒蝉，只有自己豪气冲天地实诚提了建议："我觉得可以找各行各业的人来当嘉宾，我们主持人可以问一问嘉宾在这个行业里的感受，能够让听众对现代社会各个职业有更多的了解。"

李东绪听了这话，眼睛一亮，笑眯眯地夸赞道："这个提议不错，还是初至有想法！"

初至一听自己受表扬了，笑得比领导还开心。

可是接下来领导的操作让她深切明白了什么叫"枪打出头鸟"，什么叫"无知者无畏"。

李萱休假的第一周，领导就让初至代这一周的班，初至觉得自己代班也就算了，更过分的是领导要求主持人自己找嘉宾！

初至觉得那段时间，同事们看着自己的眼神都有点说不清道不明的忧愁意味。

都不说同事们了，就连初至自己都找不到人。

初至的大学生活可以说是枯燥无味的三点一线——宿舍、教室、打工点。

除了宿舍里的室友，她和别的同学都算不上相熟。

更何况，如今大学同学大多不在临城，出差的出差，回老家的回老家。初至在这个城市里举目四望，找不到除周莞之外的第二个能一起出来吃饭的人。

最后初至求爷爷告奶奶费了老鼻子劲，才找来三个不同职业的人，其中还包括被她拉来充数的周莞。

就在初至以为任务终于圆满完成，这个劫数她终于平安度过的时候，领导却说因为有个主持人去外地学习了，她还得再找一位嘉宾来参加这周六的节目。

李东绪笑容满面地看向她:"初至,下周李萱就回来了,这站好最后一班岗的任务就交给你了啊,别让我失望。"

初至想起李东绪在医院里给自己的那五百块钱,深切地叹了一口气。

原来自己那时还是太年轻,不懂命运给予的礼物早就在暗中标注好了价格。

初至想四十五度角仰望天空,不让眼泪流下来,可看到的只是公司白花花的墙壁。

她觉得自己此刻有些迷茫、有些空洞,如今还能去找谁?

如果去求求那位因为拆迁而拥有了三栋楼的房东阿姨的话,她会来参加吗?

然后呢?然后会因为阿姨在节目里大谈特谈自己每日看花遛狗的逍遥收租生活,而引起一些仇富心理吗?

初至摇摇头,这可不是什么正能量啊。

设想一下那个场景,初至觉得都不用旁人听,她自己在直播间里听着可能都要因为羡慕嫉妒而吐血了。

算了,回来再想这件事吧,先做好今天的工作再说。

"北京时间二十一点零一分五十六秒。各位听众晚上好,欢迎收听临城音乐广播,我是主持人初至……"

床头柜上的收音机里传出熟悉的声音,季弥从浴室里出来,水珠顺着他的发梢落下来,他一手用白色毛巾擦头发,一手拿起手机点开微博。

季弥看着自己微博页面里的唯一关注,这才发现初至的微博头像换了。

初至之前的头像是漫画《哆啦A梦》里的胖虎。

最开始是一个满眼期待、咧嘴大笑、略显可爱的胖虎。季弥每次看见都要反应几秒，才能把这个账号的主人和初至联系在一起。

后来换了好几次还是胖虎，不过都是不同表情的胖虎，她真是对胖虎爱得深沉。

再后来他就见怪不怪了，她一贯爱用一些奇奇怪怪的头像。

这件事还让季弥想起以前高中那会儿，学校里有好几只流浪猫，初至最爱抱的就是那只最胖的橘猫，说是抱起来手感最好。

季弥觉得初至对一切肥胖的生物都有着非常真挚的感情。

现在这个嘛……

季弥皱着眉头点开大图，然后被气笑了。

初至现在的头像是一个表情包：派大星微笑脸扛着行李，圆滚滚的肚子上还写着九个大字——凶什么凶，我滚就是了。

季弥有理有据地怀疑，这是因为那天他在医院跟她的那次对话。

那天中午初至被他扣上任性妄为的帽子后并没有反驳，而是转身灰溜溜地回病房了，瘦小的背影在空荡的走廊里都透露着一股垂头丧气的味道。

之后他没有再看见初至，第二天去查房时才发现她已经办理出院了。

动作倒是挺利索。

当时不敢明面跟他发脾气，却在这里暗戳戳搞小动作。像极了面对别人欺负不敢欺负回去，只能默默给老师打小报告的小学生。

还真是……怪可爱的。

季弥顺着屏幕往下滑，看见了初至刚刚发的新微博。

上周动了个小手术，现在已经痊愈出院啦！这次小插曲之后更是希望大家都能健健康康的！[能量少女比耶]

/ 027

今天晚上节目的主题是对你而言最珍贵的是什么？一起来聊一聊吧！

初至每晚的广播都会定一个主题，用这个主题来和听众互动。

听众会在这条微博下评论，初至就会在评论里挑选一些有意思的回答，会在放歌之外的时间和听众一起进行讨论。

今天这条微博的配图是一张手指比耶的照片，远景是湛蓝的天空，看着就会让人心情很好。

季弥长按照片，选择了保存图片。

每晚的直播，初至都会配一张照片，有时是风景，有时是美食，偶尔心情非常好的时候还会发一张自拍。

这时候就会有听众在评论里说：原来主持人初至长这样，好漂亮呀，人美声甜！

初至一般都会回复：哎呀，没有啦没有啦~［害羞］

季弥就会一边看一边冷笑，还在这儿说没有，估计看到这条评论时嘴巴都快咧到耳后根了吧。

季弥在手机里专门建了一个相册，用来保存初至微博发的照片，还把上周她送给自己的锦旗拍了张照存进去。

一想起上周初至送来的锦旗，季弥就觉得有点头疼。

本以为默默收下就没什么事情了，可没想到午休之后，不知道究竟是谁传的，几乎整个普外科室的医生护士都知道他收到了锦旗，得空了就跑来要求看一看。

看过之后的每个人都对他竖了个大拇指，季弥在那一天之内体验到了从医生涯中，获得同行面对面夸赞最多的一次经历。

甚至还有其他科室的同事慕名前来观看锦旗，最后不约而同地给季弥竖了个大拇指，口中念念有词："属实牛啊。"

季弥一脸黑线地准备在下班时把锦旗带走，做一天的手术都没同事们看一天这张锦旗对他的心理摧残大。

可末了被主任拦了下来，季弥皱着眉头看主任把锦旗挂在了会议室的墙上。

季弥无奈发问："主任，你这是什么意思？"

主任笑眯眯地指着锦旗上的字："能够治好病，减少复发几率，这不仅仅是患者希望的，也是我们医务人员追求的嘛，如今全科室的男医生都能沾你的光被叫成帅哥了，挂上锦旗鼓舞大家继续努力！"

另一边——

初至状态饱满地直播完两个小时，收拾好CD和耳机，关掉微博界面，换下拖鞋，和导播说了再见后走出直播间。

她站在电梯门口，在按下电梯键后觉得有点饿，不由得摸了摸肚子。

下一秒，在摸到伤口处时，初至脑海中突然灵光一闪，她好像知道下次直播能够请谁来当嘉宾了。

第二章
试探

上午十一点,闹铃准时响起。

开头一阵舒缓的前奏并没有唤醒初至,可随着刘欢老师那句铿锵有力的"大河向东流啊,天上的星星参北斗啊!"一出来,她立刻从睡梦中惊醒。

从小到大初至的睡眠质量都特别好,因为特别好,所以很难醒,有过五个闹钟都没叫醒她的光辉往事。

作为一个音乐电台节目的主持人,她试过用很多首歌曲来当闹铃,最后发觉要论提神醒脑,还得是咱们华语流行经典。

初至试探地摸索到了床边,关了手机闹铃,缓缓睁开眼睛。

她拿起手机,睡眼蒙眬地看完微信的工作群消息后,就打开手机客户端的新闻网页翻了翻,却在看到一则川城最近一段时间发生的诈骗案新闻时,眼神定格了几秒。

初至想了想,还是决定给爸爸打个电话。

电话接通时,任国华嘹亮的声音伴随着一阵锅铲翻炒声一起传来:"喂!闺女啊,你吃中午饭了吗?"

初至在打这通电话前准备好的话语,在听到这个问题时自动变成了:"我刚吃完,你们呢?"

电话那头的炒菜声明显小了下来,任国华的声音也变得清晰:"我还在店里,你妈妈回家给你弟弟做饭去了。"

初至一听见"弟弟"这两字，不禁问道："小桉最近状态怎么样？"

"那小子能吃能睡的，上个月你妈妈去给他开家长会，老师说他这成绩中考考上一中应该是没问题。"

任国华高昂的声音里带了一丝不易察觉的骄傲，他的两个孩子都是努力向上的好孩子。

听了这话，初至放了心："爸爸，我有件事跟你说。"

初至这话说得略显严肃，任国华一听顿时有点急："你是不是没钱了？还是电台的工作干不下去了？做不了你别硬撑。"

初至顿了顿："都不是。"

每次她往家里打电话，一旦语气沾染了点不开心的情绪，爸妈就会关切地问这两个问题，紧接着要么就是给她转钱，要么就是叮嘱她实在干不下去就回川城啃老好了。

在任国华和郑兰梅的心里，没有什么望女成凤的愿望，只觉得什么都没有女儿的开心重要。

初至每次和爸妈交谈后，总有一种家中有亿万家财等着她回去花的错觉。

不过每次她都会被爸妈这种乐观热情的态度感染，因为知道不论自己在临城混得如何，总有家人在身后为自己托底。

"爸爸，我看新闻说川城近来发生了很多起电信诈骗案，你平时接到陌生电话或者别人推销产品的，都不要相信啊，不要给别人转钱，也不要给别人发验证码。很多家庭都因为这种事被骗了全部积蓄呢。"

任国华："丫头你放心吧，爸爸现在可不会被人骗咯。"

初至："我知道，我想着这家里不还有一个薄弱环节呢嘛，你得多跟我妈说一说，做一做她的思想工作。"

电话那头任国华"哈哈"笑了两声，话语十分有信心："没问题，你妈妈听我的。"

/ 031

挂了电话,初至下床洗漱后,就从桌上拿了一块面包啃了起来。

昨晚下班后,她在工作群里问了一嘴,今天看工作群知道了同事们目前都还没有请过外科医生当嘉宾。

所以……她真的要再去一次医院吗?

此时初至心里有点后悔,后悔上周走得太急,都没来得及问季弥要个联系方式。

如果要了个微信号,那么自己现在就能在微信上问他了,也避免了面对面的尴尬。

当时是怎么想的呢?

大概是觉得今后也不会再有联系了。

临城很大,大到即使两个人身处同一个城市里,如果没有想见面的想法,那就真的可以一辈子也见不到。

初至在心里叹了口气,换了身衣服准备出门。

今天天气阴沉,路上来往的人都行色匆匆,初至走向地铁口的脚步不停,只是心中渐渐多了一层灰蒙蒙的不安。

即使人已经坐在地铁的座椅上,初至还是心有退缩地在思考,是不是真的要去找他。

之前在网络上有一句很著名的话:一个合格的前任应该是像死了一样。

更何况,她和他之间,只有多年前那层薄得提都提不起的情谊。

以及离开时她许下的豪言壮语——是我不喜欢你了,我以后都不想再见到你。

年少时,爱与厌都轰烈。总是觉得如果自己是坚持到底的那个人,那么自己就输了。

初至现在一想就有点后悔,违心的话说得太决绝,发给对方的那一刻是爽了,但没想到自己今后还会有求于他的这一天。

她现在是深刻理解了那句俗语:做人留一线,日后好相见。

如果自己去问他能不能帮这个忙,他会怎么回答?

会不会觉得自己是块甩不开的牛皮糖,找借口故意缠着他的?

初至有点心虚,毕竟以前在缠着他这方面的事迹,她多到数不胜数。

高中时对季弥来说,她的确是这样一块粘性极强的牛皮糖,但那时还可以用年轻不懂事来解释。

可如今这个已经可以谈婚论嫁的年纪还能让对方有这种想法,那她就真的是脸皮厚得离谱了。

初至抬眼一瞥就看到座椅对面的玻璃窗上,自己那张无精打采的脸,迅速摇了摇头。

领导的钱都收了,大家同为天涯打工人,打工人应该不会为难打工人。

再说了,清者自清,如果自己再不行动的话,这周的节目都无法完成。

那么工作保不保得住都要打个问号。

初至一想到这儿,顿时精神了起来,什么情啊爱啊的都被抛到了一边,此刻那些都不重要了。

相比丢了工作,死皮赖脸地缠着季弥变得一点都不可怕。

高中时季弥帅得在人群中一眼就能被看到,那时候初至脑袋一热就认为——帅气的人就应该心地善良。

本着女生就要喜欢心地善良男生的想法,她对季弥的喜欢可以说是不可抑制的一泻千里。

可事实证明帅哥不仅善良,还非常坚持,说不喜欢她就真的一直不喜欢她……

过往已如云烟,如今季弥再怎么说也是位高素质的有为青年,即使把他缠烦了，最多也就是不给她好脸色看。

可那又怎么样，初至又不是没经历过。虽然那已经是多年以前，但是那股心如止水的淡定，仍是可以拿出来温习之后二次使用的。

再说了，初至觉得自己和他上周还是医患关系，白衣天使应该不会见死不救吧。

这种亢奋的自信状态一直持续到她踏进医院电梯前。

一进电梯，初至立刻怂了，把卫衣帽子戴在了头上，又从包里拿出口罩戴上，只露出一双滴溜溜转的大眼睛。

电梯里的工作人员关切地问道："小姑娘，你是不是冷啊？"

初至摇摇头，嘀咕道："我只是有点怕。"

工作人员很热心地说道："我们医院的电梯质量很好哦，你不要害怕。"

……害怕的倒不是这个。

电梯到六楼后，门缓缓打开。

初至刚准备走出去，却在抬眼看到眼前人的时候愣住了。

站在电梯门前的季弥长腿一跨，进了电梯，站在初至身旁。

初至刚想趁此机会偷瞄一眼他时，却听到工作人员的声音。

"小姑娘到六楼了，你不下吗？"

初至一听这话，立刻条件反射般地迈步出了电梯，却在下一秒立刻觉得有点不对劲。

她走什么？她来不就是找季弥的吗？

初至急忙转身，却发现此时电梯门已经缓缓关上。

初至和季弥的视线交汇了一瞬，又因为电梯的闭合而错开。

她到嘴边的话又咽了回去。

这个点正是午休时间，季弥也没穿白大褂，应该是去食堂吃饭的。

初至觉得自己有求于人，医生日常上班时又忙得像兔子一样，好不容易能休息一会儿，至少自己就不要打扰他能够好好吃饭的时间了。

她在心里安慰自己，也不差这一会儿。

在六楼等候区随便找了个位置坐下，初至把口罩和帽子摘掉，没多久就见前方出现了一个眼熟的身影。

初至在心底暗自有些疑惑，吃饭这么快吗？

可还不待她仔细思考，就立刻拎起包站了起来，因为看见季弥朝她的方向走了过来。

初至眼看着季弥和自己越来越近，心里反复练习着即将要说出口的话：季医生，我现在在临城音乐广播当电台主持人，我台有一期节目诚邀您来当嘉宾。

既介绍了自己的身份，又摆明了此行的目的。

言简意赅，很好很强大。

初至满心期待地看着季弥走到了自己面前，然后……看着他目不斜视地从自己身边走了过去。

嗯？怎么会这样？

初至觉得自己来时的信心，在这一刻"啪叽"碎成了饺子馅。

来时，她已经在脑海里幻想过无数次被季弥拒绝的场景，却万万没想到人家根本就装作不认识自己。

就好比你约好第二天和人吵架，你在前一天晚上翻来覆去一宿没睡着，已经打了一肚子腹稿。第二天早上信心十足地过去应战时，发现对方根本忘记了这件事。

初至心中的憋闷无法言说。

再怎么样，也是多年前的老同学，前不久的主刀医生，怎么能这么无情无义连个招呼都不打？

初至觉得自己有点生气，立刻上头地追上去拽住了季弥的手腕：

/ 035

"我有事找你。"

闻言,季弥停住脚步,转身看向初至握住自己的手,再淡淡看向她的眼睛。

一句话都没说,可初至的肌肉记忆立刻觉醒,立刻放开手,一个大踏步站到了季弥身前。方才的气性也消失得无影无踪,脸上自觉露出讨好的笑容。

"对不起啊,是我有点心急了,没拽痛你吧。"

那副恳切自责的样子像是恨不得把季弥的手腕扯过来吹一吹。

初至不禁在心里感到一阵默默悲哀。事实证明,如果你曾经对一个人万般讨好、卑躬屈膝,那这份记忆真的会深远绵长地藏在自己的身体里,一见到那个人的时候就会条件反射般发作。

真是让人毫无办法。

季弥没回答初至的问题,只是面无表情地问道:"什么事?"

初至干笑一声:"那个……就是吧……"方才准备好的措辞此时又不知该怎么讲。

季弥抬头看向医院走廊上的显示屏,又垂眸看向身前一脸迟疑的初至,问道:"需要说很久吗?"

初至抬头看见男人正盯着自己,咬了咬嘴唇:"可能吧。"

如果你愿意,那会很快;如果你不愿意,当然需要很久。不过这种话她是万万不敢说出来的。

初至做好了被他拒绝的打算,也做好了在节目开始之前一直恳切邀请他的打算。

古语有云"三顾茅庐",初至觉得自己这种求贤若渴的心情,季弥应当能够真切地感觉到。

"晚些再说吧,我还有工作要做。"

初至一听这话顿时明白过来，善解人意地问道："那你几点有空啊？"

"五点。"

五点吗？

初至点开手机看了看时间，现在还不到一点，也就意味着她还要再等四个小时。

"你先回——"

"那我在一楼等你！"

季弥的话被初至打断，他有点诧异地看向她。

初至高中时是个没什么时间观念的人，什么都爱掐着点来。

早自习的时候爱踩点到，伴着上课铃声才急匆匆地冲进教室，有一次在门口还迎面撞上了刚要出去的班主任。

那时因为打篮球骨折了的班主任刚刚恢复好，来上班还不到一个星期，被着急的、以百米冲刺速度跑进教室的初至这么一撞，差点又进了医院。

班主任很生气，初至被班主任叫到走廊上挨训，她背着书包安静地站在那里，一副低眉顺眼、乖乖反省的样子。

清晨的阳光大片大片地洒进教室，课桌上的书本都染上了一层淡淡的金色。

早自习的一片朗朗读书声中，也有不少同学因为起得太早，头一点一点地打着瞌睡。

季弥此时不经意间往窗外看了一眼，恰巧初至在看他。在与她视线交汇的瞬间，女孩俏皮地冲他眨眨眼睛，眼底的笑意止都止不住。

哪里有什么乖乖反省的样子？

只是很快又在班主任愈来愈大的数落声中迅速收敛了神色。

还有一件事。

高一开学没多久，最后一节晚自习没有老师在讲台上看着。

静悄悄的教室里，初至从第一排起身，气定神闲地走到最后一排，用手指戳了戳正在写数学试卷的他，神色凝重地小声道："你跟我出来一下。"

季弥皱眉问道："干什么？"

"有一件非常重要的事情。"

他旁边的男生都在起哄："哟！什么重要的事情啊？让我们去行不行啊？"

初至严肃地伸出食指摇了摇："NO，你们不太行。"

后排的起哄声越来越大，坐在前面的同学也纷纷转头往后看。

季弥没有办法，沉着脸跟着初至走出了门，问她什么事情，她也不回答。

直到初至把他带到女厕所门口，这时才有点不好意思地说道："女厕所里面的灯坏了，我有点害怕，你在这里等我一下，不准走哦。"

季弥听了这话，瞬间觉得太阳穴突突地跳着疼。

这类事情数不胜数，他记得初至非常不喜欢一个人，什么都要别人陪着一起才行。

从回忆中抽离出来，季弥看着眼前初至灿烂的笑容顿了顿，面不改色道："随你。"说完就快步离开了。

初至看着季弥的背影，在心中哀叹一声，走到电梯门前。

不就是等吗？不论请不请得到人，她总归先把这份诚意拿出来。

初至进电梯下到了一楼，走到等候区随便找了个位置坐下。

她拿出手机，回了微信群里的消息，又把各个娱乐软件点了一遍，实在刷不出来什么新消息了，女孩开始抬头打量起周边环境。

现在医生护士还并未上班，但一楼门诊区的窗口处和自助挂号机前面就已排起了长长的队。

这时她才确切地认识到,这里是季弥工作了好几年的地方。

初至小时候爱跑爱跳,是一个身体非常健康的小朋友。所以来医院的次数并不算多,即便来也基本是些打预防针之类的小事情。

打针虽然有一点疼,但是打完针爸爸、妈妈就会带着自己去吃大餐,所以初至对于医院并不惧怕。

但在高中时的某一段时期,初至一提起医院就觉得浑身发怵的。

那时候任国华的公司破产,气急攻心生了一场重病,医院甚至都下过病危通知书。

初至那时看着妈妈神色憔悴地往医院一趟趟地跑,可自己什么都不敢问,也什么都不敢想。

只能去做一些力所能及的事情,每天回家时安顿好年幼的弟弟。

面对弟弟稚气的询问时,初至有些哽咽,可还是抱着弟弟一遍遍说会没事的。

不仅说给弟弟听,也说给自己听。

"小姑娘,你知道这个卡是怎么插的吗?"

初至的回忆被打断,她抬眸一看,眼前站着一位头发有些花白、穿着真丝裙子的阿姨,有些不知所措地拿着就诊卡。

初至站起身,带着她到自助挂号机前插卡,选择了阿姨要就诊的消化内科。

初至从出票口拿出就诊小票递过去时,阿姨还念念叨叨地说:"上次我儿子教我了,可我这记性太差还是忘了,谢谢你啊。"

初至笑了笑:"不客气,之前教我爸妈这些东西,他们也会忘记,我妈还总说她不太会搞这些电子的东西。"

阿姨像是终于找到了有共同语言的人似的,对初至絮絮叨叨地说了很多自己就诊时的事情,最后还热情地问道:"小姑娘,你有对象不啦?我给你介绍我儿子吧,开跑车、住别墅的哦。"

/ 039

初至摇了摇头，心里暗自觉得有点好笑，不明白为什么在医院遇到的阿姨都这么热衷于介绍对象："谢谢阿姨，不用了，您拿着这个去那边坐电梯上五楼，去消化内科等着叫号就行了。"

阿姨面上仍是有些可惜的样子，只是也不再勉强，点点头道谢离开了。

初至此时也找到了自己接下来可以打发时间的事情。

她和医院的工作人员一起，在自动挂号机前帮助了许多不会挂号流程的患者，直到基本没什么人来自助机前挂号了。

初至下午帮助了很多人，成就感满格，她心满意足地看了看时间，已经到了下午四点半。

她走到等候区坐了下来，拿出手机点开又关上，关上又点开，眼睛时不时地看向电梯门的方向。

可是等了又等，从四点半到五点，季弥没有出来。

又继续等到了六点，看着外面的天色从明到暗，可医院里面的灯一直亮如白昼。

周围的人来来往往，初至有些愣神般盯着电梯的门开开合合，却始终没有走出她想见的那个人。

很久后，初至才慢慢把头垂了下去。

六楼普外科办公室里，来交班的刘医生有些好奇地问道："季医生，你还不走吗？"

季弥敲打着键盘的手一顿："再等等。"

刘医生点点头："行，那我先去病房里看一看了。"

刘医生离开后，季弥随手拿起桌边的笔转了转，修长的手指敲了敲桌子，最后还是下定决心般把电脑一合，走出了办公室。

一出办公室的门，他就看到了一个熟悉的身影欢快地招着手朝他跑来。

初至笑意盈盈地跑到季弥面前："我就猜你在这里,你忙好了吗?"

季弥看着她的脸,心里忽然一软。

他是个很少后悔的人,但是在看到初至的这一刻,他忽然有些后悔自己故意让她等了这么久。

不论过去怎么样,那都已经成了过去。

最重要的是现在,不是吗?

季弥点点头,抬腿向前走:"一起去吃饭吧。"

初至立刻非常谄媚地跟了上去:"好啊,我请你去吃麦当劳吧,最近新出的汉堡口味不错。"

季弥扯了扯嘴角。

都要被气笑了。

麦当劳店里,初至一边啃着鸡腿一边打量着季弥的神色。

嗯,看不出开心还是不开心,那就是不开心。

季弥对上她偷瞄的眼神:"究竟是什么事?"

初至一听季弥发话,鸡腿也放下不啃了,立刻非常专业地说道:"现在我在临城广播电台当主持人,我们台里最近出了一档新节目。这周六晚上七点到九点,我想请你去我们电台里当一次嘉宾,主要是谈一谈你的职业,可以吗?"

"可以。"

"啊?"季弥直截了当地答应了,反倒让她有点没反应过来。

这么轻松的吗?这种感觉像是不用参加高考就直接进了顶级名校,还真是爽得让人昏了头啊……

"我说可以,有什么问题吗?"

初至连连摇头:"没问题,太欢迎了!还有一条我都没来得及说,参加我们这个节目是有钱拿的,每个嘉宾都可以拿到五十块钱。"

说完，初至都没敢看对面人的表情，因为觉得五十块钱着实有点寒酸，想到领导去医院探望她时给的那五百块钱，初至咬咬牙说道："我可以再给你分二百五。"

一人一半，不能再多了，再多她就亏了。

季弥扯了扯嘴角，漫不经心道："你还是自己留着吧。"

周六下午五点，初至已经坐在了办公室的座位上。

交通台主持人吴奥回办公室时，正巧看见初至正一脸苦大仇深的样子盯着手机，不由得问道："初至，你今天来这么早啊？"

女孩听到这话才抬头："嗯，今天我代萱姐的班，所以早来一点准备一下。"

吴奥点点头表示理解，开玩笑般地说了一句："萱姐下周回来，得让她请你吃饭，你这多辛苦啊。"

初至笑了笑，非常谦逊地说："没有啦，能代班萱姐的节目是我的荣幸。"

实际上心里想的是：是啊，我可太辛苦了，苦瓜都没有我苦，我苦得都想掬一捧热泪。

不禁又回想起周二那天晚上，她去邀请季弥来参加节目的场景。

在季弥非常利落地答应了她的请求后，她简直感动得要热泪盈眶。

老同学就是靠谱，白衣天使就是心善。

季弥人真是豁达大度、明月入怀，不跟她计较那些她一想起来就会在夜里蹬被子的陈年往事。

还没等她从激动中缓过神来，就听见季弥慢悠悠地发话了。

"既然我答应了你的请求，公平起见，你也答应我一个不过分吧。"

初至当时很想学着书里的好汉们抱拳说一句：你尽管说，为了哥哥你，不论上刀山还是下火海，我必定万死不辞！

可她还是有点尿兮兮地在脑海里思考他会让她做什么。

初至觉得自己现在在临城的这个处境，不像是能帮他什么的样子。

究竟有没有什么事情是能帮他做的呢？想到这儿，初至突然觉得脸有点发烫，脑袋有点混沌。

虽然这个可能性比芝麻还小，但是电视剧里不都这么演吗？

当年的高岭之花在久别重逢后，突然发现原来最开始的那个善良女孩才是自己的真爱之类的。

初至最后咽了咽口水，小心翼翼地问道："什么事啊？"

说完这句话，她还不忘快速补充一句："不会是嫁给你之类的吧？"

季弥嗤笑一声："你想得倒是美。"

初至尴尬地端起水杯喝了口水。

她一向想得美，他又不是不知道。

初至看着坐在对面若有所思的季弥，心中的忐忑几乎要溢出来："那究竟是什么事情呀？"

在经过一段抓心挠肝的等待后，坐在对面的男人这才大发善心般淡淡发话："现在还没想好，以后再说。"

初至听了这话有点犹豫："这个嘛……"

季弥挑挑眉，慢条斯理地问："你不答应？"

初至脸上顿时堆满笑容："你这说的是什么见外的话？我怎么可能会不答应啊！"

季弥微微笑了一下，意味深长地说了一句："那就好。"

两人之间一团和气的样子。

初至觉得季弥在拿捏别人的心思方面的确是一把好手。

因为季弥那句话，她这几天是日思夜想、辗转反侧，就连工作放歌时都会因为想起那句话而恍惚一下。

从开始的脸红惆怅，到最后破罐破摔地觉得无所谓了。只要不让周六的节目泡汤,她什么都可以做。

她今天来办公室这么早是因为什么呢?

初至在心里叹口气,当然是为了迎接季弥这位贵宾。

自从两人吃完饭之后,直到现在季弥都没跟她说过一句话。

那天临走时,初至加了他的微信,这几天很多次她都点开对话框想跟他说一些节目的事情,可手指在屏幕键盘上打打删删,最后还是没有发出一句话。

怕打扰他,怕说多了什么,又怕说错了什么。

季弥的微信头像是一只橘猫在树荫下团着身子睡觉。午后热烈的阳光洒落在猫咪身上,看上去就像是一幅油画。

很好看,可不太像是男生会用的头像。

初至看着照片上的这只橘猫,觉得很眼熟,这猫非常像自己高一时在校园里经常喂食的那只橘猫。

可又不敢确定,毕竟这世界上的橘猫长得都差不多,身材也大都圆滚。

那时在云城一中上学的学生基本都知道这只猫。这只猫不仅是学校流浪猫里最胖的一只,还经常在男生宿舍楼和女生宿舍楼前穿梭走动,艳阳天时会随便找个合适的树荫底下一躺,悠闲惬意地享受猫生。

时不时会有高三的学生走过这只猫咪身旁时嚷嚷着:"我也不想学习了,想像它一样在这里躺着晒太阳。"

因为经常喂它,所以这只大橘对初至非常亲昵,总是在见到初至时就翘起尾巴,四条腿"哒哒哒哒"地跑过来蹭她的裤脚。

在离开云城后,初至也偶尔会想起这只橘猫,不知道它过得怎么样。

再次点开了季弥的微信朋友圈,这几天她常常会点开看一看,想了解这些年他是怎么过的。

季弥的朋友圈发得很少,除了几条同和医院公众号文章的转发,就只有一条自己发的内容。

他发的原创内容只有一张照片,还是去年九月的时候。

初至一眼就看出那是云城一中的校门。

这张图的配文只有两个字:九年。

第一次看到时,初至还特地掰了手指头数了数。

从高一入学那年的九月到去年九月,正好九年。

这是干吗?做算术题吗?

初至撇撇嘴,季弥这些年过得怎么样,她根本无法从他的朋友圈里窥见任何蛛丝马迹。

初至从季弥朋友圈里返回,又点开了对话框。

纠结了一会儿,看了看现在的时间,还是发了一条消息过去。

初至:你什么时候来?需要我去接你吗?

发完这条消息,初至左等右等,都没有等来任何回复,看了看手机上显示的时间:五点五十分。

初至脑海中冒出了一个几乎让她立刻陷入焦虑的想法——季弥他不会把这件事给忘了吧?

不会吧?不会吧!

她倒是从来没想过这种可能性,因为在她的认知里,季弥一向是一个说到做到的人。

初至悲观地想着,如果他真的不来的话,她只能请领导来和自己侃两小时了。

初至抱着最后一丝希望打通了季弥的电话。

"嘟——嘟——"

初至的心情也随着这电话的接通音而变得越发紧张。

"初至?"电话那头季弥的声音略显疲惫。

初至听到他叫自己的名字,心剧烈地跳了一下,沉默三秒后才如

梦初醒般回答:"是我,我就是想问问你晚上七点前还会来到台里吗?"

季弥:"会,我现在在医院,马上过去。"

原来他还在工作。好在同和医院离临城广播电视台的距离并不算远,初至放下心。

"不急,"她顿了一下,"你到门口的时候跟我说一声,我去接你。"

挂了电话后,初至在工位上坐了一小会儿,就起身下电梯到了一楼大厅里等着。

等了没多久,就看到季弥推开玻璃门走了进来。清瘦颀长的身影步伐匆匆,带了些许风尘仆仆的意味。

初至急忙从大厅的沙发上起身迎了过去:"我在这儿。"

走近了,她才看到季弥的眼睛有些发红,又想到周六这个点他还在医院。

在按下楼梯键的时候,初至装作不在意地看了眼站在自己身边的男人,问道:"这几天工作很忙吗?"

季弥偏头,声线没起伏:"嗯,很忙。"

初至一时间不知道该接什么。

她有点后悔自己问了这个问题,毕竟也没办法让他回家休息。

初至抬起手握了个拳头,做了个加油的姿势,眼神真挚地看着季弥:"大帅哥,再坚持两个小时,我相信你可以的。"

季弥轻笑一声,没再说话。

两人走到直播间门口时,初至给导播打了声招呼。

导播看见初至身后的男人时,眼睛都瞪大了,然后就使劲地给初至使眼色。

初至:"嗯?"

导播这是什么意思,她不懂。

两人进了直播间，初至刚想给季弥讲一下过会儿直播的注意事项时，就看到自己手机上的对话框接连不断地闪出来。

点开一看，全是导播郑涵给自己发的消息。

郑涵：你从哪儿找的这么帅的男人？

郑涵：男朋友吗？

郑涵：人怎么样？

郑涵：有房有车吗？

郑涵：他在哪儿上班？

郑涵：早说啊，姐这边还费心费力地给你留意着呢。

郑涵：好好处啊，你们很般配。

她抬眼一看，郑涵正在前方玻璃窗外偷偷对她招手，眼里八卦的火苗蹿得贼高。

初至心里有些哭笑不得。

初至大四刚来台里实习的时候，郑涵就是她的导播。因为那时还是个新人，有时会犯些非常低级的错误，好在郑涵对她非常照顾。

彼时郑涵与上家单位有合同上的纠纷，需要打官司。

初至就把自己认识的一位开了律所的学长的微信推给了她。

最后不仅官司打赢了，这一来二去的见面下，郑涵和学长在一起了，促成了一段良缘。

郑涵心里对初至存着感激，于是便想着也给初至介绍一个对象。

初至推托了好几次，最后还是靠谎称自己有男朋友，才逃过郑涵热情给她安排的相亲局。

后来郑涵一直不见初至的男朋友，心存疑惑问她时，她使劲掐了掐自己的大腿，眼泪顿时就上来了。

初至一副泫然欲泣的样子控诉那位莫须有的男朋友："他劈腿了！还劈了五个！男人太下头了，我觉得我的心灵受到了很大的创伤，郑姐实话实说，我现在真的一点也不想谈恋爱了。"

郑涵见女孩这副伤心欲绝的样子，顿时感同身受道："姐理解你，因为姐也经历过，男人都没一个好东西！"

初至表演得非常成功，因为之后郑涵就再也没提过帮她找对象这件事。

初至看了眼时间，对前方玻璃窗外满脸期待的郑涵摇了摇头。

现在有更重要的事要做，还是等节目结束再对她解释吧。

初至把桌台上的话筒架好，又从带来的包里拿出笔记本电脑，放到季弥的面前。

她认真给季弥解释："听众都是在微博上留言的，这是节目和听众的互动方式。我现在会发一条微博，你可以用电脑端登微博，直接搜我的名字点进主页。这样节目开始后你就能在微博里看到听众的留言了。"

季弥"嗯"了一声，却并没有打开电脑的意思。

初至看向他，有些不解。

季弥漫不经心地摇了摇手中的手机："我用这个看就行。"

初至也并不勉强，从口袋里拿出了自己的手机，犹豫了一下对季弥说："我们一起拍张合照可以吗？我想要发到微博上给节目宣传一下。如果觉得不行，你尽管说，也不是一定要拍。"

季弥转头看她，却并不说话。

他很少见到初至这么正经认真的样子，初至对于不喜欢的事情一向敷衍，能看出来她是真的喜欢这份工作。

见季弥没有第一时间答应，初至下意识补充道："之前几次的'人物之声'节目，我也都和嘉宾拍照发了微博的，所以这次也希望能拍张合照。没有别的意思，不信你可以去我的微博上看一看。"

"我知道,"季弥看她这副诚惶诚恐的样子,觉得有点好笑,"我又没说不行,拍吧。"

初至听到他答应明显松了一口气,僵直的背此刻也放松了下来。她把自己的靠椅往季弥的方向移了移。

两人距离顷刻之间拉近。

初至打开相机,调整了好几个角度都觉得不满意。

"怎么回事?"她有些疑惑地说道,"怎么今天我的脸在相机里显得那么大?"

"一定是角度问题,"初至气鼓鼓地把手机塞给季弥,"你来拍,你在前面我在后面这样拍。"

季弥认命般接过手机,刚打开相机,身旁的初至就很着急地拍了拍他的手臂:"横着拍横着拍!"

季弥顿了一下,把手机横了过来,想要按下拍照键的前一刻,初至又着急地拍了拍他的手臂:"开美颜开美颜!"

季弥:"我不需要。"

"我需要啊!"初至说完就从季弥手里抢过手机,调好美颜参数后又把手机塞到了他手里。

"就这样拍,这可是我在这个直播间这么久以来试过的 N 种滤镜参数里最棒的一个,这样拍出来显得脸最白最小。"

季弥:"嗯……"

和刚才有什么区别吗?他倒是没看出来。

反复推拉几次,就在季弥以为这一次按下拍照键,就终于能结束这场拍照时,他看到相机屏幕里的初至直勾勾地盯着他,像是在思考着什么,男人心里顿时觉得有些不妙。

果然下一秒他就听到了初至"啧"了一声,抬起手摩挲下巴,认真评价起他的拍照表情:"我还是觉得你笑起来比较帅,你要不要笑

一笑试试？"

　　说完，她又自顾自地摇了摇头，拍了拍他的手臂："就是那种浅浅一笑，瞬间破冰的时候最帅了。试着做一下嘛，类似爱豆的表情管理之类的。"

　　季弥忍无可忍地转头看向身旁的人，声音有些冷地叫她名字："任初至。"

　　"嗯？"初至转头看见他的表情时才反应过来，本来还想给他提的拍照手势的意见，话到嘴边也不敢再说，只能干笑两声缓解气氛，"开玩笑的，我开玩笑的。"

　　为了增强可信度，初至抬起双手对季弥比了大拇指，一脸认真地说："你怎么拍都是最帅的。"

　　拍完了照片，初至打开微博，编辑好文字后就从相册里选中这张照片传了上去。

　　照片里初至扎着马尾，皮肤很白，躲在季弥身后笑得眼睫弯弯。

　　季弥则是略微垂眸看着镜头，嘴角向上扬起，有着微微的笑意。

　　直播室左前方的光直直地打过来，他半边的脸庞都染着暖色的光晕，柔和了略显冷冽的五官，整个人看上去有种近乎平和的温柔。

　　初至看着这张照片，忽然想起高一的时候她和季弥也拍过一次合照。

　　不过合照里的人不止她和他。

　　入学那年的十二月底，云城一中举办过一场英语话剧表演，高一高二每个班都要派出学生来报个节目。

　　这场话剧表演一共需要五个主持人，初至作为班级里的文艺活跃分子自然是踊跃报名。

　　不仅自己报了名，她还偷偷给季弥报了名。

主持人名单出来的时候，季弥对于自己的名字出现在上面非常不解，去问老师才知道是文艺委员报上去的。

班里的文艺委员，除了初至还能有谁？

初至为此异常心虚了一段时间，好在季弥没说什么，只是那段时间原本就对她冷淡的态度更加冷淡了。

初至还为此抓心挠肝地忧伤过，不过所有的忧伤都在话剧表演那一天，初至见到季弥穿着西装那一刻戛然而止。

看到季弥穿西装的那一刻，初至觉得自己的脑海里在"嘭嘭嘭"地放烟花。

烟花又大又闪，比大年三十那天放的还绚烂，炸得她有点分不清今夕何夕。

初至晕乎乎地想着真帅啊，帅得她头脑发昏，帅得她都想吹声口哨。

随即她胸腔里又洋溢着满满的自豪感，她看人的眼光真是好得不得了哇！

很快，这种自豪感又被危机感代替。这小子这么帅，会不会太惹眼了？今天之后，她爱情的成功之路会不会越发显得道阻且长了起来？

同行的朋友这时戳了戳她，善意提醒道："矜持一点，别流口水，你接下来还要主持节目。"

话剧主持完毕，最后的环节是全部主持人站在剧场门口合照。

初至磨磨蹭蹭地最后一个到，又磨磨蹭蹭地站在早就到了的季弥身边。

季弥站在一行人的最左边。

初至觉得身旁的少年比她高很多，挺拔得像一棵树。

因为季弥很高，所以排队时从来都是站在队伍的最后，初至作为女生队伍里站在前三的主力军，丝毫没有任何能靠近他的机会。

终于能站在他身边一次，还能光明正大地拍一张合照。

那天下午的天色湛蓝，微风阵阵，初至觉得一切都刚刚好，她的人生圆满了。

她悄悄抬眸看了眼季弥好看的侧脸。她紧张得不得了，又在心底暗暗开心，想着拍完后去问摄影老师要一下照片的电子版，把和他的合照从大合照里裁出来。

照片洗出来之后就用家里带着蓝色小象图案的相框装着，放在自己的床头柜上。

不不不，初至摇摇头，还是放在书桌上吧，学习都有动力。

就在她暗暗在心中规划相框位置时，摄影老师却不满地放下了相机，朝前方喊道："哎，初至，你这么矮怎么能站在最边上啊！这样拍出来的照片构图会很不好看哎！"

初至微不可察地叹了口气。

怎样？长得矮也是一种错？

再说了，构图哪里有爱情重要？

摄影老师见初至还是站在原地一动不动，误以为她是不好意思站在中间，理解地说道："你就去站在中间吧，同学们不会觉得有什么的，拍个照而已，不要那么客气。"

摄影老师这么一说，大家的视线纷纷落在初至身上，甚至季弥也在偏头看她。

此时原本站在中间的两个女同学，也十分体贴地空出一个位置留给初至。

初至的脸热得发烫，只好跑到中间去站，站过去的时候还愁眉不展地想着这可咋抠图啊。

所以那张照片里她也是一副茫然无措的表情，头顶的碎发被风微微吹起，呆头呆脑的样子。

和她形成鲜明对比，季弥神色柔和，眼角带笑，给那张合照都增了几分暖意。

那张合照被她放在床头,因为初至的修图技术还没有达到出神入化的地步,所以为了不让合照显得突兀,相框里仍然是五个人的大合照。

神奇的是,初至总是能在看过去的第一眼就注意到季弥。

可是后来的人生几经辗转,那张合照也在她某次搬家的过程中弄丢了。

初至为此难过了很久。

之后她就慢慢想开了,或许这也是上天给予自己的一种提示。

她和季弥实在不算有缘,一直以来,都是她死死抓住这段关系,一厢情愿地不肯放手。

可努力之后,仍是无果。

现在回想起来,她都想象不出为什么那时的自己会抱有那么大的热情去喜欢一个人。

大概感情就是这样,要是能够说得清,也不会让人执着了。

"你在想什么?"

季弥的声音传过来时,初至才从回忆中回过神来。

初至笑笑:"没什么。"

只是没想到,这么多年了,还能和你再拍一张合照。

按下微博发送键后,初至看看时间,距离直播开始还有三分钟。

"不会问什么难回答的问题,"初至偏头对季弥解释,"如果有的问题你觉得比较唐突,或者你不能说,你可以提醒一下我,我会处理的。"

季弥:"没什么不能说的。"

说完他就戴上耳机,低头看手机了。

初至看着他的侧脸,很轻很轻地说了一句:"对不起。"

为那时拒绝后的打扰,还有离开时言辞的激烈。

虽然时隔经年,但总归是说出口了。

季弥听到这话后手指一顿,然后面不改色地点开初至今天发的微博合照,按下保存。

初至看季弥毫无反应,以为他没有听到,心中觉得轻松的同时又有股说不上来的失落。

她没有勇气再说一次了。

那就这样吧,这样也很好。

毕竟如果季弥真的听到了,问她为什么道歉的话,她也很难说出口原因。

第三章
采访

时针指向七点。

伴随着一阵舒缓的轻音乐结束，初至甜美的声音从话筒中传出。

"北京时间十九点零一分二十三秒，各位听众晚上好，这里是'人物之声'频道的主持人初至。这段时间以来呢，我们的节目一直在请一些新的朋友来做客，今天当然也不例外，这次我们请到的是临城同和医院的普外科医生季弥。"

说完，初至停顿了一下，偏头看向身旁的男人："请季医生跟大家打声招呼，好不好？"

季弥流畅地接话，声音很温和："各位听众朋友晚上好，我是季弥。"

初至："嗯，季弥是同和医院非常年轻优秀的一位外科医生，今天我就作为主持人，来和季医生一起谈一谈医生这个职业。如果大家想跟我们聊天的话，可以登录新浪微博搜索任初至，点进我的微博来进行留言互动。

"季医生不仅年轻优秀，人也长得非常帅，"初至笑了笑，"他刚进来的时候，我们的导播郑姐直接就被惊艳到了，对季医生的外貌赞许有加。"

坐在导播室的郑涵听到初至说的这话，不禁有些恨铁不成钢，这丫头怎么就抓不住重点呢，明明她醉翁之意不在酒啊。

"那究竟有多帅呢？"初至卖了个关子，"还是那句话啊，大家可以登录新浪微博搜索任初至，我的微博里面有发我们俩今天的合照，也欢迎大家来评论区留言互动。

"这位微博名称叫'我爱吃糖醋排骨'的听众朋友就在评论里说——鉴定完毕，的确是一眼大帅哥。

"怎么样，我没骗你们吧。"说到这儿，初至对季弥无辜地眨眨眼睛，难得来个帅哥能给她当广告位，不蹭白不蹭。

季弥嘴角微动，她一贯会得寸进尺。

"回到我们今天的主题。"初至正色问道，"请问季医生在同和医院工作几年了？"

季弥回道："从大学见习的时候就在同和了，到现在三年多。"

初至继续说道："季医生是临城医科大学毕业的，我们都知道临城医科大学是国内首屈一指的医科大学。作为从这里毕业的医学生，我想知道，你的同学们现在都在做什么呢？"

季弥默了一瞬，很快接道："有的同学在医院做临床的一线工作，有的同学在高校做科研，还有的同学转行了。"

初至听了深以为然："实话实说，上周我也因为急性阑尾炎住了一次医院，这次住院我才发现医院里的每一个工作人员真的都很辛苦，那么忙碌的情况下还能对病人很有耐心，值得我们为他们点赞。

"说来很巧啊。"初至笑了笑，"上周我手术就是季医生主刀，当时已经快半夜了，值班医生还要进行手术。我作为临城市民，真的很感谢这些医务人员对这座城市的坚守。"

初至看向电脑屏幕上的听众留言："这位微博名叫'莎莎是芥末味'的听众朋友说：作为一名护士，常常会因为三班倒引起失眠，真的很焦虑。"

初至点点头："嗯，医、护都是辛苦的职业。今天是星期六，季医生也依旧在医院工作，开播前的半个小时才匆忙赶到我们的台里。

我想问问季医生，你会不会也有这种焦虑的时候呢？"

季弥："当然是会有的。"

初至追问道："那季医生可以跟我们的观众朋友分享一下，你在生活的空闲时间里，会选择哪一种方式来放松自己吗？比如说运动或者看电影之类的？"

季弥声音淡淡："我听广播。"

"哇！"初至笑出了声，她以前怎么不知道季弥这么会说话。

初至衷心赞叹道："季医生真的不止专业上优秀，为人也是情商很高。那请问你听的是不是周一到周六晚上九点到十一点，由我主持的临城音乐广播呢？"

季弥平静地笑了笑："你说得对。"

"哇！"初至差点拍掌叫好，不禁用赞赏的眼光瞅了一眼季弥，"没错，观众朋友们，刚才我打了波节目的广告，在这里也谢谢季医生的配合。"

初至按着鼠标滑了滑今天的歌单："听完这首歌——《光阴的故事》，我们再回来接着说。"

短暂的休息时间。

初至拿起桌上的保温杯喝了口水后，发自内心地赞叹了一句："帅哥，你很有当电台主持人的潜质啊！"

季弥不为所动地说了句："是吗？"

初至一听这话顿时兴奋起来："当然啊，那句话怎么说来着？不鸣则已，一鸣惊人！你真的很会说话。"

季弥抬眼看向初至："你怎么知道的？"

"啊？"初至以为他在质疑自己的话，"我当然知道啊，我这好几年的电台主持经验——"

季弥声音带着点隐忍："你怎么知道我在临城医科大学？"

初至一时语塞:"这个……我是上周住院的时候从旁边病床的阿姨那听来的。"

说到这儿,初至突然想到什么,道:"那个阿姨还说要介绍自己的女儿给你呢,你见到了吗?"

问完,她就小心翼翼地观察他的表情。

季弥没再说话,只是垂眸盯着根本没打开的手机,他额前的碎发散落下来,遮去大半的神情。明明应该看上去更温和才对,可他的周遭仿佛围着一圈冷气。

空气像是停滞住。

初至不知他怎么了,是太累了吗?

她坐在座位上,半个身子慢慢往季弥那边靠过去,就在要看清他的脸时,季弥却突然抬起了头。

初至被吓得差点跳起来,可见他神色如常,也就瞬间放了心。

季弥心不在焉地说:"见了。"

"啊?"初至这才反应过来,他是在回答她的问题。

沉默三秒,初至让自己尽量不显情绪地问道:"那怎么样啊?"

季弥没有回答。

这时音乐放完,节目开始。

初至立刻进入专业主持状态:"欢迎继续收听'人物之声'频道,欢迎大家在微博搜索任初至进行留言,我们继续来看看听众朋友们都有什么问题要问。

"一位微博名叫'浅夏清风'的听众朋友说:想知道季医生为什么当初高考志愿选择医科大学,还有想知道季医生目前是单身状态吗?"

"哈哈!"初至干笑两声感慨道,"这两个问题都是非常关键的问题,那下面我们把选择题交给季医生,你想先回答哪一个?"

还不待季弥回答,初至就自顾自发问:"你目前是单身状态吗?"

季弥这个问题回答得很干脆:"是单身。"

听到这句话,初至松了口气,这心情的起伏真是比玩过山车还刺激。

"那还有一个问题,季医生为什么当初高考志愿选择医科大学呢?"

两秒的冷场。

没有听到季弥的回答,初至好奇往旁边一看才发现,季弥此刻眼睛正一眨不眨地看着她,眼中的情绪她不太懂,眸色深沉盯得她心里发慌。

初至瞪大了眼睛,有些不知所措,只能一边摇头一边不发声张嘴问他:"不能说?"

这个问题是他的禁区吗?

好尴尬。

初至刚想说点什么缓解紧张的氛围,就听见季弥慢条斯理地说道:"从高一的时候开始想当医生的,之后就为此努力。高考分数出来之后,就顺理成章地报了医科大学的志愿。"

高一的时候?

初至觉得心里乱七八糟的,高一的时候她还在他的身边呢。

季弥那时有说过他要当医生吗?

她那时候自诩为季弥百科全书,关于季弥的一切知识点她都倒背如流,熟悉到能给别人一条条的科普。怎么如今一时间想不起来,他什么时候说过要当医生了?

再加上刚才季弥那么看她,明明没做错什么,可是怎么莫名其妙地有一种心虚感。

初至继续看微博留言,因为慌乱,所以像抓到一根救命稻草般随便选了一条留言就开始念:"这位微博名叫'稻草与麦子'的听众朋友问季医生是哪里人?会一直留在临城吗?还有……"

这个问题看得初至直皱眉头,这都什么跟什么啊?

话到嘴边,她只能硬着头皮读了下来:"还有季医生的理想型是什么样子的女生?"

初至说完还故作轻松地笑了两声,语气活泼道:"咱们是变成相亲节目了吗?接下来我是不是该说欢迎大家拨打热线来参加节目了?"

就在初至想打着哈哈把这个问题给忽略过去时,季弥却接过了这个话,悠悠地说:"云城人,目前看来会一直留在临城。"

一时间静谧无声,初至几乎是屏住呼吸等他接下来那个问题的回答。

季弥一字一顿地说:"理想型是不乱跑的、能说到做到的、会安心陪在我身边的女生。"

初至心中有所察觉。

他搁这儿内涵谁呢?

初至"嘶"地吸了口冷气,几乎是有些报复地说道:"这样啊。各位听众朋友听清楚了吧,大家谁认识这样的女生可以积极地来给季医生介绍,季医生的这个要求着实不算高。"

"是吗?"季弥笑盈盈地说,"可好像有的人就是做不到呢。"

初至瞬间无言。

笑里藏刀,绵里藏针,这天真的是聊不下去了。

直播室里的气氛剑拔弩张,直播室外的郑涵看戏看得津津有味。

这两个人之间,要说没点什么,谁会信啊?

初至暂时放弃沟通:"好,我们来听一听接下来这首歌,等会儿继续聊。"

初至看了看电脑上的歌单,真是好巧不巧,下一首歌是《匆匆那年》。

还真是……应景啊。

歌声响起时,初至从耳机里听到这熟悉的旋律,还是不由自主地瞥了一眼坐在身旁的季弥。

这首歌刚出来时，初至还在上大学。

冬日里某个悠闲的周六午后，室友陶秀洁在宿舍用笔记本电脑看电影，初至趴在床上单手撑腮，正在专心致志地用手机看一本宅斗小说。

陶秀洁和初至是对床，所以她公放的电影声音，初至基本上一字不漏地都听进了耳朵里。

可初至对电影并没什么兴趣，所以一直在津津有味地看重生而来的不受宠被欺辱的庶女，是如何一步步在深宅大院中夺得本应属于她的东西。

直到这首歌的声音出现，初至像被击中般愣了一瞬，立刻从小说页面退出来，打开音乐APP搜索这首歌。

那段时间，她把这首歌单曲循环听了很多很多遍。

她对一句歌词印象很深刻：如果再见不能红着眼，是否还能红着脸。

初至听的时候心中会爬上一点微小的希冀，他们还会再见吗？

可这种不切实际的幻想出现的那一刹那，她就立刻否决掉了这种可能性。

没有任何联系方式，自己也不知道他的去向。现实又不是电视剧，这怎么还能遇到呢？

初至想起高一结束的那个暑假，在家中经历过很多次要债的人上门骚扰后，她几乎是条件反射般一听到敲门的声音就神经紧绷，无比害怕。

因为这种敲门声往往会夹杂着男人粗重狠厉的叫骂，猛烈地砸击着门，似乎下一秒就能破门而入。

那种怕几乎是深入骨髓的，变成了噩梦一般的存在。

初至以前从没经历过这种场面，如果这时家里没其他人，初至就会抱着弟弟躲进房间里。

弟弟第一次经历这种场面时被吓哭了,后来就会很懂事地学着小大人的样子安慰初至说:"姐姐你别害怕,我会保护你。"

初至会装作开心地说:"好啊,姐姐相信小桉会保护我的。"

只是那颗心止不住地沉沉下坠。

一天天过去,这种情况却并没有什么好转的迹象,家中再也不复往日的平静。

终于有一天,一向注意仪容的妈妈面上泛着疲惫,还不忘用商量的口吻对她说:"初至,你愿意离开云城吗?"

初至沉默半晌,看着这段时间以来日渐消瘦的妈妈,轻声回答道:"愿意。"

虽然心里并不愿离开云城,可她做不到不顾家人的感受。

父母承受的压力很大,在那种情况下,如果只考虑自己怎么样,真的很自私。

答应离开的那天下午,初至心情忐忑地打开了QQ。

想对季弥说一声她要离开云城了,希望即使他不喜欢她,两人之间还是可以以朋友的方式相处,不要断了联系。

就在她心中斟酌着措辞时,同桌夏悦的对话框就不断闪烁着跳了出来。

夏悦:重磅消息!你猜我刚才看见了谁?

夏悦:季弥和宋思思!

夏悦:这两个人一起出现在图书馆里肯定有情况!

夏悦:哎哟,宋思思真的太老套了,居然装跌倒让季弥扶着她!

夏悦:初至,我看你地位不保。

夏悦:太惨了,他俩这暑假说不定就暗度陈仓上了。你先趁着暑假整理一下心情,不然我怕你开学后会接受不了这个惨痛的现实。

宋思思是初至隔壁班的女生，个子高，长得漂亮，黑长直的头发，穿的衣服也很衬她的身材。在一群埋头学习还长着青春痘的女生中格外出众，属于女神般的存在。

最重要的是，宋思思喜欢季弥。

那时宋思思和季弥都参加了生物竞赛辅导，每周三的晚自习都要去单独的教室听老师讲竞赛内容。在第一堂课之后，宋思思就经常来班里找季弥，很快就有风言风语传出。

对此，宋思思并不否认。

所有人都很兴奋，除了初至。

她酸溜溜的。

在这之前，偶尔课间宋思思从班级门口路过时，坐在窗边的初至就会停下笔抬头看她，先是目不转睛地欣赏一下，紧接着便会有些惆怅地转头跟同桌夏悦说："你说如果以后这样优秀的女孩喜欢季弥，我该怎么办啊？"

正在做题的夏悦敷衍地说："没事的，你到时候说不定就不喜欢季弥了。"

初至摇摇头，郑重地说："不，我跟他说过，会一直最喜欢他的，会喜欢到老，喜欢到死。我还问他要不要也最喜欢我。"

夏悦"啧"了一声，心想初至怕不是着了魔："那他是怎么回你的？"

初至回忆了一下当时的场景："他虽然看上去很冷漠，但言语之间还是很关心我的。"

夏悦无比好奇："关心你什么？"

初至顿了一下："他问我，你没事吧？"

夏悦"扑哧"笑出了声，可见初至一脸苦兮兮的样子顿时就收敛了笑意。

她无比认真地思考了一会儿，拍拍初至的肩"不要担心了，大小姐，你家有钱。"

初至听了更惆怅了："那我这个人就没什么优点值得说吗？"

夏悦想了想说："你很活泼。"

初至一脸期待地问："还有吗？"

夏悦又沉思了一会儿，眼睛一亮："还有开朗。"

初至眨眨眼，这两个词有什么区别吗？

那时，初至看着聊天页面上一连串夏悦发来的消息，只觉得什么叫作一语成谶，她算是彻底明白了。

不仅宋思思喜欢了季弥，她还连家里有钱和活泼开朗的两个优点，也都没了。

初至的心情在看到夏悦消息的那瞬间几乎是跌入谷底，但她还是鼓起勇气打开了和季弥的聊天框。

犹豫了一会儿，发过去一句：你现在在哪里？

很快，对方就回了她。

季弥：市图书馆。

初至：你一个人吗？

季弥：和宋思思一起。

季弥：有什么事？

这是第一次，初至在和季弥的聊天里出现其他女生的名字。

其实初至心里有很多问题想问，比如你们去图书馆干什么？你究竟和宋思思是什么关系……

还有，我要离开了。

初至迟疑了很久，最后叹了一口气，什么都不想说了。

初至：没事了，再见。

季弥：嗯，开学见。

初至一动没动地盯着这条信息看了半小时，眼睫颤动，不知不觉间竟然掉了泪。

最后她一边抬手胡乱擦着眼泪，一边给季弥发了最后一条消息。

初至：是我不喜欢你了，我以后都不想再见到你。

说完，她就退出了QQ，把手机关机，拔出电话卡，发狠般打定主意不再看他的任何消息。

按下关机键的那一刻，初至泪眼模糊得几乎看不见屏幕。

得不到回应的喜欢，真是让人受尽委屈。

第二天妈妈就去学校里给她办了转学，她也没有把这个消息和任何人说。

一家人到了川城以后，初至更加忙碌了。

选学校，办理转学，认识新同学，赶新学校的课程，适应川城的气候和路线……

每一件事情都让她忙得不可开交。

好在爸爸的身体渐渐好转，爸妈经过商量后在川城开了一家饭店，一直勤奋肯干的爸妈对饭店投入了极大的心力，功夫不负有心人，店铺的生意日渐红火起来。

生意逐渐好起来后，饭店的收入不仅能够维持一家人的生活，还能够攒下些钱慢慢还债。

初至在川城生活了一段时间，适应了生活节奏，学业上不再那么忙碌后，想登录许久未上的QQ看一下，可因为太久没登录所以需要用手机接收验证码。

这时初至才发现一个很严重的问题，她的号是用云城的手机号注册的，但那张电话卡在她离开云城前就已经被妈妈拿去电信公司注销了。

这也就意味着，她可能再也登不上这个号了。

在最初脑袋一蒙的不可置信后，慢慢地，她平静了下来，也接受了这个事实，没有再尝试用其他办法登录上去。

即使登上了又能怎么样呢？

他们没有在一起，她不能怎么样。

他们在一起了，她更不能怎么样。

初至觉得，不论是哪个事实都能够自己心痛一阵的。与其如此拖拖拉拉地纠缠着，不如彻底与过去诀别。

反正自己忘性大，不过是年少悸动。

一生这么长，无论多浓烈的感情都会逐渐变淡。

人的大脑为了保护身体应该会自动模糊掉痛苦的记忆，高一那一年在云城的种种，初至后来大都已记不太清。

只是和季弥之间的所有事情，会因为她恋旧般反复回忆而鲜艳如昨。

初至仍会在一些不经意的时刻突然想起他。

像是永远无法斩钉截铁地和那些与他有关的记忆画下一个句号。

"初至？任初至！直播呢！"

导播郑姐耳机里焦急的呼喊声让她瞬间回过神，原来歌曲已经播放结束。

初至透过玻璃窗看了眼导播，又看了眼身旁的季弥，正好对上了他探究的眼神。

初至心中一慌，立刻逃避了他的视线，继续波澜不惊地主持。

"北京时间八点零一分二十九秒，欢迎大家继续收听临城广播'人物之声'频道，听众朋友们可以登录新浪微博搜索任初至与我们留言互动。"

初至熟练地说了这段话，和之前没什么不同。

节目有条不紊地继续进行下去。

此时，有一条微博评论吸引住了初至的视线。

"这位微博名叫'惊涛风声'的听众朋友说：开车听电台居然还能遇到熟人！季师兄当年在学校里妥妥是男神啊，毕业时是临城市优秀毕业生，我作为小他两届的师弟都听导师提起过他。即将迎来一年一度高考毕业填志愿季了，欢迎大家报考临城医科大学。"

看到接下来一句时，初至不禁笑着读了出来："学医人学医魂，学医都是人上人。学医哪儿哪儿都好，就是头有点凉。"

"这位听众朋友很幽默啊。"初至转头看向季弥，"不过据我观察，季医生的头发目前来说还是很茂盛的，应该没这方面的困扰。那我就想问一下季医生，你的大学生活是什么样的呢？"

季弥想起每学期开学时那厚厚一摞的书，天还未亮时图书馆门前就开始排起的长队，还有来自师兄师姐们传承下来的多条医学魔咒，以及解剖楼里无数只为医学献身翘脚的无菌小老鼠……

季弥眨眨眼，这种种的场景都只构成一句话。

他温和地说："就是认真学习。"

"对，大学里认真学习是非常重要的，因为其实不论将来从事哪一个职业，都需要去认真学习专业知识，才能做到有所建树。"初至总结了一下后，继续追问，"那季医生你大学时有没有遇到过什么有趣的事情呢？"

有趣的事情吗？

季弥沉吟了一瞬，似是回忆起了什么，眼眉间都带了点笑意："大二我去学校旁边的医院做志愿者，在给新生儿穿衣服的时候，有一个小朋友还在闭着眼睛睡觉，却用小手紧紧地攥住了我的手指，那一刻真的很感动。"

"哇！"初至不由得感叹了一声，"迎接新生命总是会让人觉得美好的。"

季弥认同地点点头，自然而然地问道："你呢？"

初至还沉浸在想象季弥给小宝宝换衣服的场面之中，猝不及防地被这么一问还有些没反应过来。

初至："什么？"

季弥耐心地问："大学时候遇到有趣的事情。"

初至"哦"了一声，开玩笑般说道："谈起大学那对我来说的确有点久远了，我得想一想。"

可她越想越觉得好像哪里不太对劲的样子。

等一等，这究竟是谁采访谁？

但眼下木已成舟，她只能搜肠刮肚地思考起来。

经过一番绞尽脑汁的思考后，初至终于想出来一件大学时发生的较为新奇的事情。

她带点兴奋地回答："我记得有天去吃食堂的炒小青菜，结果食堂阿姨根本没洗青菜，所以我居然在青菜叶里吃出来一只蜗牛，就是那种下过雨之后就会爬在树叶上缓缓蠕动的小蜗牛，当时就觉得食堂真是洋气又法式！"

初至说完这件事还觉得有些意犹未尽："除了在学校食堂吃到蜗牛，我还吃到过别的特别有意思的东西，你想听吗？"

季弥原本期待的笑意在听了初至的回答后僵在了脸上。

他淡淡道："可以了，不要再说了。"

再说就烦了。

初至一噎，立刻开启了下一个话题："有听众留言问季医生，做医生需要拥有的特质是什么呢？"

季弥沉思了一下："我个人觉得第一是有技术，因为进行每一项操作都关乎患者的生命安全；第二是有持续学习的能力，因为医学的知识更新迭代得很快；第三是需要有一定的人文关怀能力，因为即便有时已经尽力了，但是呈现的治疗结果并不一定能让每一个患者都满意。"

初至认真地点点头："嗯，我要再次谢谢季医生今天来接受我们电台的访问，希望今天这期节目能够让大家更多地认知医生这个职业，也希望大家对医务工作者能够多一些理解。"

紧接着是放歌曲和广告的时间。

初至带来接下来放给听众的这首歌是《昨天的你的现在的未来》。

很温柔的歌，歌曲播放的时候，初至翻阅着微博评论，看见评论里有听众问：季医生是什么星座？

初至忽然想起季弥的生日是六月十六日，非常好记的日期。

她下意识地看了眼电脑屏幕右下方的日期，默默算了一下时间后，心里猛然一跳，下周天他就要过生日了。

初至偏头看向季弥，他正垂眸认真看着微博下的留言。

也不知道他有没有看到这一条。

初至想起高一那年的六月十六日，不仅学校里要上课，还临近期末考。

期末考完就要根据成绩进行文理分科了。

初至偏科偏得厉害，理科烂得一塌糊涂。但她知道季弥理科成绩很好，一定会选择理科。

初至纠结来纠结去，还是一咬牙，在填文理预选意向表的时候选了理科。

反正是预选，就先这样定着吧，等到真正填的时候再说。

结果这张预选意向表还没交到老师那里，就被季弥拿到了她面前。

那也是高一那一年里，他为数不多主动来找她的一次。

初至到现在都还记得那天晚自习后，高高瘦瘦的他站在自己座位旁边，修长白皙的手指按着自己填的理科那一栏，声音有些冷地说："别为了任何人放弃你的未来。即使你选理科，按排名也不能和我一个班。"

听到这话，初至脸热地低头不敢看他，她的那点小心思他向来一眼就能看透，只是一直懒得戳破。

最终填文理分科的意向表时，初至欢天喜地地去教室里的最后一排找季弥。

"季弥，我选了文科哦！"

季弥抬眼看了看初至，"嗯"了一声后就继续低头做题了。

初至习惯了他这样，所以并不在意他此刻的态度，继续欢快地说："既然开学我不能和你一个班了，那暑假我给你补过生日吧，你请我去游乐园玩呗。"

季弥头都没抬："再说。"

"去嘛去嘛！我想了很多好玩的地方——"初至还想再劝几句时，突然意识到刚才季弥说的是再说，而不是不行。

他没有直接拒绝她！

那就意味着有很大的机会！

初至笑眯眯地说："好哦，那我到时候再联系你。"

只是后来……

后来暑假发生了那样的事情。

初至闭了闭眼睛，再后来时光就到了现在。

此时耳机里正好放到这句歌词：说了没做的事你是否还在期待。

初至忍不住垂下了眼眸，怎么突然有点好哭。

那身边的这个人呢，他那时有过期待吗？

广告播放结束后，初至继续直播。

"北京时间二十点五十三分四十五秒，各位听众朋友，今天的'人物之声'频道就要结束了，感谢大家的收听。也欢迎大家接下来继续收听临城音乐广播频道，下一个节目仍是由我来主持，我是主持人初至，我们待会儿见。"

流畅地说完这段话后，初至摘下耳机，转头对季弥说："谢谢你今天能来，我接下来还要继续直播两小时，你先回家吧。"

季弥点点头，起身走出了直播室。

初至独自一人主持完接下来两个小时的节目，收拾好桌面上的物品，换下拖鞋准备走出直播间。

可推开直播间的门，抬头一看眼前的人有点蒙。

季弥坐在直播间外的沙发上并未离开，而郑涵正坐在他身边眉飞色舞地说着什么。

明明刚刚从直播间里往外看，郑涵还坐在导播室的位置上。

郑涵见她出来，立刻热情地站了起来："快回家吧，人家小季特地在这里等你。"

初至看向季弥，眼睛里有着不解。

他，特意在这里等她吗？

季弥抬头对上了初至的眼神后从沙发上站了起来，对郑涵点头示意后就往电梯的方向走去。

初至连忙跟上。

进了电梯，她好奇地问："刚刚导播跟你讲了什么？"

季弥回想起郑涵一脸神秘地问："帅哥，你是我们初至的男朋友吗？"

季弥实事求是地说："我想你可能搞——"

我想你可能搞错了。

不过这"错了"两个字还没说出口,郑涵就立刻沉痛地打断了他的话:"好了不用解释了!我们初至之前遭遇过情伤,不论你是谁都得好好对她,不要再让她伤心了。如果你对她不好,我这边有男生排着队要介绍给她呢!"

季弥无奈地摇摇头。不愧是任初至的朋友,这不爱听别人说完话的性格,都和她一模一样。

不过……情伤吗?

季弥回想起这个词,又垂眸看了一眼初至,此刻她正睁大眼睛用着一种求知的眼神看着他。

一脸无辜的样子。

电梯到达负一楼的停车场。

"我开车送你回家。"季弥说完这句话就出了电梯。

初至紧跟上去,虽然心里很高兴,但还是不忘本地得了便宜还卖乖一番:"其实你不用专门等我这么久,我晚上下班之后可以打车回家的,我打车回去的车费,台里是都能够报销的。"

季弥闻言停下脚步,紧跟在他身后的初至差点撞到他的背上。

初至摸了摸脑门,疑惑地问:"你怎么不走了?"

季弥挑挑眉,幽幽地说:"那你打车回去吧。"

他说完这句话后,两人之间沉默了三秒。

连周遭的空气都安静了下来。

然后初至装作无事发生地率先朝前走去,边走边问:"你的车停在哪里啊?"

季弥看着前方女孩的背影,摇摇头无奈一笑,跟了上去。

两人走到车前,初至习惯性地走到后座想拉车门,却在手碰到车门的那一刻迟疑了一瞬。

接着,她转身走到了副驾驶座旁,拉开车门坐了上去,乖乖系好安全带。

坐在驾驶座上的季弥看着她的举动,并没有说什么。

这天直播了四个小时,初至觉得有些累,所以一言未发。

车开到半路,季弥状似无意地发问:"听你的导播说,你受过情伤?"

"有吗?"初至皱皱眉使劲回忆,随即眼睛一亮,"我想起来了!因为之前涵姐总是要给我介绍对象,我推不掉,就直接对她撒谎说我有男朋友了。"

季弥挑挑眉:"真有男朋友了?"

"那倒没有,"初至诚实回答,"不过那段时间恰好有听众来电环节,我为了圆这个谎,听众问我感情问题,我就假装我是有男朋友的状态。

"你知道的,我这个人忘性大,不擅长圆谎,所以后来为了摆脱涵姐的热心介绍,更怕工作上会出现什么纰漏,我就直接跟涵姐说我分手了,受了情伤,让她不要再给我介绍对象了。"

初至说完后,车内陷入一阵沉默。

很久之后,她才听到季弥低低的一句:"我明白了。"

初至点点头:"你明白就行,涵姐的话你别往心里去。"

她不知道,季弥明白的是另一件事。

那束大学时没能送出去的花,没能说出口的告白,原来都是一场误会。

他却真实地,为此消沉许久。

黑暗中,季弥无声地笑了笑,以前还是不够成熟,如果能够找到她说清楚,也不会错过这么久。

在爱情里,自尊不算什么,错过比自尊可怕。

可惜他那时不懂。

从前心有千千结，如今也被一一解，能有再次重逢的机会，他已对命运生出诸多感激。

到了小区门口，初至对季弥道了谢，说完再见就走回了租住的房子。

晚上回到家时已经十一点半了。

到家后，初至给季弥发了个微信消息。

初至：我到家了，今天谢谢你。

很快，季弥回复了她。

季弥：嗯，晚安。

初至：晚安［月亮］

初至简单洗漱后躺在床上，空调"嗡嗡"地吹着凉风，柔软的被子把身体包裹起来。

白天的紧张和疲惫让她很快昏昏欲睡，半梦半醒之间，那些尘封的记忆像是突然从另一个星球上进入了脑海。

朦胧中聚着一层白光，让人看不真切，却是真实的。

她想起了从前的一件小事。

高一下学期，初至因为下排牙右边倒数第一颗蛀牙太严重，所以去医院做了根管治疗。

根管治疗要跑牙科医院两次，第一次去医院是进行清理龋齿、杀神经这个步骤。

那时初至并不知道会有那么疼，无知无畏地往牙科医院的躺椅上那么一躺，很快就从嗓子里发出第一声惨叫。

就在以为第一次就已经是疼痛的极限时，第二次的戳牙根让她彻底蔫了。

因为她这颗牙的牙根长，所以比较难通，医生每一次拿那种长针用力戳牙根时，力气大得像是要把她的下颌骨给戳碎一样。

如果说身体磕到哪里时是生疼生疼的,那么被医生戳牙根时就是阴疼阴疼的。

疼得她脑门直冒虚汗。

初至躺在牙科医院的躺椅上,张着嘴巴度过了无比漫长的三小时。

这三个小时躺得她双目涣散,躺得她眼神无光,躺得她觉得人生真的是失去了希望。

终于,根管治疗结束了。

医生说"好了"这两个字的时候,声音仿若天籁。

初至从牙科医院躺椅上下来的那一刻,如获新生。

因为是周五下午请假去医院做的治疗,所以回到学校时正好是大课间的晚饭时间,同学们基本都去食堂或者学校门口的小吃街吃饭了。

并没有什么人在教室里。

初至回到教室时,看到季弥还坐在座位上时,不禁眼前一亮,当下就拖着病恹恹的身体,去男神旁边求安慰了。

身体上既然已经不可避免地受苦了,就肯定要在精神上找补回来。

此时不卖惨,更待何时?

初至慢吞吞地从教室门口走到最后一排,一屁股坐在了季弥旁边的空座位上。

季弥正趴在课桌上睡觉,初至先是认真端详了一会儿他的脸,紧接着伸出食指戳了戳他的脸颊。

季弥睁开眼睛,声音微哑,带着几分倦意地问道:"什么事?"

初至一时间不知道该说什么来最大限度地获得同情票,眨眨眼睛有点迟疑。

季弥定定看了她一会儿,有点不可置信地问道:"你哭了?"

初至揉了揉眼睛,其实她并没有主动哭,只是因为下午治疗的时候太疼了,所以生理性地冒出了些眼泪。

但她还是点点头,可怜兮兮地说:"根管治疗太疼了。"

季弥的神情刚开始有所软化时,初至像是突然想到什么,兴奋起来:"季弥,你张大嘴巴,我来给你检查牙齿吧,看看你有没有蛀牙。"

季弥坐直了身子,随手拿起课桌上的水笔,又把上节课发下来的英语试卷铺在桌面上。

一副"我要学习了,你别来打扰我"的样子。

整套动作十分流畅,像是应付惯了这种无理要求。

见他对自己的提议并不感兴趣,初至也不气馁。她继续提建议:"你成绩这么好,以后去当医生吧。"

季弥停下笔,安安静静不作声。

"不过别去当牙医了,"初至补充道,"以后我一定会爱惜牙齿的,不想再进牙科了。"

初至笑眯眯地说:"如果以后我去医院给我看病的人是你,那我就没那么害怕了。"

见自顾自说了这么多,季弥还是毫无反应,初至便有些心塞地站起身回自己的位置了。

这段记忆因为根管治疗的过程太疼了,所以自然而然地被尘封了起来。连带着尘封起来的,还有她和季弥之间的这段对话。

初至又想起今晚季弥在直播间里说的,高一开始就想当医生。

所以是这样吗?

所以真的是因为她吗?

初至睁开眼睛,意识变得十分清醒。

她坐起身,按下了床头灯的开关。

灯光亮得她一时间眯了眯眼,等适应了灯光后,她拿起了手机。

想起高一刚开学,她帮着同桌夏悦整理班级资料时,看见季弥家庭成员表的那一栏,母亲那一行的资料是空着的。

夏悦告诉她，季弥的母亲在他很小的时候就去世了，他的父亲又另娶了一个女人。

初至一脸震惊地问："你怎么知道的？"

夏悦自然地解释说："我爸爸和他爸爸是同事。"

所以下周天是季弥的生日。

临城这边有他的亲人吗？

会有人陪着他过吗？

初至点开微信，又打开和季弥的聊天框，忐忑地给他发了条消息。

初至：你下周的生日准备怎么过？

等了一会儿，没有等到他的回复。

这个点，可能已经睡觉了。

初至关上灯继续躺在床上，迷迷糊糊地睡了过去，第二天醒来的时候已经是上午十点。

她立刻打开手机，手机上的消息有很多条，但是并没有季弥的回复。

和季弥的对话框的最后一条消息，仍是自己昨晚发给他的那句话。

初至摇了摇头，自己这是怎么了？在期待什么呢？

即使没有她的这些年，他在临城不也生活得很好吗？

接下来的一周初至过得非常繁忙，忙到她没有空想任何事情。

工作上，每天下午都要和其他台的主持人一起进行统一的培训学习。

生活上，出租房的空调坏了，初至联系了房东阿姨，房东阿姨又联系了修理师傅。

临城的夏天非常闷热，即便是晚上气温也降不下来，没有空调，可以说是度日如年。

或许是夏天到了，临城需要修理的空调太多，师傅行程很紧，周五上午才姗姗来迟地到初至的屋里修空调。

到了周六的时候，终于空调也修好了，下午也不用去台里学习了。初至正打算好好享受这一天白天的清闲时光时，却接到了家里的电话。

郑兰梅在电话那头说："初至，跟你商量一件事，小桉说中考结束要去你那里住一段时间。"

"啊？他自己说要来的吗？"

郑兰梅："对，他说想看看姐姐这几年在临城生活得怎么样。"

初至一噎："可我这里地方不够住啊。"

郑兰梅问："上次你不是说换了个一室一厅的屋子吗？你现在住的地方客厅里给他铺张床就行。"

初至顿感心累，果然撒下一个谎要用无数个谎来圆。

毕业后，她为了省钱，租的屋子面积非常小。

虽然房子里有单独的卫生间，但卧室里摆了一张床和一个柜子后就没有其他多余的地方了。

就连晾衣服都是在窗户上面放个杆，把衣服挂到窗户外晾干。

半年前李国华和郑兰梅来临城时，看到初至住的是这样的房子，非常心疼。说这房子住得太憋屈了，一定要给女儿换个房子住。

最后她好说歹说才把父母劝回家了，又在他们的百般催促下发了个新房的小视频过去，说自己已经换了套宽敞的房子。

实际上那个新房的小视频，是她从房屋中介的朋友圈里随便找的视频下载下来后发给父母的。

她并没换房子，因为现在住的房子租金相对较低，离单位也不算远。

如果在临城这个寸土寸金的地方租一个好一点的房子，每个月房租都要花掉初至快一半的工资。

她舍不得。

初至从小到大都非常听话，因此，李国华和郑兰梅也没有怀疑，觉得女儿终于换了新房子住，也放心了一些。

初至从大学就开始打工，其实是有点积蓄的。

大学打工获得的第一笔钱，她就转给了母亲。那时家里的债务依然没有还清，作为家庭的一员，初至想尽可能地帮助家里早点还清钱。

能帮一点是一点。

可父母并没有收。

初至仍然记得当时母亲温和的话："这是我和你爸欠下的钱，没有让你还的道理，你不用管这些，缺钱就问家里要。"

虽然那时兼职的钱已经够养活自己，但她仍旧每个月都能收到从家里打来的钱。

可初至的生活仍是紧巴巴的，她对自己非常抠门。

高中时父亲的生病和公司的破产，让她心中不安全感极强。

那时家里曾经帮助过的亲戚朋友们，很多都不愿意借钱给他们家，初至现在仍记得当时父母的无助。

因为心里很害怕会再发生一次这样的事情，所以她一直有存钱的习惯，自然也不会大手大脚地花钱。

电话那头郑兰梅仍在嘱咐初至："如果你有空就带他在临城里玩一玩、逛一逛，没空就让他自己一个人待着就行。"

初至："行，我知道了。"

挂了电话后，初至算了算时间，下周结束后小桉就中考完了。

这房子是必须得租了。

她立刻打开租房网站开始看房子。

看了一天的房子看得她头昏眼花，看到半夜她依旧选不出来究竟该住哪儿。

初至想着等白天再出门去附近看一看房子，定了闹铃之后，就睡了过去。

第二天一大早，仍在睡梦中的初至就听到了电话铃声响起。

她从被子里伸出手，摸索到枕头旁边的手机，放到耳边。

迷迷糊糊接了之后，初至明显没睡醒地问道："谁啊？"

电话那边默了一瞬，紧接着一道熟悉的声音传来："任初至，你说我是谁？"

第四章
游乐园

初至听到这个声音一下子就从床上坐了起来。

她使劲揉了揉眼睛,把手机从耳边拿到眼前一看,时间是上午八点,来电显示上的名字是季弥。

打了个哈欠后,她又把手机放到了耳边,声音里带着浓浓的倦意:"有什么事?我现在很困。"

季弥的声音似乎带了一丝谴责:"你不是说要陪我过生日的吗?"

初至一愣:"啊?我是这样说的吗?"她好像问的是他生日准备怎么过吧?怎么就成了她要陪他过生日了?

"对。"季弥的语气十分理所当然,不给她一点思考时间地催促道,"我在你小区门口等你。"

挂了电话,初至神志清醒了些,匆匆洗漱后胡乱咬了两口面包。

打开衣柜换了身衣服后,拎包下了楼,初至走到了小区门口,一眼就看见了季弥的车。

她拉开副驾驶座位旁的车门坐了进去,一眼看到了驾驶位上的季弥。

初至尴尬一笑:"生日快乐,礼物以后再给你补上。"

季弥漫不经心地问:"嗯,你想去哪儿?"

"啊?"初至觉得有点不可思议,"我来决定吗?"

这不是他的生日吗?

"你来定。"季弥懒懒地说。

初至想了想，试探性地问："那去梦幻谷？"

梦幻谷是临城市占地面积最大的游乐园。就当是圆了她高一时说的那句，陪他去游乐园过生日的话。

高一时她和同桌探讨了好长时间，才定下来去游乐园的必玩项目。

初至记得那时候同桌煞有介事地对她说："可以先去一个高点的地方，他恐高的时候你就牵他的手。如果他不恐高，你就装作恐高的样子，让他来牵你的手。

"然后再去坐摩天轮，摩天轮代表着密闭空间，多么罗曼蒂克。"说到这儿，同桌"嘿嘿"一笑，"然后你们俩在摩天轮里就可以这样那样，互诉衷肠什么的。"

那时候初至听得一愣一愣的，看着同桌的眼神都充满了崇拜，只觉得自己遇见了爱情大师。

同桌继续给她传授经验："最后你们可以一起去爬山，这项活动需要互相扶持，需要坚持不懈的毅力，需要冲向山顶不动摇的精神。你懂吧？就是你要让他看到你的这一面哈，你要让他看到你的优点，让他知道你不是一个虚有其表的人……"

反正现在也不知道该做什么，索性就这么做吧。

到了梦幻谷后，初至提议一起去走玻璃栈道，季弥点点头表示一切都听她的安排。

两人乘坐电梯来到玻璃栈道入口处，眼前是一条透明的玻璃长廊，长廊旁边是高高的扶手，还能看到远处灵山茂盛的树木。

走到这里，初至后知后觉地不好意思起来，抬眸问季弥："你怕高吗？"

季弥没有回答，反问一句："你怕吗？"

初至瞬间就懂了。

男人，不正面回答肯定就是害怕。

于是，初至大无畏地回答："我当然不怕，如果你怕的话要告诉我，这也不是什么丢人的事情。"

说完，她就身体力行地大跨两步，走上了玻璃栈道。

玻璃栈道的入口处有一个因为害怕而哭闹不止的小男孩，死活都不愿意走上去。孩子妈妈抱着"来都来了"的想法，正在极力劝孩子走上去试一试。

正巧，孩子妈妈看到这一幕，立刻伸手指向初至："宝宝，你看那个姐姐都走上去了，你可是得过校级三好学生的小朋友了，你也肯定不会被这份困难打倒的！"

可是被当作榜样的初至此刻双腿打战、瑟瑟发抖，玻璃栈道下是宽阔的湖面，湖水奔涌不息。

她知道这里高，可没想到这里这么高。

她往下看一眼，就感觉自己已经被湖水卷走了。

好恐怖，好可怕，好想喊救命啊啊啊！

初至稍微往左移了一点，伸手去够住银色把手，颤颤巍巍地缓缓蹲下，再也不敢往前一步。

此时，刚刚不敢走上来的小男孩，已经被妈妈牵着走到了她的身边。

小男孩看到初至这副怂得要命的样子，扭头就跟妈妈说："这个姐姐也不怎么样嘛，看上去吓得都要尿裤子了。"

初至听到这话，心中的恐惧瞬间被羞愤替代。

孩子，虽然你说得很小声，但是咱们离得这么近，我也是能听到的好吗……

孩子妈妈的表情明显很尴尬，拉着孩子就往前走了。

此时季弥闲庭信步地走到初至身边，微微一笑，幽幽说道："如果你怕的话要告诉我,这也不是什么丢人的事情。"

……情况怎么会变成这样?

抢她台词?

不过这招激将法的确有用,她立刻站直身子:"谁说我怕?我一点都不怕!"

季弥意味深长地看她一眼,丢下一句"是吗",就慢悠悠继续往前走了。

初至站在原地,看着前方长得似乎走不到头的玻璃栈道,心的确被狠狠伤到了。

怎么会这样?故事情节不该是这么发展的!

此时她旁边走来一对小情侣。

这对小情侣手牵着手走上玻璃栈道,女生甩甩手对男生撒娇:"哥哥,人家好害怕哦。"

男生男友力爆棚,立刻搂住女生的腰:"宝贝别怕,我搂着你走。"

女生害羞地在男生怀里扭了扭身子,两人紧贴着对方,浓情蜜意地往前走了。

初至看到后心领神会,这不就是办法吗!有样学样她还是会的。

她忍着恐惧快步走到了前方的季弥身边,声音尽可能地放轻柔:"季弥,我真的有点害怕,我觉得我心快跳出来了!"

季弥眼眸深深地看向她,初至被这么一看,紧张地咽口水。

紧接着,她听到他慢条斯理的声音:"既然这样,我们回去吧,反正这里离入口也不远。"

初至皱眉。

怎么剧情发展总是出乎她的意料?

她立刻咬牙切齿地说:"不!好不容易来一趟,我要继续走下去!"

果不其然,这句话换来季弥一个颇具赞赏之意的眼神。

正在初至被这个眼神激励到的时候,他紧接着的一句话仿若一盆凉水泼下来,让她瞬间清醒。

季弥说:"那你放轻松,做几个深呼吸调节一下。"

说完他就转身继续往前走了。

情绪立刻上头,初至朝眼前的身影大声喊道:"你站住!"

季弥停了下来,转身朝她走过来,走到她身边时带笑地问了句:"什么事?"

初至的气势顿时弱下来:"那个……那个现在风景这么好,我……我给你看个手相吧。"

风景好?

季弥看着害怕得双腿直打战的初至,她真的有心情看这里的风景吗?

可他还是决定不拂了她的兴致,装作惊讶地问:"你还会这个?"

初至挑挑眉,瞪大眼睛:"那当然!我会的可多了!"

季弥抬起手,无所谓地道:"你给我看看。"

初至抓过他骨节分明的手,他的手掌宽大,掌纹痕迹深刻。

初至低头看着,时不时故作玄虚般嘴里发出"啧啧"声。

她轻轻握着季弥修长的手指,嘴里喃喃道:"你这个命啊……"

初夏上午的阳光炽热耀眼,季弥被光照刺得微微眯了眯眼睛。

他看着眼前的女孩乌黑的后脑勺和被晒得泛红的耳朵。

她散落在两颊边的发丝被风一吹,时不时蹭过他的手臂。

有点痒。

他感受着被她握着手指那处的柔软,漫不经心地问:"嗯,怎么样?"

初至抬眸看他,鼻尖微微沁出了汗。

她的眼神温柔又认真，一字一句说得坚定："特别特别好，会平安顺遂地活到一百岁。"

　　看着季弥弥漫着笑意的脸，她神色未变，只是加重了语气，重复说道："我没骗你，真的。"

　　季弥十分配合地点点头："我相信你。"

　　好不容易一路扶着扶手，双腿发抖地从玻璃栈道上下来，初至一抬眼就看到了前面的摩天轮。

　　她眼前一亮，带着季弥来到了摩天轮的售票处。

　　季弥抬头望了望前方高耸入云的摩天轮，转头看向身边的初至，疑惑地问："你不是怕高的吗？"

　　初至干笑两声："我……我觉得我经过刚才的那个玻璃栈道后，恐高突然就好了很多，这应该就叫以毒攻毒吧。"

　　季弥意味深长地看了一眼初至："也真的是医学奇迹呢。"

　　沉默几秒，初至补充说："反正我特别想坐这个。"

　　这时，售票处的阿姨看着眼前的两人，大声问道："小姑娘、小伙子坐不坐的啦？"

　　初至连忙回答："坐！我们坐！"说着就开始低头从背包里找钱包。

　　就在她刚在背包底部摸到钱包时，季弥淡然地伸出胳膊，把手中的一百五十块钱从初至的头上递了过去。

　　阿姨接到季弥递来的门票钱，笑眯眯地把两张票递给了他，并且热情地嘱咐道："直接往里走就行了。"

　　季弥点点头，对售票阿姨说了句谢谢。

　　他轻轻拍了拍初至的肩："走吧。"

　　初至点点头，跟了上去。

两人走到摩天轮车厢入口处,远远看到摩天轮处的景象,初至不可置信般地往前跑了两步,再次确认了眼前的一幕后顿时傻眼了。

这并不是两人座的摩天轮车厢,而是能承载十人乘坐的摩天轮车厢。

现在这个摩天轮车厢里已经坐了七个人,有眼睫毛像牙签一样长的热辣女孩,还有对中年夫妻带着四五岁的孩子,以及三个暑假来梦幻谷玩的中学生。

此时季弥的声音在她的耳旁响起:"不是说特别想坐吗?怎么愣在这了?"

初至轻叹了口气,视死如归般坐进了摩天轮车厢,挡住了热辣女孩看向季弥的热辣眼神。

摩天轮缓缓往上升,初至的眼里毫无快乐,心中如坠冰窖。

此时摩天轮上升到顶点,大家纷纷从窗户往外看时,对面坐的小孩子开始不断向父母提问:"妈妈,梦比优斯奥特曼也会坐摩天轮吗?"

见妈妈不理他,他摸了摸摩天轮车厢的窗户,继续问道:"妈妈,为什么这个窗户开不开啊?"

他的神情很是天真:"妈妈,你能把这个窗户打开吗?我想变出一双翅膀从这里飞下去。"

说着,孩子还伸手去捶窗户,好在孩子父亲立刻制止了孩子的这一举动。

车厢内顿时鸦雀无声,大家的神情明显都有些焦灼,不断往外看,期盼着车厢能早点落地。

摩天轮落地时,车厢里的所有人明显都松了一口气。

初至从摩天轮下来后,就表情恹恹地往前走。

此刻,摩天轮的美梦破碎。

她伸展了一下僵硬的双臂,转头对季弥坚定地说:"现在时间还早,

走，我们去爬灵山，去领略一下会当凌绝顶，一览众山小的感觉。"

季弥淡淡地瞥了一眼初至："灵山要爬很久的，你确定？"

初至神情严肃："当然啊。"

对上季弥不信任的眼神后，她立刻清了清嗓子，沉稳地开口："我觉得你真的是小看我了，我就是那种有着坚定性格的人，什么事情一旦开始，我就不会轻言放弃！"

季弥点点头，嘴角扯出个笑容："行啊，我拭目以待。"

从摩天轮的位置走到灵山，看着很近，其实走了快一个小时。

才刚走到灵山山脚，初至就觉得有些累了，抬头看了看峭然屹立的灵山，心里直打退堂鼓。

但想到自己刚刚吹下的牛，她立刻就觉得不能放弃，还是得往上爬。

季弥看了看身旁神情上明显有畏缩之意的初至，挑了挑眉："你确定现在要爬山？"

初至点点头，理所当然地回道："当然了，我可是说到做到的人。"

季弥试探性地问："要不要先去吃午饭？"

初至目光坚定："吃了饭整个人就会懈怠了，哪里还爬得了山？"

季弥意味深长地看了初至一眼："行，那开始吧。"

于是两人就这么走走歇歇，从中午时分走到下午四点，终于爬到了半山腰。

同时一起爬山的人大都超过了他们，偶尔还能碰到从山顶下来的游客。

季弥看上去轻松无比，一路走来非常从容，还有心思点评一下路旁的动植物。

初至爬得气喘吁吁，她觉得她的双腿都颤巍得不是自己的了，随时都能倒下去。

感觉到身体里的最后一丝力气都被用完了后,初至立刻认怂,摆手疲惫地说道:"我不走了,我走不动了,我今天就爬到这儿了,再爬下去就是医疗事故了。"

说完她就一屁股坐在台阶上,摆出一副任尔东西南北风,我自岿然不动的气势。

季弥微笑地看着停滞不前的初至说道:"你的性格的确是如你所说的坚定,说不走就真是一步都走不下去呢。"

初至不好意思地干笑两声:"那不然我在这儿等你,你登上去拍两张照片后过来给我看看,也就相当于我也登顶了。"

季弥扯了扯唇角,坐在了初至身旁,淡淡说了一句:"你倒是想得美。"

紧接着,他随着初至的视线一起看向远方。

忽然初至重重地叹了口气。

季弥转头看向她:"你在想什么?"

初至抬眸和他对视:"我是觉得现在天色有点晚了,山上还真的有点冷,你的白衬衫里面穿背心什么的了吗?穿了的话你去那块大石头后面脱给我,我将就着穿一下。"说完她指了指旁边的一块大石头。

季弥欲言又止了一番后,最后温柔地拍了拍初至的肩膀:"这怎么累得都说上胡话了呢。"

初至摆了摆手站了起来:"算了不继续爬了,我们下山去吃饭吧。"

"初至?"

两人刚站起身,就看到前方有一位身形修长的男人激动地朝他们这里跑过来。

面容俊秀的男人跑到初至面前,浑身都带着晚霞的光。

他一脸惊喜地说:"真的是你!"

初至有些迟疑地问道:"你是?"

男人笑了笑:"我是江宇尘。"

初至看着眼前的人,不禁也有些惊讶:"宇尘哥?"

江宇尘是初至小时候的邻居,比她大了三岁。

那时两家的父母是很好的朋友,往来也很密切,逢年过节都会互相拜访问候。

初至和江宇尘是在同一个学校上的学,他比初至高了两个年级,如果初至的父母某段时间内比较忙的话,会让江宇尘的父母顺道接一下初至。

不过自从他们家搬走了后,两家人之间就再也没有了联系。

那还是初至刚上初二那年的事情了,初至记得他们一家人好像是出国了,离开得非常匆忙。

初至对江宇尘的印象就是一个非常温暖的哥哥。上小学的时候,正是父母做生意最忙的时候。她经常会在他家里等着父母来接。

那时候江宇尘年纪也不大,但是待初至有一种大哥哥对小妹妹的感觉,非常照顾她。

会在她写完作业后教她折纸,还会念故事给她听。

江宇尘一家搬走的时候,初至还失落了一阵子。

没想到居然在这里遇到了。

初至一时间也有点激动:"好巧啊!"

江宇尘笑:"本来今天不准备来爬山的,现在看来幸亏来了,不然就不能遇见你了。"

江宇尘看了眼她身边的季弥,有些疑惑地问道:"这位是?"

初至连忙介绍道:"这是我高中时候的同学。"

季弥看了她一眼。

真是荒谬。遇见了新人后,他这个旧人现在连名字都不配有,只剩下冷冰冰的高中同学这四个字了吗?

江宇尘用一种十分了然的语气说道:"原来是你的同学啊。"

初至抬手放在嘴边悄悄跟季弥说了一句:"这位是我小时候的邻家哥哥,我们以前关系很好的。"

季弥扯了扯嘴角,垂眸跟初至说了一句:"不用跟我解释。"

初至见他不太开心的样子,蔫蔫说了句:"哦。"

江宇尘见此情景,笑眯眯地说:"初至,你饿不饿,我带你去吃饭吧?"

初至走了一天早已饥肠辘辘,听到这话猛烈地点了点头。

不过今天是季弥生日,她又抬头看了眼季弥,似是在征求意见。

季弥无所谓道:"正好我也饿了,一起去吃饭吧。"

三人达成了一致意见,初至抬腿就要下台阶,但可能是因为一下午爬山太累,所以脚一软差点踩空。

踩空的那一瞬间初至感觉自己左右两边的手臂都被人拽住,力气一个比一个大,初至轻轻地"嘶"了声。

季弥和江宇尘顿时都松了手劲,却也都没松手。

在确认初至站稳后,江宇尘有点心急地问道:"还好吗?"

初至点了点头:"还好,就是下午走太久了。"

江宇尘温柔提醒道:"如果你不常爬山的话,第一次来不应该走这么久的,身体会受不了。"说完后,还有意无意看了眼季弥。

初至连忙解释:"是我自己坚持要走到这儿的,没事,我能自己走下去。"

季弥歪了歪头。

呵,真是要气笑了,怎么现在反倒像是他的错了?

江宇尘温和道:"那我扶你下去。"

初至感觉江宇尘说完这句话后,季弥拽着她手臂的力气立刻加大了很多。

/ 091

初至连忙向这两股势力投降，惹不起她躲得起，立刻铿锵有力地说道："你们都不用扶我，就让我自己走吧！我可以的！"

江宇尘也没再坚持，放开握住初至的手说道："行，我陪在你身边，你慢慢走。"

初至冲着江宇尘笑了笑："谢谢宇尘哥。"

江宇尘笑："你跟我客气什么。"

走在后面的季弥扬了扬眉，看见前面两人无比熟稔的样子，不由得冷哼一声。

这个生日的过程进行到这里，还真是无比让人憋闷啊。

三人走到山脚下的一个西餐厅，进门前，门口的服务人员打量着眼前的这两男一女。

尤其是最左边那位脸长得很好看，但是脸色又很难看的男人。

服务人员小心翼翼地又确认了一遍："你们是真的准备三个人坐一桌来吃西餐的吗？"

前天他们店里刚发生一起因为感情的打架事件，两男争一女的经典情节。

谁曾想吵得那么厉害，旁人拉都拉不住，战斗力强得差点把店里的桌椅都砸完了，最后还是报警处理的。

今天店里才刚整顿好恢复营业，现在领导有通知，面对这种两男一女或者一女两男一起来吃饭的情况，要特别谨慎。

初至点了点头，认真道："是的，大家都是朋友，一起来吃饭的。"

服务人员点了点头，心想这桌待会儿得密切观察一下。

三人坐在包厢里，季弥和江宇尘坐在一排，初至自己坐在一排。

"宇尘哥，"初至率先打开话匣，"你这几年都在国外过的吗？"

江宇尘点点头："在美国读的大学，毕业后就回国内工作了。"

江宇尘继续说道:"我回国之后还去云城住的地方看了,结果你和叔叔、阿姨都不在那个地方了。"

"嗯。"初至声音有点闷,"我上高中的时候,遇到了一点事情,所以搬走了。"

江宇尘:"那叔叔、阿姨他们现在住在哪里?既然这次遇到了,那我准备过段时间不那么忙的时候去拜访一下他们。"

"这就不用了,他们在川城,"初至补充道,"离这里太远了,下次他们来的时候我告诉你。"

"好啊。"江宇尘笑,"我爸妈前两天还对我提起你,说会时常想你呢。"

"是、是吗?"初至低头笑了笑,伸手捋了捋头发,"那等叔叔、阿姨有空了的时候——"

初至话未说完,就觉得耳朵被刀滑盘子的尖锐声刺激得有点发痛。

她抬头一看,原来是对面坐着的季弥正在面无表情地切盘子里的牛排,虽然面上没什么表情,但是切着牛排的手势可以说是非常用劲。

他原本就瘦削的手此刻更是因为用力青筋凸起,硬生生透露出一股野蛮的味道。

初至好心提醒道:"你切的小声一点。"

季弥扯了扯嘴角,用一副理所应当的语气说:"那你来给我切。"

初至被噎了一下,但又想到今天是他的生日,不能让过生日的人不开心,便也屈服了。

"好,我给你切。"说完初至就要伸手端季弥的餐盘。

可初至手刚伸过去,季弥的餐盘就被他身边的江宇尘端走了。

江宇尘把季弥的餐盘放在了自己身前,微微一笑淡然对初至说:"我来给他切。"

初至看这一幕看得目瞪口呆:"啊?这样也行吗?"

季弥立刻伸手把餐盘端了回来,目光却紧紧盯着初至"当然不行。"

江宇尘挑了挑眉:"为什么不行?"

季弥看向他,一字一顿地说:"和你不熟。"

最后三个人沉默着吃完了这一顿饭。

这在期间很多次,初至都想说点什么,但张了张口,最后都被这奇妙的氛围劝退了,还是老老实实地吃饭吧。

送初至回家的路上季弥一言不发,看都不看她一眼,感觉心情不是很好的样子。

不过初至顾不上琢磨他的心情了,因为她有更重要的事情要做。

接下来几天的时间,初至都在找房子。

经过认真的思考后,她还是决定租一个两室一厅的房子。

不论如何,让小桉睡客厅还是不太妥当。

确定好需要租住的户型后,接下来就是选房子了。

初至对房子的要求其实也就三点:离单位近一些,物业安保好一点,房子采光正常一点。

她现在租的房子离台里不近不远,但是每次的晚间节目下班后打车,总是会感到心惊胆战。

每晚下班打到车后,她总会给周莞发一下出租车的车牌号。

独居女生需要注意的事情太多了。

父母让她换房子的时候,她为了让二老更放心一些,还跟父母说新租的房子离单位很近,步行走个二十分钟就到了。

现在初至觉得有一个词很能形容她现在的心情——悔不当初。

周一时,初至准备先从中介发的朋友圈视频里选几套房子去看。

冒着上午的炎炎烈日,她兴致冲冲坐地铁过去,没想到刚进入到第一个小区,就被小区里的装修声吵得紧皱眉头。

这个小区里正在安电梯,基本上每栋楼都在装修,小区的路面坑洼不平,空气中灰尘四漫。

如果不是它地处临城市中心,初至还以为这里是哪个不知名郊区扬沙场。

看着眼前的小区环境看得初至直摇头,这哪里行?

从第一个小区出来后,她就用手机扫了个路边的共享单车,骑车去了附近的第二个小区。

六月份的天气炙热,像是一个大蒸笼般烤人。初至骑着单车跟着导航上的位置来到了小区,下车后摸摸自己的头发都觉得被晒得烫手,有点后悔没戴个帽子出来。

第二个小区是个老式小区,远远就能看到楼房的外漆斑驳,房子原本刷的颜色都已经掉落下来,有一块没一块的,墙体露出大面积的灰白色。

初至还没进小区的门就被这楼房的外观给震惊了一把,这房子不知道建了多少年了,也太老旧了。

但秉持着来都来了的精神,她在心中安慰自己,这里房租还蛮高的,说不定只是外表比较破而已。

刚进小区的时候,初至就看到不远处一群大爷、大妈正在树荫下打牌,一副其乐融融的样子。

一开始看到这幅场景的初至,还觉得自己心中被抚慰到了,虽然楼房外表破旧,但这里还是宜居的。

可初至还没往里面继续走几步,前方楼道旁闪烁着警灯的警车就吸引了她的视线。

警车都出动了,这是发生了什么事情吗?

她好奇地走上前去,问前面那桌下棋的大爷、大妈们:"叔叔、阿姨，我问你们一下，那是出了什么事情吗？"

大爷、大妈们闻言看了看初至手指的方向，那里停着一辆警车，还有几个穿着制服的警察正在商量着什么。

大妈不愧是见过了大风大浪的人，对这种小事都不屑给眼神，她一边发牌一边平静地说："哦，那应该是有人打架吧，咱们这里每周都会发生几次的。"

旁边看牌的大爷帮腔道："哎哟，小姑娘，我跟你讲，我们这个小区里面年轻人住得多，年轻人火气旺，发生这种事情很正常，你习惯了就好。"

"小姑娘你是不是要租房？"一个染着红头发的阿姨盯着初至目光炯炯，"阿姨那里有房子，条件可好了，你跟着阿姨去看一看呗。"

初至听了这话心中只有一个想法，逃，她得抓紧逃。

逃命般从第二个小区里出来，初至觉得身心俱疲，像抓住救命稻草一样走进了小区附近的一家肯德基，瘫坐了下来。

好久没有租房子了，现在租房已经是这种样子了吗？

此时时间已经临近中午，初至去前台点了汉堡和牛奶，决定下午再去别的小区看看。

她现在租住的这个房子，是一位相熟的学姐租给她的。

是学姐以前租下来的房子，初至毕业那年，学姐刚好因为个人规划问题要离开临城，她又刚好在临城市有租房需求。

两人一拍即合，她第一间房子租得很顺利。因为太顺利，所以导致她在租房这方面没什么经验。

在肯德基吃完饭稍作休整后，初至抬头看着外面正午的大太阳，咬咬牙，打了车去了第三个小区。

第三个小区正常多了，小区里面有树还有人工湖，环境绿化都挺好，整体氛围也比较安静。

看着这小区的环境,初至振奋地想着什么叫作否极泰来,什么叫作柳暗花明又一村,什么叫作功夫不负有心人!

她懂了。

在约定好的地点顺利见到了房屋中介,中介领着她去看房子。

初至原本在手机里看中的房子,位置在六楼。

因为上午走了太久,此时她已经体力耗尽,但还是抱着希望就在前方的念头跟着中介走楼梯走到了六楼。

中介拿钥匙打开了房门,一进门,初至就闻到一股刺鼻的味道。

显然是新房刚装修完的那种味道,闻多了人会头发晕,对人的身体并不好。

初至皱了皱眉头,说:"这个味道不太对劲吧?这房子是不是新装修的?"一边问一边走近看了看墙壁,伸出手指在墙上蹭了蹭,手指上一层白色印子,明显是新刷的漆。

中介淡然地说:"这味道没关系的,新装修的房子干净,住的时候你开窗通通风就好。"

"这个味道很重啊,"初至心中有些生气,"至少得通风两个月再考虑租给别人吧。"

更何况两个月味道都不一定能散尽。

中介:"你不是说要和弟弟一起住的吗,两个人住,味道很快就散了。"

初至听了这话满脑袋问号。

这是什么意思,拿她和小桉当人体净化器?

初至没好气地说:"我让你住这种房子,你住不住啊?"

中介一听这话顿时急了:"你这小姑娘看着斯斯文文的,怎么这么说话呢?"

初至不想和他掰扯,摆摆手说:"我走了,不租了。"

/ 097

中介见人要走，语气立刻好了起来，商量道："别急着走，我这还有几个其他的房源可以带你看，这个不行咱们去下一个，下一个也在这个小区。"

初至摇摇头："不看了，我不相信你了。"说完就不顾身后中介的呼唤下楼离开了。

这样的房子，多待一秒，她都觉得身心受到了严重的伤害。

一天的看房过程搞得初至筋疲力尽，坐地铁回到家洗了个澡之后，她躺在床上给周莞发了个消息。

初至：现在找个正常点的房子咋那么难啊？我心好累。

周莞：你要租房？

初至：嗯，小桉考完试要过来，我得换房子了。

周莞：你租房软件搜了吗？

周莞：明天中午还去看吗，我陪你一起？

周莞是临城本地人，毕业后就直接住在家里面，并没有租房的困扰。

不过她住的地方离初至上班的地方有点远，不然初至其实还挺想和周莞住在一个小区的。

初至还没写完给周莞的回复，妈妈的视频电话就打了过来。

初至按下接听，结果对面和自己视频的不是妈妈，是小桉。

少年正处在变声期，声音低沉地喊了句："姐。"

小桉和初至从外貌上看并不像，初至长得更像柔和的妈妈，给人的感觉也是好说话的温婉。

而小桉面容明显冷冽很多，单眼皮，鼻梁很高，因为瘦所以脸部轮廓很清晰，浑身上下带着点少年人的张扬。

初至有点惊喜，她很久没有和小桉聊天了。

平时这个点他都在学校里上课,小桉放学回家的时候,又到了初至去台里上班的时间。

初至笑了笑:"咦,今天你怎么在家啊?"

少年无所谓道:"马上考试了,学校放假让在家复习。"

初至很想问问他准备得怎么样,可又怕太多人问了弟弟会觉得心理压力大。

初至也是从这个年龄过来的,知道这个年龄的孩子内心很敏感。

就在她犹豫着下一句话要说什么的时候,小桉却很自觉地接过话:"我准备得挺好的,你不用担心。"

听了这话,她不禁有点感慨,当年个子才到她腰,仰头张着双臂对她说"姐姐抱"的小男孩也已经这么懂事了。

初至立刻就十分上头地说了句:"你放心,姐姐一定让你住上好房子。"

少年皱了皱眉头:"什么意思?"

初至立刻摇摇头:"没啥没啥,妈妈呢?"

"妈妈在做饭。"

初至点点头,不知道弟弟给她打电话究竟有啥事:"那你给我打电话是想说什么啊?"

对面的少年顿了一秒:"没事,挂了。"

初至下一秒就被挂了电话,她看着手机屏幕觉得有点莫名其妙。

现在青春期孩子的心思真是难猜啊。

一点都不像她那个时候,都不用猜,满眼的季弥。

挂了电话后,初至看了看时间,准备出发去台里上班了。

坐在去上班的地铁上,她又给周莞发了条消息。

初至:明天上午我再去搜搜看看,就不信找不到好房子了。

第二天上午，初至在各类找房的 APP 上都搜了一遍，看得眼睛都要疼了，终于定下中午要去看的三间房子。

十一点半，周莞从单位过来和初至回合，两人一起去看房子。

刚到小区门口初至就觉得不错，小区门口就是地铁站，从外面看过去小区环境也不错。

最重要的是这三间房子都是房东直租，没什么中间人，能让人比较放心。

两人在小区里走了一中午，跟着房东看了挺长时间的房子，在这其中有一间两居室，她们都觉得挺满意的。

这个两居室在五楼，离初至上班的地方很近，打车只要十五分钟就能到广播电视台。

房子里的两间卧室挺宽敞，通风采光都不错，初至试了试空调和淋浴的开关，也都没问题。

房租是三千九一个月，电费一块五一度，水费三块五一吨。

房东包无线网费和物业费，都不需要租客付。

终于看中了一处比较好的房子，但是有一个不太合适的点，那就是房东说这间两居室最少租一年。

初至试图能够把租住时间降下来一点，但房东很坚持地说这处的房子只租整年。

房东喋喋不休地说道："小姑娘，我们这个房子很好租的啦，市中心地段，靠近地铁。你能看到这小区环境不错，价钱也合理，上个租客才刚刚搬走没多久，这个房子以前都租五千的，你属于捡到宝了。"

房租的确挺合理，各方面都还不错。

初至想了想，还是觉得时间有些太长了。小桉来最多住两个月，她自己一个人也不需要住两居室，既浪费资源又浪费钱。

初至留了房东阿姨的微信，说自己需要再考虑一下。

也可以租这个房子，但得是实在没有其他选择的情况下。

从小区走出来时，初至心中仍在天人交战的纠结。

周莞看着她愁眉不展的样子建议道："不然你发个朋友圈问一问？看看朋友圈里有没有人在转租房子？"

初至觉得这也是个办法。

她掏出手机，编辑了一条朋友圈：求救！万能的朋友圈，有没有能够短租的两居室！世贸街附近，最好能只租三个月的那种？在线等，火烧眉毛，十万火急！

选择家人不可见之后，初至按下了发送。

这条朋友圈刚发没多久，初至就受到了朋友们热情的关怀，但大多数是八卦她为什么要租两居室的。

大学同学 A：怎么要租两居室，有情况？

大学室友 B：初至你谈恋爱了？

同事 C：你自己租吗？

同事 D：上××网看一看。

同事 E：我把我的房屋中介介绍给你。

…………

初至忍无可忍地在评论里补充了一句：是我弟弟暑假要来临城住，大家评论的画风不要歪！

下午一点半，周莞要回单位上班了。

初至和她道别后，就坐上了回家的地铁。

下了地铁之后初至匆匆往家里赶，想回家后再去网上搜一搜，看看有没有这两天没能注意到的房源信息。

刚到家，手机铃声就响了起来，初至拿起一看，是季弥打来的电话。

初至按下了接听键："喂？"

季弥声音淡淡的："我这里有合适的房子。"

/ 101

初至一时不明所以:"啊?"

季弥耐心补充道:"两居室,离你工作的地方步行大概十来分钟的样子,位置很方便。"

初至握着手机的手紧了紧,他这是看了她的朋友圈吗?

她有点犹豫地继续问:"谁的房子?"

"我朋友的,"季弥顿了一下补充道,"他近期都不会住。"

初至还是有点忐忑:"那你朋友什么时候有空?我什么时候可以去看一看房子?"

"今天就可以,"季弥说,"我下班之后。"

初至听了这话有点蒙,他朋友的房子,为什么要等他下班的时候?

"六点,"季弥说,"到时候我去你家小区门口接你。"

初至点头:"哦,好。"

季弥:"嗯。"

这时初至才反应过来:"我自己也——"

我自己也可以去。

只是话未说完,那边就挂了电话。

初至往床上一躺,想着那就这样吧。

他愿意来接,也省得她跑一趟了,现在她也挺累的。

可初至刚躺下,季弥的电话就打了过来。

季弥:"你刚刚想说什么?"

初至沉默了几秒:"没事。"

再次挂了电话后,初至躺在床上迷迷糊糊地睡了过去。

此时,正在酒桌上和人谈笑风生的赵修齐的手机铃声响了起来。

他拿起手机一看,来电显示上显示的是季弥。

"赵总,继续喝啊。"筹光交错的饭桌上有人招呼着他。

赵修齐摆摆手,快步走出了包间,找了处安静点的地方,按下了接听。

"稀客啊,"赵修齐语气一副吊儿郎当的样子,"你难得给我打一次电话,什么事?"

季弥声音听不出什么情绪:"你把你春嘉园的房子租给我三个月。"同时对面还传来敲击键盘的声音。

赵修齐听了这话一愣,紧接着乐了:"你是不是不太清醒啊,兄弟?我的房子不就在你房子隔壁吗?"

两人毕业那年都有买房的计划,赵修齐见季弥买在了春嘉园,也跟着买了春嘉园。

还非常巧地买了同栋同层的位置,非常巧地成了邻居。

这种巧合里面掩藏着赵修齐的小心思。

他坚信跟着季弥这种聪明人买,是不会亏的。

事实证明真的不会亏,虽然他基本没有在那里住过,但是短短几年的时间内,那个小区的房价已经快翻了一倍。

"我很清醒,"季弥慢条斯理地道,"你租不租?"

季弥难得有求于他,赵修齐此刻酒劲上头,非常欠揍地说:"你来求我啊,你求我我就租给你。"

"嘟——嘟——嘟——"

一阵短促的嘟声传来,赵修齐才发现季弥利落地挂了他的电话。

赵修齐对着电话叹了口气,这人怎么一点玩笑也开不得。

赵修齐认命般打了回去,第二次打过去时,季弥才接了电话。

电话接通,赵修齐率先开口:"别挂我电话了,兄弟,租是肯定会租的,不过你得告诉我你要租给谁啊?"

"不会是……"他警觉道,"要在我的房子里做什么见不得光的

/ 103

医学实验之类的吧?"

"你想多了,房子是要租给别人住的。"

"别人?"赵修齐的声音有点玩味,"这个别人是谁啊?我认识吗?"

季弥打断了他的询问:"这就不关你的事了。"

赵修齐觉得胸口中了一箭,嚷嚷道:"我说兄弟,你怎么能做这么过河拆桥的事情,我作为房东总该知道住在我屋子里面的人是男是女吧,我总得了解一下,不能玷污了我的房子——"

"嘟——嘟——嘟——"

又挂他电话。赵修齐看着手机觉得头疼,这份兄弟情真是岌岌可危啊。

以前那些喜欢季弥的女孩一定是被他的表象迷惑了。

也不知道以后和季弥谈恋爱的是哪个女孩,就他这不耐心的性格,现在哪个小姑娘能受得了?

赵修齐"啧"了一声,转身回包间继续喝酒去了。

傍晚六点,初至接到了季弥的电话,让她下楼。

初至走到小区门口见到季弥的车,非常熟络地打开车门坐了进去。

季弥一边开车一边随口问道:"你弟弟暑假要过来?"

季弥是记得初至有个弟弟的。

高一上学期圣诞节的时候,班里掀起了一股互换礼物的风潮。

苹果、贺卡、巧克力之类的,季弥收到不少。

季弥印象最深刻的还是圣诞节那天早上,初至刚进教室门,就兴冲冲地坐到了他身旁,神神秘秘地说:"我有个特别好的礼物要送给你。"

说完她就把书包从背上解下来放到腿上,拉开书包的拉链,伸手在书包夹层里似是找着什么。

结果初至掏啊掏,掏了半天从书包里掏出来一个手掌大的奥特曼小人。

奥特曼小人双臂交叉,一副非常不屑的样子。

季弥看得满脸黑线,这就是她要送给他的礼物?

初至懊恼地看着这个奥特曼,紧接着抬起头冲季弥尴尬一笑,解释道:"应该是不小心装错了,这个是我弟弟的玩具。"

也是从那时知道她有个弟弟。

面对季弥的询问,初至点点头:"他中考完了,说要来临城玩。我就想着租一间大点的房子。"

初至想了想还是问出了口:"你朋友这个房子是他自己买的吗?他自己是户主的那一种?"

季弥"嗯"了一声。

"真的可以只租三个月吗?"初至还是有点不放心,现在租房一般最少半年起步。

"可以。"

听了季弥的回答,初至也就沉默了下来。

先去看看房子再说吧。

初至看着季弥的车开进了春嘉园的地下停车库,这才惊觉自己居然都没有问他房子是在哪个小区。

春嘉园哎,初至每次上班时都要经过的地方。

这个小区和台里的距离很近,以前从这路过的时候,初至还感慨道,也不知道二十年后能不能攒够钱在这买一处属于自己的房子。

下车后,初至走在季弥旁边,有点忐忑地开口问道:"你朋友有没有说房子的租金是多少钱啊?"

春嘉园的房子是附近小区里房价最高的,她最开始都没有考虑过这里。

不用去问都知道价格不菲。

季弥偏头看了初至一眼,随口道:"一千。"

初至怀疑自己的耳朵出了问题:"这么便宜?"

她自己租个单间都要快两千块钱了,更何况是在这种高档小区里的两居室。

这个价钱,房东岂不是亏大了?

初至跟着季弥上了十五楼,一起参观了一下房子。

房子是精装修的淡雅风格,看上去根本没怎么住过人的样子,厨房和浴室都非常空荡。

初至在房子里溜达了一圈,觉得哪里都很好。

此时夕阳西下,阳台上的阳光不吝啬地照射进来,初至觉得浑身都暖洋洋的。

倒真的有了一种家的感觉。

在季弥把房间钥匙交给初至的时候,初至还是有点不可置信地问:"真的只要一千吗?"

"嗯,"季弥淡淡道,"友情价。"

晚上到了台里,刚坐到工位上,初至就收到了江宇尘的一条微信消息。

江宇尘:初至,我这里正好有一处空置的房子满足你的需求,你什么时候有空?我带你去看一看。

看到这条消息,初至第一反应是发朋友圈寻求帮助还挺有用的。

可是她已经定下春嘉园的房子了,能以一千块钱的价格租到那样的房子,初至觉得自己是捡了大漏,已经十分心满意足了。

她并没有再去看看其他房子的想法。

组织了一下语言,她给江宇尘回了消息。

初至:谢谢宇尘哥,不过我今天已经租到房子了,就不去看了。

江宇尘:租的哪里?

初至:春嘉园的一处两居室,环境和条件都挺好的。

江宇尘:好,那你之后有什么需要帮忙的事情,可以第一时间找我。

这回复妥帖又温暖,初至心中有点感动。

人在他乡,能够有一位幼时相熟的朋友对自己说这样的话,其实是挺幸运的一件事。

初至:谢谢,你也是。

如果有什么需要帮忙的也可以随时找她,初至仍然记得小时候他们一家人对她的照顾。

发完消息后,按了返回键。

从和江宇尘的聊天页面退出来时,初至一眼瞥到微信消息界面上的那一小行红字,显示转账仍未接收。

是和季弥的聊天框。

下午把房子定下之后,她就非常主动地转钱给了季弥。

按照押一付三的原则,初至想一次性付清,就转了四千块钱过去。

见季弥一直不收,她心里有点着急。

他不收房租,她就没有租到了房子的实感。

在季弥送她来台里的路上,她就催促他收钱。

可开车的季弥只是不咸不淡地说了句:"等你搬走的时候再付吧。"

初至觉得有点窘,虽然她没什么租房经验,但从平时看别人的租房记录,以及自己这两天的看房经历中也清楚地知道——没有先住后付的道理。

至少也是押一付一:就是先付一个月的房租和与房租价钱相同的押金。

他不收钱，初至也不能抢下他的手机按下收款键。

初至抿了抿嘴，试探性地问："不收房租，房东不会着急吗？"

季弥漫不经心地说了句："他不急。"

初至悄悄看了季弥好几眼，见他不像是开玩笑的样子。

坐在车上，她莫名地有点不安，这时一个猜测缓缓浮上心头。

"你说的这个他，"初至斟酌着用词，"不会就是你自己吧？"

说完之后，初至觉得耳根有点热，越琢磨越觉得极有这个可能。如果这真的是他的房子，她真的会有点犹豫自己的选择。

若明知是他的房子，还租下来的话，那自己真的欠他好大一个人情。

那到底还租不租这个房子？

初至觉得事情变得有点棘手了起来。

季弥听了这话嗤笑一声，趁着等绿灯的时候发了一张微信图片给初至。

季弥随口道："看看。"

初至满心疑惑地点开一看，原来季弥发给她的是房产证的照片。

房产证上显示的房子地址正是刚刚自己租下的房子，连门牌号都一模一样。

可户主的名字是赵修齐。

唔，不是季弥，也不姓季。

一场乌龙，初至觉得自己的问题和想法都有点丢脸。

接下来也没再说话。

可现在初至坐在工位上，回想起租房的这件事，心中想法翻涌不息。

她还是有点担心。

想来想去，她给季弥发了一条消息：也不是不信任你和你的朋友，我就是想问一下，那间房子，不会是什么凶宅吧？

除了这个理由,初至实在想不通为什么这么好的地段会这么便宜,房东还不着急收钱。

对方很快就回了消息。

季弥:你觉得呢?

初至看了这条消息只觉得背后发凉,虽然她以前也看过些恐怖片,但不代表她不害怕!

她当然是觉得是,所以才问的啊。

初至硬着头皮回了消息,语气尽量婉转。

初至:我觉得不排除这个可能,不然你再跟你朋友确认一下?

这次季弥没有立刻回复,在等消息的这段时间里,初至在浏览器上不停地搜索。

问题一:临城市春嘉园什么时候建成的?

问题二:临城市春嘉园有没有发生过离奇事件?

问题三:临城市春嘉园里有没有过凶宅的传说?

…………

查完这些问题后,初至松了一口气。

挺幸运的,她并没有在互联网上找到一丝一毫能证明房子是凶宅的证据。

不幸的是,季弥的消息在这个时候发过来。

季弥:如果是的话,你还租吗?

初至:震惊!

初至:什么意思啊!

初至:真的是吗?

初至:我现在特别紧张,你让我考虑一下……

初至开始在浏览器上搜:凶宅应该如何化煞?

好不容易在无数看风水的广告中,搜到了一个专业的科普帖子,还没等她细细拜读完大师的所有讲解步骤，季弥的消息就又发了过来。

季弥：不是。

初至觉得，还真是一秒地狱一秒天堂。
算了，她不想那么多了。
反正房子也是小桉和她一起住，青春期的男孩子阳气最旺了。
即使有什么，她也不怕。

之后的几天，初至都在搬家，准确地说是在收拾自己的东西。
其实完全可以找个搬家公司收拾一下，但是初至算了算自己的时间，觉得还有空可以慢慢来。
反正白天闲着也是闲着，不如干干活好了。
周三的时候，初至跟房东阿姨讲了自己要暂时搬走的消息。
初至还郑重其事地跟房东阿姨说："阿姨，三个月后我还会再回来的。"
等小桉走了，她就搬回来。
房东阿姨是个土生土长的临城人，语调也是轻飘飘的，讲话带着明显的临城口音。
她握了握初至的手，笑眯眯地跟初至说："好的啦，小姑娘，你想来的时候跟阿姨讲一下哎，阿姨房子多的是哦，租都租不出去，阿姨有时候看着这么多空房子都可烦了。"
初至也跟着笑，不知道该接啥话。
她也好想拥有这样的烦恼。

初至接下来就开始收拾自己屋子里的东西，没想到这个过程中的疲累远远超出了她的预期。

她租的房子虽然小,放的东西也并不算多,收拾起来却是个大工程。

房间里的生活用品、床单被褥、四季的衣服,还有很多没吃完的零食……

这些东西,需要一件件分门别类地放置到储物盒或者收纳包里,还得仔细想一想自己有没有落下什么。

周五下午,初至已经把自己房间里的所有东西整理完毕。

看着墙角处的一大堆行李,她心中纠结着究竟是找个搬家公司一次性搬完呢,还是自己一趟一趟地跑。

收拾家的过程已经让初至觉得身心俱疲。

算了,还是找个搬家公司好了。

她在网上和搬家公司预约了时间,周六中午的时候车会过来。

和搬家公司沟通完毕后,初至心情十分愉悦,从柜子里拿了包薯片,躺在床上打开视频软件,准备享受一下这段惬意的时光。

刚刚点开电视剧的第一集,手机就振动了一下。

是季弥发来的微信消息。

季弥:你准备什么时候搬家?

初至捏薯片的手一顿。

神了!他怎么知道她还没搬?

初至用纸巾擦了擦手回复道:明天搬,我准备找搬家公司来搬家,不费什么力的。

季弥:明天什么时候?

初至看了季弥发的这条消息,还以为他是要来和她一起搬。

初至心中有点感动,但一想到季弥的工作这么忙,还是抱着不能麻烦他的想法拒绝了。

初至:谢谢你,不过不用麻烦你了,我一个人搬家可以的。

季弥下一条直接发了语音过来。

初至点开一听，他的声音很温和，还带了丝笑意："我的意思是新家小区的门禁卡还没有给你。"

他应该是很忙，说话的背景音嘈杂，隐约还听到有人在叫着他的名字。

初至听完这条消息后，尴尬地抱着被子在床上滚了两圈。

自作多情是病，得治。

初至：明天中午搬，你先忙吧，门禁卡晚一点给我也行，我不急。

即使没有门禁卡，小区的保安叔叔也会帮忙开门的，这不是什么大问题。

周六中午，初至坐在搬家公司车上的时候，接到了季弥给她打的电话，电话那头季弥问她到哪里了。

车上晃晃悠悠的，听不真切，初至大声地说快到了。

车开到楼道门口的时候，初至远远看见季弥就站在前方。

惊讶了一瞬，下车后她连忙跑过去："你今天不上班吗？"

季弥把门禁卡递给她："中午休息。"

初至接过门禁卡，怕耽误他的工作，催促道："你快点回去吧。"

季弥淡淡地说了句"不急"后，就走到了搬家师傅的身旁，和师傅一起把初至的行李搬到电梯里。

一趟又一趟地搬好之后，季弥又陪着她一起打扫房间。

因为房子本身就很干净，所以只是简单打扫一下，初至就准备铺床开始整理了。

这时候才发现一个很重要的问题——忘记买垃圾袋了。

季弥见她对着垃圾桶为难的样子，主动开门出去了。

初至以为他是去小区门口的便利店买垃圾袋去了，可几乎一个转身的工夫，一抬眼就看见季弥拿着垃圾袋进来了。

初至心中疑惑："怎么这么快，你是问哪位邻居借的吗？"

"差不多吧，"季弥补充了一句，"我就是那位邻居。"

112 /

第五章
靠近

初至听到这话停下了擦柜子的手,仿若没听清般诧异地问:"什么?"

"就是你听到的那样,"他声音平静,仿佛在陈述一件再平常不过的事情,"我住在你隔壁。"

气氛瞬间沉默了下来。

初至想了想,觉得其实也可以理解,如果有房子要出租,那么身为邻居肯定是最先知道的。

不过是他没有提前跟自己说而已。

可当下初至实在想不出什么可以回应他的,身为主持人的职业精神发作,她又莫名地不想让场面冷下来。

憋了半天,她来了句:"欢迎你。"说完就想咬舌头。

初至又连忙找补般加了句:"常来做客。"

嗯,欢迎你常来做客。

这样这句话就正常了许多。

季弥嘴角弯了一下,似笑非笑道:"我会的。"

季弥走后,妈妈的视频电话打了过来。

郑兰梅告诉她,小桉明天上午就中考结束了,已经订了明天下午的机票去临城。

初至心里有点惊讶:"这么快?他考完试不在川城玩几天吗?"

郑兰梅:"我也不知道你弟弟怎么想的,他中考之前就催着我给他买去你那儿的机票了。"

初至想了一下问妈妈:"临城有什么他特别想玩的景点吗?"

郑兰梅:"这他没跟我说,回来你再问他吧。他的机票显示明天下午五点到,你有空的话去机场接一下他,没空的话把地址给他让他自己过去。"

初至:"明天我不上班,肯定要去接他的。"

挂了电话后,初至开始在城市点评上搜了搜附近的美食和景点,打算在小桉来了之后带他去好好放松一下。

晚上初至上班时,正在直播间看着微博评论,忽然手机振动了一下。

她趁着放歌的时候点开一看,微信通讯录那栏多了个小红点,验证消息上写的是"任桉"。

初至心里有点疑惑,爸妈这是给小桉买手机了?

初至点了同意。

几乎是下一秒,对方就发了消息过来。

任桉:姐,我明天下午去你那儿。

初至:嗯,妈妈跟我说了,我明天去机场接你。

初至犹豫了一下,还是在键盘上飞快打了一行字发了过去。

初至:明天上午考最后一门,别看手机了,去看书吧,等你考完咱们再聊,加油。

发完这句话,初至不由得想起自己小时候最讨厌的就是大人对自己说:别玩了,抓紧去看书吧。

如今也轮到自己迫切地对弟弟说这句话了。

初至心里有点惆怅,终究是长成了催小孩学习的大人。

好在弟弟并没有再说什么,发过来一句"嗯"就再也没说话了。

周天上午,初至不到八点就从床上起来了。

这是她在新家住的第一天，初至有点认床，所以这一夜睡得并不安稳。

起床后她先去洗漱了一番，刚从卫生间出来就听到了手机铃响。

点开手机一看，是李东绪打来的电话。

初至立刻警觉起来，员工在休息日接到领导的电话，这可不是什么好兆头。

虽然她很想视而不见，但是电话铃声锲而不舍地响着。算了，工作都是这样。躲得过初一，躲不过十五。

初至咬咬牙，硬着头皮接了电话。

电话接通后，初至小心翼翼地打了声招呼："喂，领导。"

电话那头李东绪的语气有点着急："初至，你在哪里？"

初至抬头看了看房间的摆设，清晨的阳光和煦地透过窗户照在她的脸上。

初至脸不红心不跳地开始撒谎："领导，我在灵山爬山呢。"

"大清早的爬山？"李东绪有点怀疑，"现在八点二十，你爬到哪儿了？"

初至心中估算了一下，装作气喘吁吁的样子回答："爬到半山腰了，正准备继续往上爬呢。领导，我跟你说，虽然爬山挺累的，但是我觉得年轻人就应该好好锻炼身体，好好锻炼身体才能更好地工作。"

初至这话的意思很明显，就是我现在正在好好锻炼身体，领导你有啥事去找别人吧。

电话那头突然静了下来。

初至听到了自己的心"怦怦"跳的声音。

她今天规划得可好了，上午去逛逛超市买点吃的，把冰箱填满，下午穿得漂漂亮亮去机场接刚中考完的弟弟。

初至在心中拼命祈求，可千万别出什么幺蛾子。

/ 115

"锻炼身体是好事。"电话那头的李东绪终于发话了,"你锻炼到中午应该差不多了,下午四点的时候台里有个临时的活动采访得麻烦你过来参加一下。"

初至:"啊?"

好后悔,用爬山的理由真是失策了。

电话那头李东绪还在交代:"你下午四点前肯定能从山上下来吧。"

十分肯定的语气。

初至真的很想回一句"领导,今晚我就想体验和猴子共舞,与自然共处的感觉,需要野营睡在灵山上,不下来了",但话到嘴边变成了唯唯诺诺的一句:"领导,下午我有个弟弟要过来,他才八岁啊,年纪太小了我不放心,我得去机场接他。"

李东绪听了这话顿了三秒:"这样啊,那确实有点不好办。"

就在初至心中燃起了丝丝希望之光的时候,领导下一句话直接无情地把这光给熄灭了。

"那我开车去机场接他呗,正好还能让他和睿睿一起玩。"

听了这话初至心中一梗,睿睿是李东绪的儿子,今年六岁,刚上一年级。

睿睿跟着李东绪一起来过台里,走到哪儿破坏到哪儿,活脱脱一个混世小魔王。

初至尴尬地干笑两声:"算了,我还是让我朋友去接吧,你也不认识他,可能会不方便。"

李东绪:"那你记得下午四点前一定要到台里啊,有啥需要帮忙的地方给我打电话。"

一副贴心领导的样子。

挂了电话后,初至就开始给周莞发消息。

初至：姐妹，事情紧急，你在哪儿？

周莞：咋了？我在去上城的高铁上。

初至看了这个回答心中一痛，她有些后悔，她刚刚就应该对李东绪说自己现在正在去川城的高铁上的。

那样不论什么事情都轮不到她来做了。

初至：你去上城干什么？

周莞：出差学习一周，有啥事？

初至：随便问问，现在没事了。

初至坐在床上思考，这下也不能让周莞去帮忙接小桉了。

小桉下午五点到机场，可自己四点得去台里，五点采访能不能结束都要打个问号。

从台里坐车去机场，至少得一个小时的时间，肯定不能第一时间接到他了。

思来想去，初至给弟弟发了个微信。

初至：下午姐姐工作上临时要加班，可能接不了你了。我把家里的地址给你，你能自己来吗？

说完，她就把自己家的地图定位给小桉发了过去。

上午十一点，她收到了小桉的回复。

简简单单的"可以"两个字。

收到回复，初至又改了念头。

初至：你到了机场之后给我发个微信，我到时候不一定在家，你先来台里找我吧。

任桉：好的。

中午初至去家附近的大润发买了一些脸盆、毛巾和晾衣架之类的生活用品。又买了一些肉、蔬菜、水果，这些都被规矩地收置到了冰箱里。

下午三点,小桉给她发消息说他已经在等登机了。

初至看着窗外阴沉的天气,心中隐隐生出了些担心。

临城六月进入梅雨季,雨一旦下起来就开始连绵不绝,像是没有尽头一样。

川城气候一向热烈干燥,小桉应该是没有带伞的。

初至从家出门时,外面果然淅淅沥沥下起了小雨。

到了台里,她才知道这是一次关于传统文化的采访。

采访的几个嘉宾是非遗文化的传承者,因为嘉宾们很难聚齐,所以这次的采访是今天上午才临时决定下来的。

采访前,初至看着窗外的雨有愈下愈大的势头,心里的担心越发重了起来。

发给小桉的询问信息也没有回复,他应该是已经登机了。

初至一时间想起江宇尘的那句有什么事情可以随时跟他说。

打开和他的对话框,初至想发一句"你现在有空吗",但是打完"你现在"这三个字,她就觉得有点不合适。

星期天,说不定他正和家人一起享受着周末时光,自己这时候让他去冒着这大雨接人,未免有些太唐突了。

眼看着还有十分钟她就要去采访了,初至心一横,点开手机通讯录,拨打了季弥的电话。

反正季弥已经被她唐突太多次了,再多唐突这一次应该也没啥。

电话响了很久才接,初至在电话这头仿佛抓住救命稻草一样,快速解释了一通,反复强调自己真的不是故意要麻烦他的。

初至:"我现在是真的没有时间,采访是临时通知我的,我弟弟年龄小又对临城人生地不熟的,你看看外面现在还下着大雨。"

季弥声音很平静:"这话你已经说了三遍了。"

初至一噎:"我是真的没有办法了,不然不会打给你的。"

季弥:"这句也是。"

初至支吾着说:"那你现在能帮这个忙吗?"

季弥答应得很干脆:"我现在开车过去。"

初至有点不好意思地说了句:"谢谢。"

挂了电话后,初至把小桉的手机号、航班号以及照片都发给了季弥。然后她点开了和小桉的聊天框,把季弥的手机号发了过去。

初至:我让一个哥哥去接你了,你到达之后打这个手机号就行了。

初至想了想,又把自己和季弥的合照发了过去。

初至:就是这个哥哥,应该挺好辨认的。

初至端详了一会儿这张照片,情不自禁地又发了一句过去:机场里最帅的那一个男生就是他。

采访结束时,初至看了眼手机,时间已经到六点半了。

十分钟前,小桉给她发了三条消息。

小桉:我到了。

小桉:在一楼。

小桉:那个男的有事先走了。

初至看得直皱眉头。什么叫那个男的?怎么这么没礼貌,他至少也得叫声哥哥吧。

初至把办公桌的东西收拾了一下,从办公桌的抽屉里拿了两把雨伞后就乘电梯下了楼。

一楼大厅里,小桉正靠在沙发上,行李箱摆在身前。

他戴着鸭舌帽,低头看着手机,眼睛被昏暗的光影遮住,只能看到鼻梁很挺,脸部轮廓有着少年人的锋利。

心有灵犀一般,在初至朝他走过去时,少年抬头看了过来。

/ 119

见初至来了，他起身拎着行李箱迎了上去。

她习惯性地要帮他拎行李，就像他小时候接他放学时替他拎书包一样自然。

可这次对方拦住了她："姐，我自己来。"

初至抬头看看这个比自己高了一个头的弟弟，细细检查了一下他的衣服，见他身上没有被雨水打湿的痕迹才放下心来。

走到门口时，初至正要把伞递给小桉时目光却顿住。

她看见小桉从背包里拿出了一把黑色折叠伞。

初至有点惊讶地说："你带伞了啊？"

小桉扫了一眼手上的雨伞："那个男的给的。"说完就撑伞走下了台阶。

初至定格般地站在原地几秒，等到前方的小桉转头看她，才撑开伞走进了雨幕里。

回家路上，初至还是忍不住开口道："小桉，你——"

话未说完就被打断，小桉郑重其事地说："姐，我今年已经十五岁了，你能不能别叫我小桉了，真的很幼稚。"

初至"嘶"了一声："那你想叫什么？"

小桉表情立刻严肃，认真地说道："你可以叫我桉哥。"

"啧，"初至抬手拍了一下他的后脑勺，"小小年纪装什么大人。"

小桉被打了一下后也不吱声，只是闷闷问出声："姐，那个男的是谁啊？"

"那个男生名字叫季弥，你叫季哥哥就行了，是我的高中同学。"

"季弥，"小桉像是突然想起来了，"喊"一声了然道，"你高中时候的暗恋对象？"

初至脚步一停，摸摸鼻子尴尬地说道："都是些陈芝麻烂谷子的事情了，你就不要再提了。"

继续往前走了两步,她才反应过来,狐疑地看向弟弟:"不对啊,你那时候才刚上小学,你怎么知道的?"

少年瞥了眼初至,很是不屑地说道:"你日记本里写了满满一页人家的名字。"

本来初至还挺不好意思的,听了这话后,顿时有点恼羞成怒了起来。

她一把扯住了小桉的脸颊,恼羞成怒地问道:"你偷看我日记了?"

小桉抬起胳膊挥掉了初至的手:"装你日记的那个大箱子受潮了,箱子里的所有东西被妈妈拿到阳台摊开晒了。"

他慢条斯理地补充:"所以不止我看了,爸爸、妈妈都看了。"

初至瞪大了眼睛。

真的好无语,真的好无语!

日记本上除了写满他的名字,还写了很多自己的暗恋心事。

初至此刻心中极其忐忑,那本日记上记录的内容难道全部被爸妈看到了?

见初至一副挫败的样子,小桉"啧"了一声问:"姐,那你现在还单恋人家吗?"

初至一听这话,顿时语气激烈了起来:"真好笑!他很好吗?我为什么要单恋他?你从哪里看出来我现在还单恋他?"

听到这一连串的质问,小桉了然地点点头:"看起来现在还是喜欢得不得了呢。"

"……我懒得跟你说。"闷闷地丢下这么一句话,一路上初至都没再说话了。

刚进家门,初至就立刻抛下弟弟,逃难似的冲进了自己房间,头脑发蒙地往床上一扑,试图给自己两分钟的缓冲时间。

她怔怔地盯着天花板,目光放空,像是失了神。

/ 121

现在还喜欢吗？

她也不太清楚。

其实好像没有以前那么喜欢了，只是十几岁时的喜欢太过于明亮炽热。

仿佛今后不论再喜欢上谁，都不会像那时候一样热烈，更不会像那时候一样勇敢。

因为十分喜欢过，所以烙印太过深刻。

让人一时分不清究竟是留恋着他，还是留恋着那段青春时光里没有烦恼的自己。

半晌之后，初至从床上下来，拖着萎靡的身子打开了门，却被厨房里的景象晃了神。

小桉正在厨房里开着油烟机炒菜，此时他正熟练地颠了颠锅，阵阵香气从厨房里飘了出来。

初至凑近一看，原来炒的是她中午买的排骨。

锅里的一条条小排泛着酱香色泽，小桉此时又往排骨上撒了一把葱花。

"可以啊，"初至不由得赞叹道，"像模像样。"

"姐，"小桉瞥了初至一眼，"爸在家天天炒菜，我又不是傻子，看都看会了。"

初至听到这话心虚了一瞬，她就是那个没看会的人。

"来之前爸妈还叮嘱我了，让我给你做点好东西吃一吃。"

小桉用一种可怜的目光看着初至："姐，你冰箱里的东西动都没动，每天就吃方便面和面包，都是些毫无营养的东西。"

"没有啊，"初至下意识地辩解，"我也点外卖的。"

说完这句话，初至才觉得自己的辩解真的很无力，外卖也不是很有营养的样子。

算了，多说多错，初至尴尬地从厨房里退了出来，看到桌子上摆的几道素菜。

这时小桉端着排骨从厨房里出来。

客厅暖黄的灯光照在小桉瘦削的身上，初至心中有点温暖，弟弟都已经这么大了，都会给自己做饭了。

"小桉，"初至喊着弟弟的名字，"远亲不如近邻，你拨几块排骨给邻居送去。"

小桉闻言皱了皱眉头："我又不认识，为什么让我去？"

"好啊，"初至理所当然地接道，"那就我去好了。"说完快速地从厨房拿出饭盒，拨了一些排骨和菜，又去电饭锅里舀了两勺米饭放进去。

紧接着去阳台上拿了季弥给小桉的伞，快速地冲出了门。

小桉看见初至拿着那个男的给自己的伞，叫道："姐——"

下一句话还未说出口就被"嘭"的关门声打断。

初至敲了敲邻居家的门，然后就站在门口乖乖等着。

季弥打开门时，看到初至笑容满面献宝般抬着双手，要递给他东西。

左手拿着的是他在机场给她弟弟的伞，右手拿着的是……一个粉色饭盒？

"我弟弟做的饭，拿给你尝尝，谢谢你今天专门开车去机场接他过来。"

季弥把伞和饭盒都接了过来，淡淡地道了声谢。

他关上门后，初至一转身就对上了墙壁后的小桉。

少年探着身子，静静盯着她的眼睛。

那眼神沉静如水，把初至吓了一跳。

她先是虚张声势地斥责了一句："你站在这儿干什么？"

紧接着强装镇定地走进家门，还不忘对侧着身子悠闲靠在门上的

小桉说:"你不吃饭?"

"看来不仅仅是单恋,"小桉顿了一瞬,目光如炬地盯着她,"姐,你现在还是有预谋地靠近他啊。"

饭桌上,当初至苦口婆心地跟小桉解释一切都只是巧合时,小桉却是一副不以为意的样子。

他用筷子夹起一块藕片,慢悠悠地说:"姐,我劝你还是快点搬家吧,早日断了这份孽缘。"

"喂,"初至使劲拍了一下小桉的后脑勺,"瞎说什么呢!"

"姐,别打我头!"少年拧着眉毛摸了摸后脑勺。

"对了姐,我要去染头发。"

初至往嘴里送了一口饭:"爸妈答应了吗?"

"就是因为爸妈不答应,所以我才来你这里染。"

初至细细打量了一下小桉的头发,半长不长,的确该剪一剪了。

其实黑发很适合他,能中和一些他五官的凌厉,显得整个人温和许多。

初至问道:"你要染什么颜色?"

小桉一边啃排骨一边囫囵说道:"不知道,到理发店再说。"

初至:"今天就想去染吗?"

小桉点点头:"对,我来的时候看到小区门口就有理发店。"

初至:"过会儿我微信给你转五百块钱,如果不够再跟我说。"

"我自己有奖学金,"小桉说,"我才不用你的钱。"

吃完饭,小桉主动把桌子和碗筷都收拾好后,就兴致勃勃地出门了。

初至坐在沙发上,给妈妈打了个视频电话。

虽然小桉到的时候她已经给妈妈发过消息了,但还是又视频跟妈妈讲了一声,还给妈妈发了小桉做的一桌菜的照片。

郑兰梅看得眉开眼笑："小桉确实是很喜欢姐姐哟。"

打完电话后，初至就坐在沙发上看了会儿电视。

九点半的时候，小桉回来了。

在见到染完头发的小桉的那一刻，初至的脑海里顿时就想起了一个画面。

在很多年前，在她还小的时候，电视里播放过一部搞笑家庭剧。

这部剧拍了好几部，后来红遍大江南北，给无数的家庭带来了欢笑，成为千千万万人的经典童年记忆。

这部剧的名字叫作《家有儿女》。

她想起的那一幕画面就是，剧中的刘星双手挥舞着自己的头发，满脸兴奋地对刘梅说："我想把这玩意染成绿的。"

刘星，在若干年后的今天，在同一片土地上，有位你的知己完成了你小时候未曾完成的梦想。

他头发上的那玩意，是绿的。

初至看着小桉头顶的一头绿毛，心情非常复杂。

半晌，她才语重心长地说了句："小桉，你有什么想不开的一定要跟姐姐说。"

初至不禁从沙发上站起身，走到弟弟身边，抬手摸了摸他的头发，感叹道："你这真是绿得可以，感觉能在上面放羊。"

小桉梗着脖子，粗声粗气地回应："姐，说什么呢，这多酷啊。"

"真的吗？"初至看着小桉的表情，也没看出来，像是真的觉得酷。

"当然啊，你跟我一起走大街上，保准没人敢欺负你。"

"你是不是，"初至猜测着，"本来想染别的颜色，后来理发师失手了，所以变成了这个颜色。"

小桉一直都是这样，他小时候过生日时，爸爸不小心把给他买的

玩具车买错了型号。

他也不生气,非要说自己最喜欢的玩具车就是爸爸买的那一个。

属于那种自己得到什么,就开始强行喜欢什么的人。

小桉顾左右而言他:"姐,明天我陪你去逛超市多买点菜吧,你买的量太少了,不够吃。"

行,不承认是吧。

初至也不戳他痛点,现在不靠谱的 Tony 太多,找到一个靠谱的 Tony 的难度不亚于找到一个靠谱的男人。

反正这染的头发过几天就褪色了。

初至又坐回了沙发上:"你没什么想要在临城去玩的景点吗?我白天都可以带你去。"

"过段时间再说,"小桉坐到了初至旁边,"这段时间先给你做做饭。"

是不是还要再等头发染的颜色褪一褪,初至在心里补充道。

两人一起坐在沙发上看了会儿电视剧,电视剧播完的时候,初至试探性地问了一句:"小桉,马上要上高中了,你有没有什么未来的规划?"

"当然有,"小桉说,"但得等一等再告诉你。"

初至听了这个答案,也表示理解,那就等他想说的时候再说吧。

人总有秘密,更何况他现在还小,对于未来的打算并不会一成不变。

更何况,人生也不是自己想做什么就能做什么的。

两人又闲聊了一会儿家常,就洗漱准备睡觉了。

初至睡在主卧,小桉睡在次卧。

睡前初至特别贴心地提醒:"如果有什么觉得不合适的地方,一定要给姐姐讲啊。"

第二天早上,初至听到一阵急促的敲门声。

迷迷糊糊醒过来后，初至拿起手机看了看。

早上七点。

自从初至做了晚间节目以来，很少这么早起过。

这个点，真是把人叫醒会生气的程度。

初至一开门就看到小桉顶着一头绿发站在门口，神情严肃道："姐，吃早饭了。"

初至真的很想说"我求求你，让我睡觉好不好"，但瞥到了饭桌上冒着热气的粥，也就强忍着没说什么，一边困倦地打着哈欠，一边拉开了饭桌旁的椅子坐了上去。

毕竟弟弟是一片好心，不能打击他做饭的积极性。

小桉也拉开椅子坐在了初至旁边。

他从蒸屉里拿了个茶叶蛋递给初至，状似不经意地问道："姐，你平时都几点起？"

闻言，初至抬头看他："大概九点左右吧。"

"哦，"小桉说，"我今天是按照我上学的时间起的，那我以后晚点再叫你。"

初至一边敲着鸡蛋壳，一边"嗯"了一声。

小桉继续问："姐，这个房子你租了多久了？"

初至开始平静撒谎："租了有半年吧，之前微信里发给爸妈的那套房子我觉得有点小，真正租房的时候就换了这个大一些的两居室，昨天你跟着来也知道这里离我上班的地方有多近。出门在外，就一定不能委屈自己嘛。"

这番话说得有理有据又真情实感。

很好，毫无破绽。

初至知道自己说的话，都有可能会被小桉讲给爸妈听。

那就一定要把平时的生活说得好一些，不然爸妈又该对自己进行

电话轰炸了。

小桉继续发问:"姐,这半年都是你自己一个人住在这儿的吗?"

初至刚把剥了壳的鸡蛋放在嘴边,听到这话又把鸡蛋拿了下去,理所当然地道:"对啊,就是我一个人住的,租两居室就是想着万一爸妈或者你过来能有个落脚的地方,总不能一直让你们住酒店吧。"

彼此沉默五秒。

小桉缓缓发问:"那我卧室柜子里的三条男士内裤是谁的?"

昨晚他在房间里打完游戏后,想把自己带来的衣服叠放进柜子里,却在衣柜下层的抽屉里发现了三条男士内裤。

要不是时间已经是后半夜,他真想把姐姐叫起来问一问。

能忍到现在才问,已经是他的极限了。

初至一听到这个问题,只觉得口中嚼着的鸡蛋变得无比噎人,她随手端起了粥,缓解尴尬般地喝了两口,又被粥烫得舌头发麻。

电台主持人临危不惧的素质,让初至此刻还保有清晰思考的能力。

该怎么回答呢?

救命啊!她哪里知道次卧的柜子里会有男士内裤!

搬家那天她只顾着把自己的衣服放进主卧的衣柜里,恍惚中记得自己是有打开次卧的柜子看了一下的,但是又好像没打开过。

不然怎么会看不见那几条内裤?

初至闭了闭眼,这次的突发事件来得猝不及防,真是跳进黄河也洗不清了。

"我不知道啊,"初至决定装傻,"可能是前租户留下的吧。"

"在这儿住半年了,"小桉狐疑发问,"就没有打开柜子看一看吗?"

初至尽量让自己的声调平静:"你也知道我平时不爱乱走动的,没怎么去过次卧就没有发现,这不是很正常吗?"

说完,初至抬头看了一眼小桉,他的脸上只写满了三个字——我不信。

初至有点心虚，不说话了，低头小口小口地喝粥。

不信就不信吧，话已经说出去了，也不能再换别的理由，否则更可疑。

"说着不爱走动，"小桉拖长了音调，"可是感觉去邻居家去了很多次的样子。"

初至立刻反驳："才没有！"

实际上到目前为止，她连邻居家的家门都没进去过OK？

小桉双手抱胸，严肃地盯着头快要埋进粥里的初至："不会连内裤都是邻居留下的吧。"

小桉越想越觉得这个可能性非常大，自己姐姐看上去就是个恋爱脑，被男人骗也不是没有可能。

真是让他担忧啊。

虽然很不愿意承认这个事实，但是三条内裤摆在面前，让人不得不信。

小桉"啧"了一声，眼下的形势真是十分严峻。

初至摇摇头，笑了笑想缓和一下气氛："小桉你想多了，我和他没什么的。"

"你不要嬉皮笑脸，"小桉嘴唇抿得直直的，伸手指着初至，"你最好实话实说，否则小心我马上给爸妈打电话。"

初至抬头一看，小桉本身就长得并不温和，这一头原谅绿的头发下的严厉表情，倒真的有了点逼问的味道。

像一颗生气的花椰菜，有点奇妙，又有点好笑。

"真是的！"初至一把揪起了小桉的耳朵，"你这小子怎么跟姐姐说话呢？你要是敢在爸妈面前说这种话你就死定了！"

"哎疼疼疼！"小桉连忙认错，"姐，我开玩笑的，你放手啊！"

初至一字一顿地说:"不要顺杆子往上爬,我说不知道就是不知道,我说没事就是没事,懂不懂?"

小桉点点头,委屈巴巴地说了句:"知道了。"

初至松手后慢条斯理地拿纸擦了擦手:"行了,吃饭吧。"

吃完饭后,初至要去大型超市买菜,可小桉一脸神秘地说:"姐,我带你去菜市场,那里的菜才叫新鲜呢。"

初至来临城这么久,吃饭大多是随便应付的,即使自己做菜也是从附近超市买一买,倒还真没去过菜市场买菜。

"你知道在哪儿?"

"当然,"小桉挑了挑眉,很骄傲的样子,"我来时做过功课的。"

两人坐着公交车来到了城市北边的东桥菜市场,此时时间已经快十点,菜市场来往的人还非常多。

菜市场里菜摊挨着菜摊,大棚下瓜果蔬菜颜色缤纷,让人一眼看过去就心情愉悦。

初至跟在小桉后面,看着他有模有样地跟着商家讲价,便也放了心。

初至想去海鲜区买条鱼,回家跟着菜谱做糖醋鱼吃。

她抬手拍了拍小桉的肩:"我去前面买一条鱼,你自己在这买没问题吧?"

小桉偏头看了眼初至,淡定地说:"姐,你放心,我没有任何问题。"

可她刚在鱼盆前选好鱼,在等着商家称秤算价钱的时候,听到后方传来一道熟悉又夹杂着惊恐的声音。

"姐!救我——"

初至转身一看,现在往自己这边跑过来的,不就是那个刚刚说他自己没问题的弟弟吗?

小桉长手长脚飞速地朝初至跑过来,人高马大地往初至身后一躲,弯着腰小心翼翼露出半个脑袋看着前方。

初至这才看清楚跟在小桉身后跑的是一只大鹅。

大鹅两只脚掌扑棱得极快,正穿越人海朝着这里飞奔而来。

本来正在走动的人纷纷停下了脚步,好奇的目光追随着这只鹅,想看看它究竟要干什么。

转瞬之间,大鹅已经来到了姐弟俩面前,正要伸着脖子去攻击小桉的腿。

这时,初至一把握住大鹅的脖子,死死拿捏住了这只大鹅。

大鹅被拿捏住了脖子,心有余而力不足,使劲扑腾着翅膀也无可奈何,顿时熄了火。

此时,活禽摊卖鹅的商家也赶了过来,嘴上不住地说着"抱歉抱歉",一手捏住大鹅的脖子,把大鹅给领了回去。

初至偏头看着躲在自己身后惊魂未定的弟弟:"你惹它了?"

小桉对上初至的眼神,勉强挤出了个笑容:"就在摊前模仿了一下它伸脖子的样子,它就很生气地追我来着。"

两人从鸡飞狗跳的菜市场买完菜回到家时,已经十一点半了。

小桉跑前跑后地把今天买的菜归类好:哪些是今天炒菜要用到的,哪些是今天用不到要放进冰箱里的。

放进冰箱里的还要分为冷藏室和冷冻室。

分门别类规整好后,小桉想去问问姐姐想先吃什么。

谁知一出厨房门就看见初至坐在沙发上,正一脸认真地盯着手机,手指不停地往下划拉着屏幕。

"姐,"小桉大跨步凑近一看,"你果然在点外卖!"语气带着五分委屈、三分失望和两分谴责。

初至能理解,因为以前她在为工作兢兢业业加班,结果一点开朋

友圈看见领导正在内蒙古旅游,欢乐地在大草原上吃烤串时,她也是这种痛心疾首的心情。

初至有点心虚地把手机收了起来,用商量的语气说道:"现在都中午了,我们先点个外卖凑合一顿,下午我再和你一起做那些菜吧。"

小桉:"你很饿吗?"

初至抬头看向弟弟,真挚地点点头:"嗯,真的很饿。"

小桉妥协道:"行,那我去下两碗面条吧,比点外卖要快。"

小桉进了厨房后,初至点开和季弥的聊天框,想了半天,发过去一句话。

初至:你今天几点下班?

季弥应该是在午休时间,所以回消息回得很快。

季弥:大概六点。

初至:今天晚上我和小桉在家里做饭,晚上请你吃饭可以吗?谢谢你帮我找到这个房子,也谢谢你昨天从机场接小桉回来。

初至发了这条消息后,见对方迟迟不回消息,有点焦虑地点开手机屏幕又关上,再点开手机屏幕又关上。

这时小桉从厨房探个头,朝初至喊:"姐,拿筷子吃饭了。"

"知道了,"初至应声后起身去了厨房,拿了两双筷子放到了桌子上,这时小桉也端了两碗西红柿鸡蛋面从厨房出来。

两人坐好后,初至刚从碗里夹了一筷子面,放在旁边的手机就振动了一下,显示有微信消息。

她连忙放下筷子点开手机,原来是季弥回了个"好"字。

初至笑了笑,放下手机后抬头对小桉说:"晚上会有客人一起过来吃饭,咱们下午多做点吧。"

小桉听到这话停住筷子看向初至:"谁啊?周莞姐吗?"

初至顿了一下:"不是,她这周出差了。"

"嘁,"小桉不屑道,"那不会是隔壁那个男的吧?"

"我说,"初至用筷头轻轻敲了一下小桉的手,"再怎么样也是他昨天把你从机场接过来的吧,你要叫哥哥,请人家吃一顿饭是基本礼貌懂吗?"

小桉听了这话小声咕哝了一句:"不用他接,我也能自己过来。"

之后像是默许了一般也没说什么,吃完饭收拾好桌子就开始进厨房洗菜了。

初至坐在客厅里面帮他打下手,正在剥蒜的时候接到了周莞的微信消息。

周莞:初至,这几天可能要麻烦你帮一下忙。

初至把手里的蒜放到一旁:什么事情?

周莞直接发了条语音过来,语气有点急:"我叔叔骑电动车的时候腿摔骨折了,我爸妈得回老家看他,我现在又出差在外,你能不能从今天开始,这一周每天去我家那边帮忙遛一下'护驾'?"

"护驾"是周莞家养的狗狗名字。她家的狗狗是一只已经三岁,看上去颇为庞大的阿拉斯加。

偶尔初至去周莞家玩时,正赶上她的遛狗时间。初至看着瘦得不到九十斤的周莞手握牵引绳,牵引绳的尽头拴着"护驾",她都不由得暗暗为周莞捏把汗。

"护驾"这重量级狗狗,一旦撒起欢来,究竟会变成谁遛谁真的不好说。

好在"护驾"算是一只听话的狗,每次吐着舌头兴奋地想往前冲时,只要周莞皱着眉头发出"喷、嘶"之类的语气词,"护驾"就会蔫巴巴地停下来。

初至觉得她自己也拿捏不住"护驾",灵光一闪的瞬间,初至抬起头看了看厨房里切菜的小桉。

她开始给周莞发消息：小桉来了，让他去遛"护驾"可以吗？

周莞秒回：完全没问题，"护驾"不咬人，跟谁都熟。

周莞：跟小桉说回来我请他吃饭。

周莞：我家门口小院子前面摆了一排花盆，我家的钥匙就在从左往右数第三个花盆下面，客厅的柜子里就放着"护驾"平时吃的狗粮、肉干和罐头。

周莞家住一楼，门口有一个小院子，"护驾"的狗窝就在院子里。

院子的围栏较低，"护驾"对围栏外的世界充满了向往，很多次跃跃欲试地想跳出去，最后都会被小区保安或是周围邻居扯着脖子送回来。

初至看了看手机上的时间，觉得时间还有点早，现在做饭的话可能六点多饭菜就凉了。

初至起身进了厨房："小桉，先别做饭了，有个任务交给你。"

小桉抬手擦了一下额头上的汗："姐，啥事啊？"

"你周莞姐家这几天都没人，你去帮忙遛一遛她家院子里的狗，狗的名字叫'护驾'。"

初至现在住的这个小区离地铁口很近，到周莞家需要乘坐三号线，经过六站，然后直路走过去就能到了。

路程比较近，路线也不复杂。

初至还是比较放心的。

她想着从这里到周莞家最多一个小时，遛狗再遛半个小时，现在一点，小桉差不多四点之前能够回来。

在这期间她把要炒的菜准备好，再把米饭焖上，时间正正好。

小桉点点头，他是在姐姐朋友圈见过"护驾"照片的。

"行。"小桉嘱咐道，"遛完狗我就回来，姐你千万别炒菜啊。"

小桢离开后，初至在厨房里把菜都洗了切了，正在犹豫着要不要炸鱼时，客厅里的手机铃声响了起来。

她刚按下接听键，话筒那边就传来小桢惊慌的声音："姐，情况不太好，我被困在这里了！"

初至顿时心就蹦到了嗓子眼。

她的脑海里顿时联想到一连串的词：被绑架，劫匪撕票，采访报道……

她慌张又急切地说："快说地址，我来报警！"

小桢的声音同样慌张又急切："临城市祝禾区景别院子36号门口从左边数第三棵大树下。"

初至来时都要急死了，可听完他报的这个地址立刻就不急了，不仅不急，还满心疑惑。

"这不是你周莞姐姐家附近吗？"

小桢那边的语气理所当然："对啊。"

初至："那你说你困在那里是什么意思？"

小桢语气变得严肃："我和'护驾'之间发生了一件事情，我们俩都被困在这里了，必须得你来才行。"

初至问道："'护驾'受伤了吗？"

小桢语气依旧是和平时不符的严肃："你来了就知道了，很严重。"

初至将信将疑地出门坐上了地铁，想去看看究竟发生了什么事情，能让小桢如此迫切喊她过去。

出了地铁站后，初至就急忙往周莞家的方向赶去，离着老远就看到了小桢和"护驾"。

一人一狗的位置，以一棵树为圆点画圈。

一人蹲在树这头，一狗趴在树那头，中间的距离可以被称为圆的直径。

谁都不理谁，一副老死不相往来的样子。

初至像绕垃圾箱一样从小桉身后绕过去，站到了他面前。

他手中握着牵引绳，抬头看向初至，一脸委屈。

此时站在那头的"护驾"也看到了初至，顿时站起身子，欢快地冲她摇尾巴，看上去再健康不过。

初至坐了半小时地铁，走了半小时的路，就看到了这幅场景。

这是什么世界级名画吗？

少年与狗？

她抬头无奈地望了望天，然后低头对小桉说："你现在最好告诉我，你是腿突然骨折走不了路了。"

小桉语气很委屈："那倒没有，不过我可有比骨折更伤心的事情。"

初至弯下身子恶狠狠地捏住小桉的脸："你最好是有！"

小桉"哎哟"地叫了一声："姐！疼疼疼！"

初至放开了他，站直身子低头看他："说！"

小桉抬起手揉了揉脸："就是你看到的这样啊。"

"我过来遛狗，结果到了这棵树这里，这狗围着这棵树不停地绕圈，把绳子全部给绕在树上了。我让它反方向绕过来走，它不肯。"

他还觉得自己特别有理，一副言之凿凿的样子："所以我们就在这僵持到现在了，再这样下去估计一晚上都得待在外面，我觉得我得让你来解决这个问题。"

初至觉得人生从来没有这么无语过，这件事已经智障到她发不出脾气了。

她一时分不清究竟谁更"狗"。

初至扶额，绕着小桉走了一圈，像看猴一样打量着他。

围观二十一世纪她见过的沙雕人类第一名。

越看，她越觉得这件事情真的有些匪夷所思，眼前这位真的是她马上就要上高中的弟弟吗？

小桉立刻警觉，他感觉姐姐看他的眼神不像在看正常人。

"姐，你干吗？"

初至停住脚步，用一种哄骗的语气说道："小桉，我问你啊，一公斤的铁和一公斤的棉花哪个重？"

小桉想也没想就回道："当然铁……不，当然一样重！"

随即他反应过来，气愤地问："姐，你在怀疑我的智商？"

初至叹了口气："你的智商还需要我怀疑？'护驾'是狗，你就不能让着它吗？"

小桉立刻反驳："我凭什么啊？我教它听指令，又遛它这么久，结果这只蠢狗还是听不懂话！"

初至见过傻的，真是没见过这么傻的："你俩在这儿犟了这么久，究竟谁更蠢？"

最后初至从小桉手里拿过牵引绳，"护驾"欢快地自己往反方向绕了几圈，乖乖跑到初至腿边，歪头吐着舌头看着仍然蹲在原地的小桉，目光带着点傻乎乎的挑衅。

小桉顿时心绪复杂。

真是狗仗人势啊！

初至牵着"护驾"往周莞家的方向走了几步，随即转身看向小桉，他还蹲在原地。

初至："你怎么不走？"

小桉可怜兮兮地说："蹲久了，腿麻，没知觉了。"

第六章
沉溺

因为小桉和"护驾"的这一番折腾,这顿饭没能在计划的时间内做完。

六点半了,小桉还在厨房里热火朝天地挥着炒菜勺,时不时用手背擦把额头上的汗。

初至在客厅抬眼看向小桉,刚想问他还得多久才能做好这桌菜,手机铃声就响了起来。

是季弥的电话。

初至按了接听键:"喂。"

电话那头男声淡淡:"我在你家门口。"

初至:"好,我这就开门。"

可她刚从沙发上起身,小桉就着急慌忙地从厨房里冲出来握住了大门把手。

缓缓打开门后,小桉往门上一靠,本想以帅气的姿态面对这个百分之九十九骗了他姐姐的男人,可万万没想到这么一靠,就只能抬头看季弥。

身高不够,从气势这一块就输得死死的。

只能又强装镇定地站直了身子。

初至看着门口站如松的两人,一个手里握着还往下滴油的锅铲,一个手里拎着个包装精美的蛋糕。

这是干什么呢？

是什么自己不知道的新潮欢迎仪式吗？

"都进来啊，在门口干什么？"

初至弯腰从鞋柜里拿出一双新的拖鞋递给季弥。

季弥换好鞋进门后，小桉快速上下扫了一眼季弥："你多高？"

季弥："一米八五。"

小桉一顿，装作不在乎地小声说道："其实我也没有那么想知道。"

初至这才发现还没有问过弟弟现在的身高，于是抬眼打量了一下弟弟，问道："小桉，你现在多高了？"

小桉沉默三秒，紧接着快速地说出一段数字："一九零减六减三减二减一。"

初至觉得奇怪，这个问题都能做数学题？

她开始掰着手指头算。

"别算了，姐，"小桉咬咬牙，"你要相信我还会再长的，我能长到一米九。"

"对对对，姐姐相信你肯定能长到一米九，"初至往沙发上一坐敷衍道，"快去做饭吧。"

初至转头招呼季弥："来这里坐一会儿吧，饭马上就好了。"

季弥把蛋糕放在桌上，听到初至的话，弯唇笑了笑，然后坐到了初至旁边。

小桉幽怨地盯着眼前的男人。

从前不论哪一次，姐姐都是把自己放在第一位的，可是看看如今这形势，他可能已经不是姐姐最在乎的人了。

小桉心里那个酸啊。

只听新人笑，哪闻旧人哭。

/ 139

吃饭的时候，初至给坐在身旁的季弥夹了一块糖醋鱼，热情洋溢地说道："多吃点，谢谢你这段时间对我和小桉的照顾。"

季弥还没说什么，就听见小桉冷哼一声。

初至皱着眉头看向小桉："你什么意思？"

"我还能有啥意思，就对你的话表示赞同呗，"小桉立刻识时务地满脸堆笑，"姐我也想吃，你也给我夹一块鱼呗。"

"糖醋鱼不就在你面前吗？"初至摆出一副教育的口吻说，"你都多大了，自己夹不行吗？"

小桉正在因为姐姐这话闷闷不乐的时候，碗里忽然多出了一块糖醋鱼。

抬头一看，原来是对面的季弥用公筷给他夹的。

对上小桉疑惑的眼神时，季弥微微一笑："小朋友，多吃点。"

小桉收回视线，心里哼哼唧唧，一边恶狠狠地嚼着鱼肉，一边暗暗想着别指望用这种方法就能收买他。

这顿饭，每次初至想张嘴跟季弥说点什么的时候，就能感觉到旁边小桉的灼热视线紧紧盯着她。

最后也没说成什么。

吃完饭，季弥就回去了。

初至似是忽然想起了什么，对厨房里洗完的小桉说道："上次送到你季弥哥家的饭盒还没拿过来，我去——"

小桉擦擦手，还没等初至说完就大声坚定道："我去他家拿！"

初至未说出口的话被堵在了嗓子里，只能眼睁睁地看着小桉在玄关换了鞋子然后"砰"的一声关了门。

可真是她的好弟弟。

听到敲门声时，季弥刚打开电脑准备写明天开会的文件。

他从书房里走出来,一打开门就看到小桉神色别扭地站在门口。

季弥挑了挑眉:"什么事?"

小桉十分不客气地抬腿进了门:"进屋说。"

季弥摇头笑了笑,倒真把这里当自己家。

姐弟俩的性格,在某种程度上真的很相似。

小桉坐在沙发上,清了清嗓子:"我今天过来是想和你好好说一下我姐姐的事情。"

小桉瞥了一眼坐在对面的季弥,对方神色淡淡地看着他,没什么反应。

"既然我姐姐和你是高中同学,那你就该知道她就如同她看上去的一样好骗。同为男人,虽然不知道你具体打着什么主意,但是希望你能够不要欺负我姐姐,不然都不说我爸妈了,我肯定是第一个不答应。

"小时候家里发生过一些事情,所以我练了六年的散打,拿过川城市少年组的散打冠军,等上了大学我还会继续练的,希望你能好自为之。"

见不论自己说什么,对方都懒散地坐在那里,淡淡地看着自己,唇边还带着点笑意,一副看小孩吹牛的样子。

受不了激将法的小桉立刻皱着眉头站了起来:"你不信?"

见季弥没有回答,小桉准备给对方展示一下自己的拳脚动作。

他刚凭空比画了两招,就听见一句:"今天晚上我带过去的巧克力蛋糕好吃吗?"

小桉立刻不假思索地回答:"好吃。"

回答完后才反应过来自己说了什么的小桉,动作都僵住了,心里后悔得恨不得时空倒流。

气势输了输了!

完了完了!

烦透了！

"嗯，"季弥继续问，"大学有什么想考的学校吗？"

小柊现在还沉浸在刚刚说错话的懊悔之中，听到这个问题伸手挠了挠头，几乎是出于本能地回答："临城医科大学。"

那时候爸爸生病，尽管他还很小，但仍记得全家的气氛都是昏暗的。

因为爸爸的病情，家变成了一个不透气的灰色泡泡，里面盛满了家人的泪水。

他被姐姐抱着去过一次医院，看着穿着白衣服的人给爸爸治病。

想做医生的想法，大概就是从那个时候萌生的。

季弥点了点头笑道："挺好的，我就是这个学校毕业的，说不定到时候教过我的导师也会教你。"

…………

最后小柊头脑发蒙地拎着饭盒从季弥家出来时，想起刚刚的一幕。

他走到门口时，季弥把饭盒递给他："把这个还给你姐姐。"

小柊这才想起来他是来这里拿饭盒的。

少年转头看了一眼季弥家的棕色防盗门，然后拔腿就往家跑。

很久没有这么丢过脸了，好可怕，他得回家找姐姐。

晚上直播完，推开广播台的玻璃门，初至就看到了站在马路旁的小柊。

小柊不知道哪里来的热情，硬要来接她。

从台里回到家只要十分钟的路程，更何况这里是临城最繁华的地段，路上灯光亮如白昼，马路上川流不息，回家的这条路还途经临城市派出所。

所以是很安全的，初至觉得小柊来接她这个行为完全多此一举。

见初至出来，小柊兴奋地跑过去把手中的烤红薯递给了她："姐，吃夜宵！我们一人一个。"

初至拿过红薯，看着弟弟，想起了今天直播时发生的事。

今天的直播话题是说一说近期的烦恼。

有一个读高中的听众留言说马上要升高二了，但是高一的成绩并不好，因为从初中升高中的这一年没有能适应高中的学习节奏，所以一直很焦虑。

一焦虑就更难进入学习的状态，这成了一种恶性循环。

初至给出的建议是可以先调节一下自己的心情，最重要的是比起焦虑，立刻去做就好。

可一想到小桉即将面临的高一学业，初至还是不免有点担心，怕小桉也不能适应。

初至忧心忡忡地对他说："假期我给你买几套高一的卷子做一做吧，你提前适应一下高中的学习课程。"

小桉一听这话，红薯也不吃了，不满地说道："姐，我想有一个快乐的暑假。"

"更何况，"他补充道，"我现在有更重要的事情要做。"

初至疑惑地抬头看向弟弟："什么事情？"

小桉神色自然，语气有点臭屁地说道："到时候你就知道了。"

回到家后，初至简单洗漱后就躺在床上，开始想接下来几天的直播话题。

然后不受控制地，又想到了今天发生的事情。

把今天发生的事在脑海里回顾了一遍，记忆突然停在了季弥进门前的那一刻。

他好像……没有敲门？

初至翻了个身，又拿起枕边的手机翻看了两人的通话记录。

再次确认了一遍，他的确是给自己打的电话。

初至心中一滞，是巧合吗？

她对敲门声的害怕，是从高一暑假有人来上门要债的时候开始的。

那种无助和恐惧的感觉太过深刻，以至于快十年了，当时的情绪仍未随着时间的推移消减多少。

初至怕父母和朋友担心，所以从来没有对他们说过。

已经发生的事情成为定局，不适合再去说，再去抱怨。

因为这样只会让爱自己的人徒增忧虑。

这么多年唯一一次说的时候，是在直播间里。

那次直播的主题好像叫作：你有什么不为人知的秘密？

直播快要结束时，有听众在评论里问：主持人有什么不为人知的秘密吗？

那时候初至刚直播不久，反应能力还没有那么迅速，她读出这个问题的时候愣了很久。

久到手心都因紧张而微微出了汗。

心中清楚不能再这么沉默下去，可是又不知道该说什么来回答这个问题。

她憋了半天，硬着头皮说了句：会有点害怕敲门声。

那时候还有人在评论里说：主播不厚道啊，这算是什么秘密？为了应付临时编的吧。

初至只能在心里默默反驳：不是的，这真的是我从未说出口的秘密。

初至抿了抿唇，紧接着自嘲般笑了笑。

她觉得自己心中生出的这份犹疑，实在是不应该。

自己这是在想什么呢？

季弥怎么会知道她害怕敲门声呢？他又没有听过她那时的直播。

应该只是巧合而已。

不知不觉中,时间很快就到了七月底。

这段时间,初至非常忙碌。

因为她主持的电台节目要面临着一个新的转折。

由于台里节目时间的调整,从八月上旬开始,她主持的节目需要多加一个板块。

晚上八点到九点这个时间段,音乐广播要加入一个小时的点歌节目。

也就意味着,初至要每天多上一个小时的班。

从八月份开始,初至每周一到周六,都要在八点到十一点这个时间段连续主持三个小时的节目。

这是她第一次接触点歌节目,心中有焦虑、有忐忑,也有期待。

这个新节目的名字叫作《爱的传递音》。

一个小时的节目时间里,可以让十位听众点歌。

因此这段时间,初至即使白天没有工作,也都会去台里和导播一起讨论新节目的事情。

今天初至终于空闲下来,白天没去台里。

小桉看着坐在客厅里戴着耳机正在写笔记的姐姐,走上前拔掉了耳机。

初至正在听着前辈的点歌节目记笔记取经呢,突然被拔掉耳机后立刻抬头看向弟弟。

初至眨了眨眼睛:"有什么事情?"

"姐,"小桉问,"你有什么喜欢的东西吗?"

"钱。"初至回答得毫不犹豫。

"除此之外呢?"小桉用一种哄骗的语气说,"比如一些平时实

现不了的愿望之类的?"

初至眼睛一亮:"在临城市买套属于自己的房子。"

听到这个回答,小桉默默把耳机给初至戴上,转身回自己的卧室去了。

初至看着弟弟的背影有点不明所以,伸手捋了捋头发,继续认真记笔记。

当第一次发布关于点歌节目的微博时,初至心中是挺紧张的。

这个节目是台里时隔五年又重新开始启动的项目。

在电台点歌,通过电波给自己挂念的人送祝福,在通讯如此发达的时代,貌似已经成为一种复古的祝福方式。

如今再度开启,初至会担心这个节目是否还能够被人喜欢,那些心意是否又真的能够被传达。

好在结果比初至预想的好很多,听众们积极在点歌微博下响应留言。

△初至,此刻我在坐高铁回家的路上,明天我就要和我在一起三年的男朋友订婚了,我想在今晚点一首《最浪漫的事》送给他,也送给我们今后的生活。和他结婚是我一生中最浪漫的事情,希望我们能彼此携手,一起慢慢变老。

△主持人好,今天是我闺蜜的生日,我们同分进入同一所高中,高考也是进入了同一所大学,现在我们都已经毕业出社会工作五年了。我想点一首《一个像夏天一个像秋天》送给她,希望她开车下班回家的时候能听到。晶晶,祝你生日快乐,我们会是一辈子的挚友,你是我没有血缘关系的家人。

△三年前的某个夜晚无意中听到了这档电台节目,那时刚参加工作,懵懂又迷茫,听着你温暖的声音,也温暖着我的心。不知不觉就这么久了,如今我经过奋斗,已经在临城扎根下来了,只希望将来能

够在这个城市里遇到一个互相懂得的人，想点一首《稳稳的幸福》送给自己，以后我只想要稳稳的幸福。

……………

初至看着这些留言，心中十分感动，觉得仿佛透过这些留言，窥得别人鲜活人生的一角。

能够当个传递温暖和力量的人，弥足珍贵。

这一周的节目播下来，初至战战兢兢又幸福满足。

情绪真的可以传递，看着别人的甜蜜幸福，自己也会由衷地开心。

李东绪一开始担心初至一连播三个小时，又接触了新的节目板块，是否能够好好承担住这个任务。

还担心新节目是否能够受听众欢迎，能否保持市场占有率。

如今经过这一周的试验下来，各方面都很好，甚至新节目的受欢迎程度已经远超出了他的期望值。

李东绪在周六开会的时候着重表达了一番对初至的夸赞。

会议结束时，他拍了拍初至的肩膀，鼓励道："好好干！今年咱们台里的优秀员工说不定就有你呢。"

听了这话，初至嘴巴都快咧到耳后根了，但还是强装镇定地谦虚表示："领导，好的主持人太多了，我还得继续努力，虽然我现在也已经很努力了。"

晚上，小桉看着在厨房里忙得热火朝天的初至，心中浮现一层淡淡的忧愁。

不知道姐姐是哪根筋搭错了，今晚非要自己做菜。

他担心自己过会儿是不是得偷偷溜下楼，再去附近的小店里吃点饭。

初至是因为新节目做得不错，很开心，才自告奋勇地做顿饭。

因为心情好，所以做菜时十分轻快，时不时还哼上两句。

小桉靠在厨房门口，在心里暗自琢磨着，这肯定是遇到了什么好事。

难道季弥哥跟她求婚了？

一想到这个念头，小桉立刻摇了摇头。

这不可能。

最近他和季弥哥交流密切，季弥哥有啥事不可能不跟他说。

可一想到这儿，小桉又觉得，也说不准哦。

毕竟他又猜不透季弥哥的心。

就像到现在，他也没看懂季弥哥到底喜不喜欢姐姐。

说喜欢吧，好像也没有那么热切。

说不喜欢吧，好像也会时不时问他关于姐姐以前的事情。

小桉思来想去，拿起手机，刚要发个消息询问，就被眼前的一幕吓得连手机都快掉了，立刻大声喊："姐！菜还湿着呢，别往油里放！"

周天早上，初至醒来的时候发现小桉不在屋子里。

她打开小桉屋子里的门，看见床上的被子叠得整整齐齐，人倒是不见踪影。

这个暑假，小桉刚过来没多久，就赶上初至工作上的变化。

之后初至一心扑在台里的节目上，都没来得及带他去各处景点玩一玩。

现在新节目终于尘埃落定，她有了闲下来的时间，本来是打算今天带小桉去市里的景点转转的。

可现在他跑哪儿去了？

初至回卧室刚要拿手机给小桉打个电话，电话铃就响了起来。

来电人是小桉。

初至按下接听，满心疑惑地问："你去哪儿了？"

"姐，"小桉那头声音嘈杂，像是在什么吵闹的地方，"你现在来达卡乐园呗。"

达卡乐园是离初至的小区最近的一所游乐园。

这所游乐园和梦幻谷比起来，面积不算大，但是游乐园的设施也不少，附近住着的居民都爱往那边去遛弯，平时也会有很多家长带着孩子去玩。

初至有点无奈："我现在去那儿干吗？"

小桉一听初至这语气，在电话那头不讲武德地开始撒娇："哎呀，姐姐，你来嘛来嘛，我在这儿等你呢。"

行吧，去就去。

她不知道弟弟葫芦里卖的什么药，但是抱着"兵来将挡水来土掩"的原则，还是换了衣服，拎着包出门了。

走去达卡乐园的路途中，初至接到了小桉的电话。

电话那头，小桉的声音有点瓮声瓮气："姐，你啥时候到啊？"

初至看了下时间："大概再过五分钟吧。"

小桉："行，那姐你从北门进来然后直走啊。"

初至："你嗓子——"

你嗓子是怎么回事？

不过这句话还没问完，就听到了那头的"嘟嘟"声。

对方挂了电话。

初至心中有点疑惑，还有点焦急。

她听小桉的话，从北门进了达卡乐园。

今天是周天，所以乐园里人相对来说并不算少。人来人往，十分热闹。

初至站在道路中间，左边是滑滑梯，右边是旋转木马。

她的眼神往四周看了一圈，并没有在人群里看到小桉。

初至从包里拿出手机，想给小桉打个电话。她刚低头翻包时，就感觉到有个什么东西站在了自己面前。

地面上多了一片阴影，初至立刻抬起头看。

一只棕色的小熊玩偶拎着一串彩色气球站在了她的面前。

初至眼睛瞪大了，达卡乐园什么时候有穿着玩偶服的工作人员了？之前也没听说过啊。

说是小熊玩偶，其实眼前的小熊比初至还高很多，初至得微微仰头才能看见他的脸。

小熊张开双臂，像是在求一个抱抱。

初至用手指了指自己，想跟小熊确认：是我吗？

小熊点点头。

初至笑了笑，伸手抱了抱眼前的小熊。

浅浅拥抱一下后，小熊把手中的一把彩色气球递给了初至。

初至又指了指自己："送给我的？"

小熊轻轻点点头。

初至"哇"了一声，惊喜地接过气球。

这时，旁边又有一个背着小挎包的恐龙玩偶走了过来，站定在初至面前。

初至惊讶地看着小恐龙从挎包里缓慢掏出一个亮闪闪的小王冠，不由分说地就要把王冠往初至头上戴。

小恐龙笨拙地给初至戴好王冠后，也朝着初至张开了双臂。

初至心中暗暗想着这是有什么拥抱送小礼物的活动吗？

正在她要张开手臂与小恐龙拥抱时，小恐龙突然把头套摘了，露出了里面的搞怪绿头鱼面具。

初至猝不及防地被吓到了，"啊"了一声之后往后退了几步，一下子摔到地上。

"哈哈哈……"小桉摘下面具，有种恶作剧得逞后的得意扬扬，"姐，被我吓到了吧？"

小桉正想再嘚瑟两句，余光中瞥见不远处穿着小熊玩偶服的季弥哥，已经顺手拎起手边的纸箱子，朝他这里走了过来。

隔着玩偶服，都能感受到一股压迫感。

情况不太妙的样子。

眼看着危险即将靠近，小桉拔腿就跑。

达卡游乐园里，站在蹦床上的一个五岁的小女孩看着一只恐龙在道路前面跑，一只小熊手里拎着纸箱紧紧在后面追。

没过多久，小熊就追到了恐龙，把纸箱往恐龙头上一套，开始对恐龙进行一番修理。

小女孩蹦床都不蹦了，跑到爸妈身边好奇问道："妈妈，那个是动物世界吗？"

妈妈还没说话，站在妈妈旁边的爸爸就立刻抢答："宝宝，这是人与自然。"

初至从地上起来后一手握着气球，一手拍了拍身上的灰尘，站在原地乖乖等了一会儿。

这才看见远处两个人已经换下玩偶服，姗姗来迟地走到了自己面前。

初至看着季弥，刚要说什么，就看到他往自己身前走过来。

季弥伸手把初至头上的亮晶晶的小皇冠戴正了。

初至刚刚摔倒的时候，它也歪了一点。

初至乖乖站着，飞速抬眼看了一下，却只能看到他轮廓分明的下巴。

季弥戴好之后，往后退了一步，确认一下初至头上的小皇冠是不偏不倚地戴在正中央，这才满意起来。

"你们今天这是，"初至组织着措辞问道，"怎么回事？"

季弥漫不经心地说了一句："在哄你。"

初至以为自己听错了，瞪大眼睛："啊？"

季弥却并没有直接回应她的讶异，而是问道："开心吗？"

"开心？"初至有些不明所以地怔住，嘴唇动了动。

季弥又耐心地问了一遍："对，今天你开心吗？"

初至这才反应过来。

所以他们今天做的事情：扮玩偶，送气球，还送皇冠。

是为了哄她开心。

初至仔细回想了一下。

在小桉吓她之前，她都是开心的。

现在看见眼前这两人大夏天穿着玩偶服，热得额头上都是汗，只为了能哄她开心。

如果说不开心，那的确有些不识抬举。

所以现在她是需要给一下用户反馈吗？

想到这儿，初至立刻笑得眉眼弯弯："我开心啊。"

季弥听到这个回答面上不显，但内心里是松了口气的。

真是太丢脸了，他可不会做第二次。

当时小桉拍着胸脯跟他保证："季弥哥，我消息打探完毕了，我姐她就喜欢那种游乐园啊，彩色气球啊，水晶皇冠啊这种东西。"

他将信将疑："你确定？"

小桉挠了挠头，有点心虚地回答："差不多吧，女孩不都喜欢这种吗？"

现在小桉听到姐姐这个回答也松了口气，心中犹如石头落地般轻松。

幸亏姐姐喜欢啊。

因为他是胡乱编的。

毕竟他姐喜欢的东西,他也没法对季弥哥开口啊。

总不能说:我姐喜欢临城的房子,季弥哥你就简简单单地给她买一套吧。

他实在是开不了这个口……

季弥这时对初至说:"恭喜你新节目顺利进行。"

初至一愣:"你怎么知道我主持了一个新节目啊?"

她这段时间太忙了,忙到都没来得及跟他说这件事。

季弥:"我有关注你的微博。"

"哦,"初至点了点头,"怪不得。"

应该是那次请他来电台做嘉宾时,他关注了自己的微博。

初至感激地朝季弥笑了笑:"谢谢你。"

"姐,"小桉补充道,"你是该好好谢谢人家。"

这段时间他出于兴趣,借了几本季弥哥的医学书看。

结果发现季弥哥的书不仅每一本都保存得很好,书上的笔记还都十分清晰明了。

季弥哥还很贴心地专门给他买了基础理论书,以及市面上已经买不到的动漫手办。

小桉心中很感动,无以回报,甚至想让以姐相许。

最近他见姐姐因为筹办新节目忙碌的样子,灵机一动,于是便添油加醋地跟季弥哥描述,比如姐姐每天回家后还在认真学习,姐姐为了新节目每天都愁眉不展,姐姐压力大得头发都快掉光了……

讲到这儿的时候他觉得有点失言了,损害了姐姐的形象,连忙补充一句这是夸张手法,实际上姐姐的每一根头发都挺好的。

季弥并不太清楚初至如今的喜好,只能在小桉打探到初至喜欢什么之后,和小桉一起为她准备了这个惊喜。

/ 153

只希望她能在这么辛苦的忙碌之后,笑一笑。

第二天初至去上班的时候,导播神神秘秘地凑上来。

"你知道昨天达卡公园里面一只熊和一只恐龙打起来了吗?"导播一边说一边掏出手机,打开短视频APP展示给初至看,"还被人传到这上面了,点赞量都破十万了。"

初至接过来一看,视频标题是:乐园玩偶关系不和,彼此竟然大打出手。

画面是一只玩偶熊拎着纸箱,猛追一只玩偶恐龙,玩偶恐龙因为跑得太快,中途还漂移着摔了一跤。

恐龙玩偶头套应该是很重,所以跑起来的时候一直往后仰。

那个样子,真是嚣张又滑稽。

视频上传者还贴心配上了一个特别搞笑的背景音乐。

评论里都是"哈"声一片。

初至无力扶额,她不仅知道,还十分熟悉呢。

小桉,季弥,你们火了。

现在她只有一个想法——幸好都没露脸。

初至想起昨天从达卡乐园回家的时候,她手里拽着一大把彩色气球在游乐园里走,时不时就有家长牵着小朋友来问她:"你这气球怎么卖?多少钱啊?"

小桉摆手抢答道:"多少钱都不卖,这些气球是我姐的,她今天是小公主。"

初至其实倒是想送几只给小朋友,不过风一吹气球的绳子都缠绕在一起了,根本解不开。

也就只好这么带回了家。

回家路上走到公园门口的时候，小桉还特别热切地说："姐，季弥哥，今天是个好日子，我帮你们拍张照吧。"

那时候初至才觉得有点不对劲，弟弟和季弥，这两人什么时候这么熟了？

她又不好意思问季弥，只好回家之后问弟弟。

谁知小桉听完这个问题后大手一挥："姐，别管了，总之我们都是为你好。"

在今天直播前，初至把合照发给了季弥。

初至：气球和小皇冠都很漂亮，再次谢谢你。

很快，手机振动了一下。

季弥：嗯，很漂亮。

初至：是吧。

季弥：我是说你。

初至没再回了。

因为她看完这句话后很没出息地觉得自己脸特别热，头也有点昏。

初至点开手机拍照键，仔细看了看屏幕里的自己。

虽然从小到大被不少人夸过长得好看，但初至觉得自己离"很漂亮"这三个字还差得远。

电台里已经开始播放广告了，节目马上就要开始。

郑涵这时透过玻璃窗看见初至还在紧盯着手机，时不时捋一捋头发，不由得给她发了条消息。

看到郑涵的消息后，初至立刻放下手机，用手掌揉了揉脸，让自己头脑清晰一点，开始主持今天的节目。

三个小时的节目主持完后，初至出门就看见了在楼下等着的小桉。

小桉走上前递给她一袋章鱼小丸子。

每天初至下播后，他都会在等她的时候买点吃的。

回家的路上，小桉有点恋恋不舍地对初至说："姐，我明天就要回家了。"

"啊？"初至猛然听到这个消息有点反应不过来，"这么快吗？"

"对，因为军训下个星期就要开始了，我还要回家去准备准备开学用的东西。"

小桉考上了川城一中，川城最好的学校。

"你周莞姐说请你吃的饭还没有吃，我还没有带你在临城四处逛一逛……"

初至这才觉得这一个多月以来自己为弟弟做的还有很多不足。

小桉帮忙遛了一个星期的"护驾"，周莞一直说要请小桉吃饭，一起聚一聚。

却因为初至新节目要开始一拖再拖。

本来说好带小桉去临城市著名的历史景点走一走，也因为新节目的原因往后拖。

总觉得还有很多时间，所以并没有把这件事放在首位。

自己终于有时间，他却要回家上学了。

"没关系的。"小桉看着姐姐情绪不太好的样子安慰道，"以后还有的是机会，再说我最想去的地方都已经去过了。"

季弥哥那天带他去逛了一圈临城医科大学，还带他去思源食堂吃了饭。小桉点了回锅肉和小炒碗，吃得十分满足。

临医的食堂真好吃，即使为了食堂，他也会努力在高三结束后考过来的。

"姐，"小桉像是立下誓言般说道，"以后我一定会过来这边上大学的。"

小桉离开后的头几天，初至都不太适应。

就像是在这个城市本来有一个什么都可以依靠的亲人，可在他离开后自己又开始过起了一个人的日子。

快两个月的时间，足以养成习惯。

早上起床后习惯地叫一声小桉，却发现并没有人回应。

没有人再在单位楼下等自己，也没有人再给自己做饭吃。

小桉在家里的这些天，初至的胃口被养得有些挑剔。

吃过家常饭，再吃外卖总觉得又油又咸。

初至想起小桉离开那天自己送他去机场，他认真地说："姐，家里还有很多菜放在冰箱里，你不要浪费啊。"

初至懂他这句话的意思。

言下之意就是让她少点外卖，自己做饭。

在小桉离开临城后，她如他所愿，自己做起了饭。

这几天初至和爸妈视频的时候，二老看着视频里女儿红润的脸庞十分满意。

夫妻俩觉得把小桉送到临城还是十分有成效的。

小桉回家了，初至也就没有理由再租这个房子了，一直想找个时间跟季弥说一说房子退租的事情。

她知道，现在住的房子以这个价格租给她太亏，而她又不愿意欠他太多人情。

只是一想起那天微信里他说的话，就止不住地脸热。

印象中，季弥并不是一个会主动夸别人的人。

初至觉得，但凡事情和季弥有关，她就会很容易想得特别多。

或许他那只是一句简单的夸赞，就像夸赞一句"今天天气真好"一样。

是她把事情想复杂了。

可还没等初至找季弥，他就自己找了过来。

这天直播结束后，初至推开广播台的玻璃门走了出来，惯性般往之前小桉站的位置一瞥，本该立刻离开的她却定住了脚步。

见到了一位熟人。

季弥站在不远处明亮的路灯下，见初至推开门出来后目光定定地看着他，便主动走上前去。

"我们谈谈。"

初至没有拒绝。

她沉默又缓慢地走在他的身旁，两人的影子被路灯拉长，初至垂眸看见她和他的影子重叠在一起。

她蓦地想起自己很久以前做过的梦。

那时她刚到川城读书，还不太习惯那里的一切，总会时不时地想起云城，时不时地想起季弥。

大概是日有所思夜有所梦。

梦里也像现在一样是夏天，他穿着球衣从篮球场出来，头发被汗水浸染得有些湿漉漉的。

球场上有男生对他喊："再来一场呗。"

他朝对方笑了一下，摆了摆手，进了球场旁边的一家小卖部。

太久没见了，梦里的他又变高了一点，依旧很瘦。

初至站在原地等他，不一会儿，他从小卖部里拿了一瓶矿泉水出来，朝着学校宿舍的方向走去。

她跟在他身后，隔着一段距离不紧不慢地走着。

春末夏初的夜晚温度恰好，路上几乎没什么人。

万籁俱寂的黑暗里，初至觉得这样跟在他身后走一段路，很幸福。

这时，初至常喂的小橘猫不知道从哪里突然窜了出来，打破了这份沉静。

橘猫热情地朝初至"喵喵"直叫，热情地用头蹭她的裤腿，热情地围着初至绕圈打滚。

初至蒙了，立刻抬头往前看，果然季弥被猫叫声吸引，转头往她所在的方向看。

即使是在梦里，她仍觉得脸和耳朵在那一瞬间都特别烫，头脑一片空白，下意识地抱起小橘背过身，心跳如擂鼓。

接下来的每一秒都极度漫长，终于初至听到了背后传来的脚步声，她转头看见他按照原来的路线继续向前，松了一口气，却又有一丝难以言明的失落。

她转身把小橘放下，摸了摸它的头，小橘蹭了蹭她的手，翘起尾巴钻进了路旁的树丛里。

她抬头静静看着季弥越走越远，在他就快要从她的视野里消失不见时，她不知哪儿来的勇气朝前跑去。

她低着头跑到他身边，又加快速度超过了他。

路灯把她的影子拉得很长，初至看着两人的影子从靠近到重叠再到分开。

她跑到转角处时停下，从墙壁后探出头看向路口等绿灯的他，心中很不舍。

从这个梦里醒来时，那种不舍的情绪仍在她心头萦绕着，久久无法散去。

总是在这种时候，初至才觉得，原来自己真的已经离开云城很久了，原来和一些人的缘分这辈子大概也就只能到这里了。

初至的梦境大多数是醒来就忘，或者只记得零星几幕，可这个梦，她却完完整整地记住了很多年。

大概是身体也察觉到她有多不舍,所以努力地替她记了下来。

后来大学毕业的时候,302宿舍的全体女生一起,最后一次聚在宿舍里回顾青春,谈天说地。

当大家纷纷谈到自己年少喜欢的人这个话题时,室友一句"初至,你呢",把她从回忆中拉扯了出来。

初至那时才发现,原来已经过去了这么长的时间。

有关他的那些明明灭灭的情绪,在时光中留恋至今,转换成了一份只属于她的独家记忆。

可要怎么与旁人说呢?

那天初至是最后一个离开宿舍的人,晚上回家后,她在日记本上写下了这么一段话:

> 青春太过美好,好到不论怎么度过都像是在浪费。而我的青春仿佛古井般沉静无波,你是那颗唯一能被投掷到井面的石子。
>
> 那些炙热又蓬勃的夏天已经离我很远了,我和那些岁月为数不多的连接,好像也都是有关于你。
>
> 不是我选择了你来喜欢,而是命运选择了你来完满我的青春。

两人就这么沉默着走完了大半的路程,初至从过往中回过神来,抬眸看向身旁的人。

梦境与现实重叠,让人觉得并不真实。

他今天来找她,是想说什么呢?

"你今天过来,"初至讷讷地打破沉默,"怎么也不先跟我说一声?"

今天的节目结束后,她还在办公室里整理了一下明天要播放的歌曲顺序,出来的时间比平时晚了一些。

也不知道他在这里等了多久。

季弥淡淡地说:"临时起意。"

他解释得简单,初至也不知道再接什么,只能"哦"了一声。

"小桉回家了。"初至开始没话找话。

"我知道,"季弥偏头看初至,"他跟我说了。"

初至又开始不知道说什么。

眼看着两人都上了电梯,初至偷偷看了一眼身旁的季弥。

所以他是专门来接她下班的吗?

电梯到了十五楼,季弥先出了电梯,初至跟在他身后走。

走到自己家门口时,季弥停住脚步,转身看向初至。

初至以为他是要对自己说再见,便也乖乖地停住了脚步。

"任初至,"季弥漫不经心地叫她名字,"你还记得你以前给我传的纸条吗?"

初至怎么也没想到他蹦出了这么一句话,一时间有些蒙。

纸条,她什么时候传过纸条给他?

她开始仔细回想。

然后想起来的确是有这么一回事,那是在高一下学期。

那时除了成绩,能让她苦恼的就只有季弥。

同桌夏悦非常乐于助人地问她:"你有没有明确地表达过自己的意愿?"

初至点头理所当然地说道:"当然有啊,我说过我喜欢他了。"

夏悦用一种恨铁不成钢的眼神看着她:"那有什么用?你得把问题交给他啊。"

"我问他什么?"初至觉得自己有点明白了,"我是要问他喜不喜欢我吗?"

"我觉得你还是不怎么明白,"夏悦摇摇头,一副看傻子的眼神看着初至,"你得单刀直入,咱们就得是选一个最尖锐的问题抛过去,别搞那些推拉游戏，你就直接问他愿不愿意做你男朋友？"

初至有点为难："这不太合适吧，如果他说不愿意呢。"

"这还不简单，"夏悦用"这有什么大不了"的语气说，"那你就换一个人喜欢呗，这世界上最不缺的就是男人嘛。"

尽管初至那时还不能接受夏悦那句"换个人喜欢"的说法，但她还是想用这个问题问季弥试一试。

一方面是想知道他的态度。

另一方面是初至乐观地想着，说不准他头脑发昏就答应了呢。

虽然这个希望比她考年级第一还要渺茫。

可初至尝试了几次，大课间时一脸严肃地走到季弥座位旁边，张嘴"你、我"两字嗫嚅了半天，还是没能把这句"你愿意做我男朋友吗"说出来。

季弥还没说话呢，季弥身旁的男生就在起哄："初至，你这是结巴没好全，准备对着季弥做语言复健吗？"

初至挫败地灰溜溜回到了自己座位上，对着满脸期待的夏悦摇了摇头。

她把这没能说出口的原因归结于少女的害羞。

但是办法总比困难多，一计不成初至又心生一计。

紧接着，初至对着皇历挑了个良辰吉日，在那天的晚自习上，怀着忐忑的心情扔了张小纸条给季弥。

小纸条上写着少女心事。

在空中划了一个完美的弧线后，小纸条完美地落在了季弥的桌子上。

事情到这里看上去已经成功了一半，谁曾想却是失误的开端。

因为这一扔扔得十分不是时候，初至扔纸条的这一幕正巧被来巡视纪律的老师抓个正着。

当时全校都正在轰轰烈烈地进行抓早恋典型的活动，而初至纸条上的内容又异常高调：季弥，我喜欢你好久了，你能不能回应我？

这恰好就属于撞枪口上了。

老师看了之后脸色铁青，让任初至出去罚站，以儆效尤。

初至大义凛然地站起身往门口走，谁知经过季弥身边时，还不忘出于本能殷勤地对他 wink 了一下。

老师见状，立刻痛心疾首地让季弥发言，希望自己得意门生的严词拒绝，能拯救这个误入歧途的少女。

老师神情严肃："季弥，你有什么话想对任初至说？"

同学们此刻屏息凝神，等着看好戏。

季弥声音克制："高考结束再说。"

这话一出，全班一片哗然。

季弥居然没有直接拒绝？

当时初至听了这个回答，笑容止都止不住。

哎呀，离高考结束不就还有两年多点的时间了嘛，光阴如流水啊，看来成功已经近在眼前。

老师听了这个回答也有些诧异，但还是撑着场子对窃窃私语的同学们大声说道："对，季弥同学说得没错！你们现在最重要的是高考，其他什么事情都排到高考之后说！脑袋里想七想八，都给我好好学习，听清楚了吗？"

初至本来以为经过这么一件事情，季弥对自己肯定是特别的。

谁曾想这件事情之后他的态度还和以前一样，面对她如火般的热情，似寒冬般冷漠。

于是就把这个小插曲抛在脑后了。

再之后就是漫长的分离。

…………

季弥见初至的表情从困惑到恍然,再到染上了一丝羞怯。

他这才慢条斯理地说了一句:"我的回答是可以。"说完也不顾初至是什么表情,转身用钥匙打开房门进了屋。

直到"嘭"的一声门响传来,初至这才隐隐约约觉得事情的发展有点不太对劲。

他这句话的意思是接受了自己的告白了?

并且是,九年前的告白?

初至进屋后头脑发蒙地洗漱,又头脑发蒙地躺在了床上。

她觉得自己此刻仿若置身云端,今晚的一切都十分不真实。

第七章
选择

早上，初至是被一阵电话铃声吵醒的。

是郑涵打来的电话。

郑涵的声音带了点哭腔，初至立刻从混沌中清醒了过来。

电话那头郑涵情绪低沉地说："初至，我现在有点难过，你能来陪陪我吗？"

她赶到郑涵家的时候，郑涵眼睛通红，穿着睡衣来开门。

刚进门，郑涵就猛地抱住了她。

"初至……"郑涵哽咽地靠在她肩膀上说道，"我跟杨诚分手了。"

什么？分手了！

尽管做好了心理准备，但是真正听到这话的时候，初至还是觉得不可置信。

本来以为或许是她和杨诚两人闹了矛盾，赌气彼此不理睬，但是怎么也没想到两人是真的分手了。

明明前不久在台里的时候郑涵还跟她提过要去试婚纱了，还说已经在预定婚礼的场地了。

说这话时满脸甜蜜的样子她还记得。

两人之间已经进展到了谈婚论嫁的阶段。

怎么突然就分开了？

郑涵哭了一晚，眼睛红肿，精神状态也不好。

她抽泣着说道:"这事跟别人说可能她们不会有那么了解,我觉得你应该会更懂我。"

初至满头雾水地扶着她坐到了沙发上,又起身给她倒了一杯温水。

郑涵的桌子上都铺的粉色蕾丝桌布,整个房间的装修风格都是温馨可爱的,一如居住在这个房屋里的人。

初至起身把窗帘拉开,又从包里拿出特意从便利店买的三明治放到了郑涵面前。

郑涵摇了摇头,疲倦地说:"我现在不太想吃。"

初至也不再劝,只是静静地坐在她身边等。

等她整理好情绪。

"我本来以为,我们能一起过一辈子的,今年过年的时候我们彼此家长都见面了,"郑涵终于开口,似是陷入了回忆般喃喃道,"没想到我和他走到了这个结局。"

初至还是忍不住问了一句:"是他发生了什么事情吗?"

婚期将至的悔婚,除了出轨,初至想不到其他的理由。

郑涵听懂了初至的言外之意,摇了摇头,轻轻说了句:"不是,没有那么不堪,我们就是走不下去了。"

"你也知道,我们这份工作的时间比较特殊。"

初至点点头,晚间节目的工作时间是和大部分上班族的工作时间相反的。

平时她和周莞聚一下都得等到周天才行,正常的工作日根本无法聚在一起。

郑涵作为导播,更是去得比她早,下班比她还要晚。

有时候逢年过节遇上录播还得在台里加班,恨不得一整天都待在台里。

偶尔初至会等着她一起下班,每次都能看见杨诚开车在楼下接她。

166 /

他们两人甜甜蜜蜜地依偎在一起，还会贴心地对初至说："你别打车了，我们送你回家呗。"

每当这时初至就会摇摇头，笑着打趣道："这就算了，我可不当这个电灯泡。"

这样的场景，以后都见不到了吗？

初至转头看向身旁的郑涵，只见她怀里抱着一个玩具熊，单手托腮，头发凌乱地散在额前。

这个玩具熊初至认得，是之前郑涵生日时，杨诚让人送到单位里的。

玫瑰花、玩偶熊、蛋糕和钻戒……

当时着实让台里的已婚和未婚的女同事都惊呼羡慕了一把。

郑涵垂眸看着怀中的小熊，继续说着："他平时白天工作忙，还要经常出差，也就只有晚上有点时间，可我晚上还要工作到很晚，交往了这么久，实际上待在一起的时间却并不多。"

"恋爱刚开始的时候，总是觉得甜蜜幸福，幸福得能够蒙上眼睛不管不顾，觉得只要两个人相爱就好了，可是真正要走到结婚这一步的时候，又有很多顾虑。如果真的结婚了，我们见不着面的情况下，家庭要怎么办？谁又要做这个放弃的选择呢？"

郑涵顿了一下，继续说着："前几天我和他一起去选婚礼场地的时候，都因为工作迟到了一个小时。当时我们都很默契地不提这件事，但我知道，这件事在我们两个人之间始终没法过去。因为我们在一起的时间里，发生了太多这种事情。现在还能凭着感情撑一撑，那以后呢？该怎么撑呢？我家里人和他家里人都劝着说等婚后生个孩子就好了，可是孩子生出来真的会好吗？难道不会更忙更累，抱怨更多吗？"

郑涵叹了口气，好不容易平静下来的语气又带了点哽咽："我不想凭着孩子维系一个家庭，也不想在不好的家庭氛围里让孩子觉得不

/ 167

幸福，所以我们一致决定就到这里吧，趁现在还能算得上好聚好散。"

初至听了这个回答也陷入了沉默，思绪有些繁杂。

她张了张口，却还是不知道该从何说起，能够安慰面对这件事的郑涵。

是啊，她们这个工作时间，如果要和另一个人生活在一起，着实是一件不容易的事情。

推己及人，那她自己呢？

良久，初至听到自己低低的声音："那该怎么办呢？"

"不知道。"郑涵摇摇头，"我不想自己为了结婚放弃工作，也不想让他为我放弃什么，所以才结束了。这个问题最初就存在，不过一直被我们回避了。"

郑涵本来陷在自己的情绪里，转头一看身边的初至表情有点恍惚，不由得用手推了一下她，有点担心地问道："是我的事影响你了吗？"

郑涵想起那天在直播间见到的男人，反过来安慰初至道："是我今天太难过了，所以考虑不周没想到你的情况。其实你不用担心什么，我昨晚一夜没睡仔细想了想，最后发现不能继续下去的原因，还是我们俩之间没有那么爱了。

"这两三年我们的感情也到了一个平稳的阶段，但我总觉得过去的这些时间也算是一段消耗期。"郑涵继续说道，"我和他嘴上都说不想对方为自己付出什么，可一旦组成家庭双方都要付出很多的，说到底还是我和他都不想做那个先付出的人。"

…………

初至从郑涵家走出来的时候，心情仍是低落昏沉的。

郑涵的这件事给了她很大的冲击。

曾经她看在眼里的模范情侣都走到今天这种令人惋惜的结局。

那么她和季弥呢？

也是一样的情况，季弥上班的时间也很忙，她又真的很喜欢现在的电台工作。

如果真的在一起了，该如何是好。

回到家之后，初至在床上呆坐了一会儿，透过窗户静静看着窗外的景色。

如果有一天，她真的和季弥走到了这种结局……

想到这儿，初至猛烈地摇摇头，不行。

如果从来没有在一起，至少她还能保有记忆中的年少美好。

如果在一起又分开，甚至可能分开的结局还并不平和，她都不知道还能不能再有勇气继续待在这座城市里。

她给季弥发了一条微信消息：我想给你打个电话说件事，你现在有时间吗？

发完消息，初至就觉得心神不宁。

为了转移注意力，她把手机放到了客厅的饭桌上，起身走到冰箱前，拿出冰箱里的小青菜去厨房的水池里洗了洗。

没多久，初至就听到了客厅里传来的手机铃响。

初至擦干手上的水，走到桌前看见手机屏幕上显示的"季弥"两个字，一时间有些犹豫。

铃声响了很久，初至才下定决心般拿起手机按下了接听键。

电话那头传来一道熟悉的男声："怎么了？"

声音轻快，带着笑意。

"那个，你吃饭了吗？"

季弥轻笑了一声："你说的是午饭还是晚饭？"

初至把手机拿到眼前一看，原来已经下午三点了。

她懊恼地皱了皱鼻子，又把手机拿到耳边遮遮掩掩地说："那个，我……"

"嗯，什么事？"

"你昨天说的话，我考虑了一下。"初至说得有些磕磕绊绊，"我觉得可能，可能我们还需要些时间来互相了解一下。"

本该拒绝的，可是话到嘴边又变成了需要时间。

她还是说不出口。

"或许你还是从前的那个你，但我已经不是以前的那个我了，"初至绕口令般说得又快又急，"我很怕自己会让你失望。"

他对她的印象大多还是来源于高一的时候，但现在距离高一已经过了这么多年，久到提起那时仿佛都已经是上辈子的事情了。

而她又在这些没有他的岁月中改变太多，多到和以前的任初至几乎是截然不同的两个人。

初至不知道为什么他会突然答应，选择和自己在一起。

但是现在的她对他来说，是一个熟悉的陌生人。

"不会。"

他的声音干脆利落，初至听得都有点蒙，顺口接道："什么不会？"

"任初至，"季弥定定开口，"你想了解什么呢？"

初至握着手机的手指用力得有些泛白："我……"

终究是不知道怎么说。

这也是她没有选择面对面，而在电话里说这件事的原因。

如果对上他的眼睛，她大概只想落荒而逃。

初至都觉得自己有些过分，要么是直截了当地拒绝，要么是直截了当地答应。

她这样说，归根结底还是舍不得。

不想答应，可也舍不得放弃。

初至低下头："对不起。"

电话那头是良久的沉默，久到初至的心缓缓下坠，都有些顶不住

压力想改口时,季弥却几乎是一字一顿地缓缓说道:

"不用说对不起,你说需要时间了解,那就了解好了。"

"反正,都已经这么多年了。"

"也不差这点时间。"

挂上电话后,初至在如释重负的同时却又觉得空空落落的。

像是心中破了一个洞,风缓慢却又不停歇地灌了进来。

她对自己说,没关系的。

像以往的每一次,不论遇到什么难过的事情,在心里安慰自己没关系的,就能做到仿佛真的什么都没有发生过一样。

可这一次,在初至对自己说了十遍没关系后,仍然觉得心中的那种沉闷感挥散不去。

她的咒语失灵了。

第二天,初至去台里上班的时候并没有看到郑涵。

李东绪说她请了两天事假,周五和周六这两天都不来上班了。

初至在心中算了算,礼拜天是休息日,再加上事假休的两天正好是三天。

三天的时间,她能够在精神上恢复得过来吗?

初至有些担心,但是点开微信又不知道该对郑涵说什么。

感情的事情,旁人开口劝慰总归不是那么合适。

这晚和初至一起工作的是新来没多久的导播,一位名叫孙慧的女生。

孙慧人瘦瘦的,不高的鼻梁上架着副厚厚的眼镜,额前留着整齐的齐刘海,看上去乖巧又安静。

她来台里的这段时间负责的是交通台的广播导播工作。

今天因为人手不够临时来音乐台加班,孙慧明显有些紧张,直播前一直在皱着眉头仔细看交班记录,坐在播控机房里偶尔嘴里还会碎碎念。

初至仿佛看见自己刚来直播时的样子,忍不住走到孙慧身边轻声问道:"是不是还不太熟悉?"

孙慧闻言抬头看她,不好意思地笑了笑:"因为是第一次,所以有些担心,不过郑涵姐都跟我强调过要注意的事情,我现在准备登录播控系统再熟悉一下。"

初至点点头,轻轻拍了拍孙慧的肩:"如果直播过程中有什么需要我配合的都可以跟我说,总控室的工作人员也非常好,所以没事的,别担心。"

初至的声音清甜平和,孙慧听了觉得心中安定了一些,感激地朝初至笑了笑:"谢谢你。"

好在两天直播都没有出什么大问题。

直播的过程中只有一件小插曲,就是孙慧第一天的时候不小心把歌曲播放顺序放错了。

当时正值直播中场,初至马上就要说下一首歌曲的名字了,但是听到已经播放的歌曲前奏时觉得有点不对劲,就立刻改了口。

放歌的时候,初至抬头往玻璃窗后看了一眼,孙慧恰好也在看着她,一脸的无措。

初至微微笑了一下冲孙慧摇了摇头。

示意她没事。

很小的一件事,孙慧却因此有些自责,在初至下播之后还特意因为这件事很郑重地对她道了歉。

初至笑着说了句"没关系的",还跟孙慧分享了一下自己新人时期的窘事。

第一次坐在直播间里直播的时候她紧张得手心出汗,那一年她刚实习，主持的也并不是现在的音乐节目，而是一档收听率一般的晚间生活情感类节目。

那档节目叫作《音乐心情》。

虽然初至主持节目的时间很短，只有一个月。

可她对那档节目的印象很深刻。

因为她在那档节目里，几乎把所有主持人能犯的错误都犯了。

有时会在说完一句话后突然卡住，脑海里一片空白，安静几秒之后再说下一句。

看起来一切都有序地进行着，只有她自己知道那几秒里有多慌乱。

那档情感类的节目有听众来电的交流环节。

初至一开始很怕这个环节，每次直播进行到这个环节就战战兢兢地绷紧了神经。

因为她并不属于一个很会安慰别人的人，所以有时候听众说完问题之后，初至理解对方的意思，却总是慢半拍地才能总结出来该说点什么。

若是这样也就罢了，更无奈的是她自己有时候会犯一些非常低级的错误。

有一次和听众交流完毕后，她说完再见明明该按 DROP 按钮挂断通话，却鬼使神差地按下了 HOLD 按钮。

于是便又硬着头皮继续跟听众聊天。

好在那位听众性格热情爽朗，非常擅长自己找话题。

甚至在节目里把自己爸妈离婚，是因为她爸在上城有三个情人的事情都说了出来，还把每个情人的年龄、职业和居住区域都说得十分详细。

就差没报名字。

当时，初至一边在心底暗暗震惊，一边抬头观察播控机房里导播的脸色。

这是可以播的吗？

初至回忆起来还觉得有点好笑："毫不夸张，当时就觉得自己怎么会那么笨啊，但是回头想想其实人偶尔就是会犯这种低级错误，真的没办法。"

"你那会不会有觉得特别难的时候？"孙慧叹口气，"我现在就会觉得好难啊，都有点恐惧工作了，总是会在事情还没做之前就心理暗示自己做不好。"

"当然会。"初至笑，"我刚开始的时候也这样，那段时间看见直播室的门都有点腿软，不过怕也没办法嘛，就硬着头皮播，再后来就是现在这样了。

"慢慢练，总能练出来的。"

说完，初至才有些反应过来，好像这句话她也曾经听带自己实习的那位主持人说过。

当时的迷茫还历历在目，仿若昨日才感受过。

可一转眼，原来也已经到了自己跟新人说这句话的阶段。

周六那天上午，初至接到一个电话。

是江宇尘打来的，约她明天中午一起吃饭。

初至犹豫了一下，还是答应了。

那天见面匆忙，她都没有来得及问问江爸爸和江妈妈现在生活得怎么样。

周天中午到达约定的餐馆时，初至手里拎了些礼盒补品，想让江宇尘给他父母带过去。

虽然不贵重，但总归是一份心意。

江宇尘站在门口，见到初至就热情地打了招呼。

他主动拎过初至手里的东西,把她带到了订好的位置上,然后对服务员说可以上菜了。

初至坐在座位上,有点拘谨地说:"这些是我买给叔叔、阿姨的,随便买了点,也不知道他们会不会喜欢。"

江宇尘把烫过的碗筷放到了初至面前,笑道:"谢谢你,你买的我爸妈肯定会喜欢的。"

初至听到这话松弛了下来,笑着问了一句:"叔叔、阿姨现在在哪里定居啊?"

江宇尘说:"就在临城,不过公司还有很多国内外的业务,经常到处跑。"

初至像是想起了什么:"那天我和我妈聊天的时候还提起你呢,我妈说让我把你的地址给她,她要给你们寄点川城的大闸蟹,现在正是吃大闸蟹最好的季节。"

江宇尘弯了弯唇角:"好啊,我想知道——"

话还没说完,初至手机铃声就响了起来。

初至拿起手机,看到来电显示上是季弥的名字。

她实际上有点回避型人格,一件事一旦不在她的掌控范围之内,就只想立刻逃掉。

就像那天对季弥说完再了解一下后,这几天却从没有再主动联系过他。

怎么了解呢?她也不知道。

所以初至此刻有点不太想接他的电话。

可像是知晓了她的心思一般,电话铃声锲而不舍地响着。

江宇尘看初至一直看着手机,贴心地问道:"不接没关系吗?"

初至没办法,拿起手机对江宇尘说:"我先去接个电话。"

江宇尘点点头,示意自己在这里等她。

初至拿着手机快步走到了餐馆门口,按下接听键时气息仍不太稳:"喂,季弥。"

电话那头男人声音平和,听不出什么情绪:"你在哪儿?"

"我在,"初至停顿了一下,不知为何就是不太想对季弥说自己和江宇尘在一起,"我在商场里逛街。"

季弥:"一个人吗?"

初至没想太多地"嗯"了一声:"对的。"

电话那头是许久的沉默。

初至有点不放心地问了一句:"你怎么了?"

季弥:"你往前看。"

听到这句话,初至下意识地抬头,然后有些不可置信地盯着眼前的一幕。

餐馆的位置和对面的购物大厦之间隔了一条窄窄的马路,季弥面无表情地站在马路对面的槐树下。

面容清俊,身形颀长,看着她的目光却带着点一清二楚的了然。

平日里季弥因为职业的原因,给人的感觉总是温和的,但他完全没有笑意的时候显露出的感觉是漠然又冷冽的。

这一刻像是电影里的慢镜头,周围的一切都被按下了暂停键,外面的世界突然寂静,初至只能听到自己心脏剧烈的跳动声。

这种情景若是放在电视剧中,大概下一秒男女主就会深情对望、两两相拥,再花前月下互诉衷肠,最后上演夫妻双双把家还的戏码。

可毕竟生活不是电视剧,初至这里的现状完全不一样。

她心中有着谎言被戳穿的尴尬,有着不知道该怎么办的慌乱,还有点莫名其妙的……害怕。

她这才想起她和江宇尘是坐的靠窗的座位,而那个座位旁边恰好有着透明的玻璃墙。

所以季弥他看到了多少?

知道她从第一句话就已经开始说谎了吗?

明明自己前几天才信誓旦旦地说了需要时间互相了解,结果今天就开始骗他。

初至觉得眼前的事,的确能够加深他对自己的了解。

只不过不是什么好的了解。

初至伸出手摸了摸鼻子,觉得脸有点烫,热度甚至都蔓延到了耳后。

随即她掩耳盗铃般低头躲避那灼热的目光。

再次抬眼时,她看见季弥还是一动不动地站在原地,眼睛定定地盯着她。

初至人傻了,电视剧里不是这样演的。

一般情况下不都是男主发现说谎的女主,要么就是气急败坏地冲上前来质问,要么就是一言不发地扭头就走。

就这么安静地站在那里看她是什么意思?

初至想到这儿又偷偷摸摸地看了他一眼。

第二眼。

第三眼。

…………

见他一直是那副神情,初至心理上承受不住,不管怎么样先道歉再说。

她立刻积极认错:"对不起。"

季弥声音淡淡:"嗯。"

又没了下文。

初至飞快在脑海里搜索着该怎么哄人,甚至都想百度一下这种情况该怎么做比较好。

真的很想让十五岁的任初至穿越时空来教教现在的她。

憋了半天，初至终于尿尿地说出了下一句："我不该骗你。"

像是在解释自己说对不起的原因。

就在初至说完这句话想拔腿就跑时，听见季弥说了一句："往左看。"

初至本能地听季弥的话往左看，左边是红绿灯。

她顺着红绿灯看过去。

过了红绿灯往右走就是季弥所在的位置。

这意思是，让她主动去找他？

初至心中瑟瑟，其实她很想装聋作哑，因为她真的有点害怕。

能不能装作手机突然没电所以没听到？

可自己刚刚都往那边看了，应该会被发现吧。

初至咬了咬嘴唇，虽然季弥一直都盯着自己，但刚才她看路时身子只往左边偏了一点。

两人之间又隔着一段距离。

所以，他到底能不能看清楚自己的眼神和小动作呀？

就在初至犹豫发愁的时候，冷不丁地听到手机里传来一句："都已经看到路了，还不过来吗？"

虽然这句话他说得声线平和，但初至觉得警告味十足。

原来都被他看到了。

初至立刻干笑两声缓解尴尬："怎么会不过去呢？我刚刚就是在想该怎么走过去最近而已。"

季弥温和地说："当然是走直线最近，所以你要横穿马路吗？"

初至支吾着说不出话。季弥继续好心提醒："任初至，撒谎之前至少也要想点靠谱的理由。"

初至说不过他，便直接转身往红绿灯那边走去："那你稍微等一下，我这就——"

"初至！"

身后传来一句呼唤，江宇尘因为初至一直没回去，所以到门口找她了。

可刚到餐厅门口看到的就是女孩要往别处走，不由得有点担心地走到她面前问道："发生什么事情了？你这是想要去哪里？"

"我要去——"初至下意识往季弥站的地方看了一眼。

他还静静地站在那里，在等着自己过去。

这该怎么解释？

总不能说因为我的一个高中同学在那边等我，所以我现在要过去见他，因此不能和你一起吃饭了。

凡事总要讲个先来后到，毕竟自己最先答应的是江宇尘。

可此刻她又不敢不去季弥那边。

情况变得有些棘手。

初至这才想起自己仍然把手机举在耳边，她刚想把手机挂了跟江宇尘好好解释一番，就听到电话那头季弥快速说了一句："别挂电话。"

真是未卜先知，他怎么算得那么准？

初至继续把电话放在耳边，开始飞速想借口。

绞尽脑汁后，她终于想出个不怎么样的借口。

她抬起头看向江宇尘的眼睛，语气有些急切地说道："宇尘哥，不好意思啊，我的好朋友突然急性阑尾炎需要住院，我现在得去看看她，今天的饭我们可以下次吃吗？"

很拙劣的借口，但没办法了，初至实在想不出什么合适的理由能在这种情境下离开。

只能搬出传说中的——我有一个朋友系列。

"对不起，真的对不起。"

初至接连道歉，她脸皮薄，是真的觉得自己对不起江宇尘。

菜都已经上了，自己却要走。

不论怎样，都是十分失礼的行为。

可除了对不起，她也不知道能说什么。

"没事，"江宇尘十分体谅地说，"你朋友在哪个医院啊，我现在开车送你过去吧。"

江宇尘虽然心中觉得可惜，但显然还是朋友突然住院的事更紧急些。

"不用了。"初至立刻阻拦，"我要先打车去她家帮她拿点衣服什么的，她家不太方便除我之外的人过去，不好意思啊宇尘哥，这次真的是我的原因，下次我请你吃饭。"

江宇尘笑笑，十分贴心地说："没关系的，以后有事可以随时跟我打电话。"

…………

初至缓缓往前走，余光却始终注意着身旁餐厅的透明玻璃窗。

在看见江宇尘走进餐厅后，初至立刻加快了步伐，还时不时地转头往餐厅门口的方向看去。

她担心被江宇尘看见。

初至走到季弥面前时，男人正似笑非笑地看着她："来了。"

初至"嗯"了一声，脚步却没停下，两人擦肩而过时急切地对他说了句："跟我来。"

她快步在前面走，季弥不紧不慢地跟在她身后。

直到走进商场后，初至才停下，站在购物广场的人潮中，她心中终于松了一口气。

像是一块石头落地。

悄无声息，只有自己知道。

这种紧张的心情就像是在拍警匪片一样，不过自己是那位被追的"匪徒"。

太难熬了，再也不要撒这种谎了。

就在初至站在原地深呼吸的时候，季弥闲庭信步地走到她身旁："这么害怕啊？"

初至下意识地反问："我当然害怕啊，你撒谎你不害怕吗？"

谎言被戳穿的那一刻会想找条地缝钻进去的。

并且会在今后每个夜晚想起时，尴尬地蹬被子。

季弥慢条斯理地说："你应该很有经验才对。"

初至心虚地捋了捋头发。

这是在内涵她谎话说得多吗？

"还有，"季弥继续不紧不慢地说，"我没撒过谎。"

怎么可能会有人没撒过谎？

初至皱了皱眉头，不过眼下不想和他计较这句话，只是小声地朝身旁的季弥抱怨："你下次有什么事情能不能提前跟我讲一声？你这样找我的话我很尴尬啊。"

"任初至，"季弥快被气笑了，"请你搞清楚，是你自己来找我的。"

"我……"

初至想辩解说我那是不得已而为之，但立刻想起她当时是可以选择和江宇尘回餐厅的。

"你……"

初至又想说是你威胁我过来，但是他貌似的确只是普普通通让她看路，甚至后来的问句还可以贴心解释成是否过去都参考她的意见。

不沾染一点威胁，所有的言外之意都可以说是她自己暗示自己。

初至有口难辩，脑海里呆呆地想着季弥如果在谈判场上工作，应该能比在医院里工作赚得多。

/ 181

这时季弥往前走了一步,离初至更近了一点。

他的双眼皮褶皱很深,眼尾又上扬,看人时总有种特别认真的感觉。

初至对上他的眼睛,不由得又开始呆住。

她听见季弥几乎是一字一顿地说道:"是你自己选择的我,而不是他。"

周一去台里上班的时候,初至见到了郑涵。

她眼睛周围仍然有些肿,但是看上去和以前上班时的状态没什么差别。

初至到办公室时,正巧看见她和其他同事一起说说笑笑的。

大概是她分手那天的样子给初至的印象太深刻,所以初至总会不由自主地观察她的神色。

以此作为依据,猜测她现在的情绪有没有好一点。

"怎么了初至?"郑涵抬起头,看到初至正在看着自己,眼神小心翼翼的,像在看什么弱小又毛茸茸的小动物一样。

郑涵不由得觉得有点好笑:"这么看着我干吗?"

初至顿了顿:"我就是想知道,你好一点了吗?"

郑涵明白初至是什么意思,叹口气说:"再怎么说我和他也处了两三年了,哪能这么快,估计还得继续难受一阵子。"

"不然,"初至尝试着给她提建议,"你这星期把年假请了,出去旅游散散心?"

郑涵摇摇头笑道:"今年的年假我五月初的时候就请了,连着五一假期一起和杨诚去西藏自驾游玩呢。"

初至立刻想起是有这么一回事。

看来是她说错了话,瞬间就沉默了下来。

郑涵看见她这副低着头像是做错了事情的样子,贴心地说道:"真的没关系的,难过这种情绪不可避免,但日子还不是得照常过。总不能因为心里难过,就一直待在家不出来吧。就是因为不能放弃工作才分的手,所以分手后,我必须好好对待我的工作。"

郑涵继续打趣道:"再说,不出来怎么认识新的人呀。"

初至很是赞同,点点头笑道:"导播你这个心态,我必须表扬,真是女性榜样了。"

她对郑涵很佩服,如今的自己懦弱又胆小。

如果遇到和郑涵一样的事情,肯定没办法像她那么勇敢。

"对了,"郑涵似是想起了什么,笑眯眯地说,"今天下午我还给你微博留言了,我说我今晚要给自己点首《好日子》,大家不都说挥别错的才能和对的相逢嘛。虽然现在暂时失意,但我已经挥别了错的人,现在觉得我的好日子就在不远处朝着我招手呢。"

初至"扑哧"笑出了声:"原来那个留言的人是你啊导播,我一定放这首,祝愿你早日遇到那个对的人。"

"那你呢?"

"什么?"

见郑涵突然把话题转向了自己,初至有些愣。

"你和季弥现在怎么样?"

"我和他吗?"

初至想起昨天和季弥分开后,自己回家时接到了小桉的电话。

小桉周末回家,兴致冲冲地问她:"你和季弥哥怎么样了,什么时候结婚啊?"

初至马上警觉:"你小子不会把这件事告诉爸妈了吧?"

小桉"嘿嘿"一笑:"没有,姐,我的保密工作做得可好了。"

初至放了心,这才跟弟弟解释道:"我和他没什么的。"

"怎么可能!"电话那头小桉的声音立刻拔高,"季弥哥挺喜欢

/ 183

你的啊。"

初至觉得好笑："你这才多大啊，就已经开始懂什么喜欢不喜欢了的吗？"

"姐，你小看谁呢？"小桉立刻不服，"以男人看男人的角度来说，我敢确定他喜欢你。"

还男人看男人呢，弟弟顶多算是个男孩。初至失笑，打趣道："那你还真是挺敢的。"

"真的，姐。"小桉迫切地想让初至相信，不由得发出大招，"我发誓！骗你我是小狗。"

初至立刻黑脸："你别动不动就发誓，我是你亲姐，如果你是狗的话那我是什么！"

…………

初至想起昨晚的这件事，抬眸对郑涵说："我和他目前还没什么。"
郑涵顿了顿，紧接着轻声说："那还挺可惜的。"
可惜吗？
她也觉得有点。

时间进入九月下旬，今年的中秋节假期和十一假期时间距离很近，所以会统一调休，将这两个节日连在一起放假。

或许是老台长年纪上去了，开始变得爱热闹起来。

又或许是去年邻台的中秋晚会办得如梦似幻又声势浩大，引得上头的点名表扬。因此老台长在快要退休的年纪，又燃起了新官上任三把火般的激情。

初至觉得后者的可能性更大一些。

因为前不久还看到台长在朋友圈里发了一首词，是苏轼的《江城子·密州出猎》。

老夫聊发少年狂，左牵黄，右擎苍，锦帽貂裘，千骑卷平冈。为报倾城随太守，亲射虎，看孙郎。
　　酒酣胸胆尚开张，鬓微霜，又何妨！持节云中，何日遣冯唐？会挽雕弓如满月，西北望，射天狼。

　　初至看到这条朋友圈下面有很多自己认识的同事们纷纷点赞，还有在评论区发个爱心和大拇指的，于是自己也跟着点了一个赞。
　　结果就是今年台里也要有样学样，在九月末进行一次中秋晚会。
　　以往台里都是只在年末时象征性地举办一次活动，所以这次的消息刚有苗头，就受到了台里同事们的热切讨论：
　　"我回家的车票都买好了，这下还得改签。"
　　"也不知道这晚会有什么节目，不会结尾又要我们大合唱吧？"
　　"去年我当了魔术的托儿，哎呀天哪，今年我再也不当了，这个活儿真不是我能干的。我真是太紧张了，生怕露馅。"
　　初至默默听着同事们坐在办公室里讨论，今年难得放假的时间那么长，所以她也买了回家的票。
　　好在是十一那天上午的机票，和晚会时间并不冲突。
　　都说该来的逃也逃不过。
　　这消息刚有苗头的第二天，李东绪就开会了。
　　李东绪站在会议室前方宣布完这件事后，目光就开始投向坐在会议室桌前的各位。
　　台里的同事们齐刷刷低下了头。
　　初至也不例外，不仅狠狠低下了头，保持眼神不和李东绪接触，甚至还开始非常唯心主义地在心里祈祷：
　　他看不见我。

他看不见我。

他看不——

"初至，"李东绪把目光停在了初至这里，笑眯眯地说，"今年主持人这个重担还是要交给你啊。"

初至的眸瞬间充满了失望，看来忙碌的神没有听到她的祈祷。

"初至！"李东绪又叫了一遍她的名字，带着笑问道，"能胜任吗？"

初至听了这话猛地抬头，目光正好和李东绪的撞上。

她在心底默默叹了口气，不就是强颜欢笑嘛，她最会了。

初至的脸庞上顿时笑容洋溢："那必须能啊！领导你就放一万个心吧，我有经验，一定不负所望地好好主持，给亲爱的领导和同事们带来一个好的晚会氛围。"

李东绪拿起桌上的笔帽盖在手中的笔上，发出一声轻响："行，那这件事就这样定了。有其他事的话，我再另行通知大家，散会。"

初至觉得自己听到了其他同事纷纷松了一口气的声音。

去年台里年会时的主持人就是初至当的，还"哐当"给她安了个中心位。

因此初至深知主持人有多么不好当。

即使是参加大合唱，或者搞个相声小品的节目，都能够早点走或是迟点到。

但主持人不行，不论是彩排还是主持那天，主持人都得坚持到最后一刻。

更何况年会的时间基本安排在工作日之外，大家作为被岁月蹉跎过的惜命社会人，谁不想一下班就回家躺着呢。

台里很多同事都已经结婚生孩子了，回家还得进行带娃这个体力活。

而台里没成家，同时还有工作经验的人并不多。

初至就是那不多里的一个,并且她是主持音乐台的,相对来说也不是那么忙。

所以毫无疑问,她最适合这个主持任务。

拿到节目单的时候,初至看到中秋晚会的最后一个节目居然是老台长的独唱:《滚滚长江东逝水》。

电视剧《三国演义》里的片头曲。

初至看到节目单的时候笑了笑,老台长还挺有趣的。

因为晚会的时间迫在眉睫,所以初至在下班后顺手把节目单拿回了家。

想再熟悉熟悉台词,把主持语串一串,以免到时候闹笑话。

毕竟台下那么多专业的主持人同事,有一点点失误都会很容易被听出来。

却没想到,会在进小区电梯的时候遇见季弥。

他从负一楼的地下车库坐电梯上来,电梯上到一楼开门时,两人恰巧四目相对,初至一时间有点愣住。

没有想到他会这个点回来。

反倒是季弥面色如常地说道:"还不进来?"

初至这才梦如初醒地进了电梯。

其实她最近一直都在想着退租房子的事情。

当初说好的三个月的时间已经到了,但是这段时间台里忙,她这几天不仅要彩排,还要录播国庆假期播出的节目,所以还没来得及考虑这件事。

初至心里想着,自己多住的这几天就再用一个月房租补上吧。

今天既然遇到季弥了,就不如趁着这个机会把这件事跟他讲一下。

"你手里拿的是什么?"

初至回过神来,看向季弥,见他目光盯着自己手里的节目单。

"这个是节目单,"初至解释着,"今年我们台里要举行一个中秋晚会。"

季弥"嗯"了一声:"你表演什么?"

初至:"我这次不表演,当主持人。"

季弥继续问:"什么时候?"

初至:"后天晚上七点。"

此时电梯到了十五楼,两人一前一后地走出了电梯。

这个场景真的是莫名的熟悉。

初至加快了脚步,想抓紧进门。

退房的事情就等她十一假期结束,从川城回来之后再说吧。

钥匙刚插进锁眼里,初至就听到身后的一句:"我能去吗?"

初至转头一看,见他目光紧紧地锁住自己。

以往的每次年会,李东绪都会贴心补充一句可带家属,但台里同事带家属去的并不算多。

更何况季弥也并不算是自己的家属。

不过这要怎么回答?

毕竟他帮了自己那么多次,初至觉得这个要求也不是不能满足。

"这个,"初至开口得有点艰难,想尽量拒绝得委婉一些,"虽然也不是不可以,但——"

但最好还是不要。

只是话未说完就被季弥出声打断:"那后天见。"

不给她一点拒绝的机会。

听到"嘭"的一声响门后,初至偏头看了看季弥家的防盗门。

还真是,每一次都让人不知如何是好。

初至叹了口气,转钥匙开门进了家。

她觉得自己真的是出息了。

换到高中的时候,即使季弥慢条斯理地说出海水是甜的,地球是方的,人类的祖先是外星人和美人鱼生出来的,初至也会点头如捣蒜地表示"对对对,你说的都对"。

如果那时季弥能答应和她在一起,初至会激动地在家门口放一个月的烟花庆祝,恨不得招呼上所有认识的人都来办场宴会,当众宣布这个好消息。

可如今的初至,不仅拒绝了他,还颇有几分想方设法逃避他的意思。

高中时早自习的读书声,课间跑操后的汗水,黄昏倾泻进教室里的金色余晖……

以及她对季弥说的那句"我最喜欢你"。

这些记忆都太久远了。

所以这算是什么,太美的承诺因为太年轻?

初至摇了摇头,准确地说是随着年纪的增长,人就会多了几分自知之明。

中秋晚会那天,一切安排看似都很完美。

初至为了配礼服所穿的细高跟鞋,谁曾想在晚会中途,报完节目下台阶时一个没有踩稳崴到了脚。

多亏了旁边的吴奥察觉情况不对,眼疾手快地扶了她一把,她才没有整个人滚下台阶。

如果是往常的时候,李东绪一定会十分人道主义地冲出来说这就算了吧,接下来的主持交给其他同事。

但是鉴于还有老台长的压轴节目没表演,所以李东绪先问了一句:"能坚持吗?"

初至的脚腕当时就有些红肿,但并没有严重到不能走路的程度。

她咬咬牙："没问题。"

整场晚会主持下来已经快夜里十二点了。

这个季节，夜晚的天气已经转凉，

初至一下台就去更衣室换了衣服，换鞋的时候发现脚腕肿得比刚开始更大了一些。

她换上平底鞋，脚步缓慢地走出了更衣室。

正低头走着，目光所及之处出现了一双白色球鞋。

这条过道有些狭窄，初至自觉往左移了移，让出了空。

可穿着那双球鞋的人也跟着她往同方向走了走，像是有意识地在堵她。

初至抬头一看，居然是季弥。

今天一天，她都在等着他的消息。可他并没有联系她，晚会开始前，她把手机关机了，想着大概他不会来了。

她从昨晚开始就有点紧张，还一直想着如果被同事遇见了该怎么解释。

季弥对上她的眼神，主动说："工作上有一些事情，我是九点多过来的。"

初至有点好奇："你怎么进来的？"

季弥："在门口碰见了你的同事，郑导播。"

初至点点头，原来是郑涵。

这时候季弥把手里的袋子递给了初至："你应该能用上。"

初至接过袋子一看，是云南白药的喷雾。

还不等初至问，季弥就开口说："恰巧看到了。"

初至笑了笑："谢谢你。"

几乎是顺理成章地，两人并肩走在回家的路上。

季弥漫不经心地问道："假期有什么打算？"

初至老实回答:"明天回川城,已经买好车票了。"

她已经很久没有回家了,这次假期总该回家看看父母。

季弥:"川城有什么好玩的吗?"

听到这话,初至觉得自己终于有了发言权,头头是道地介绍起来:"川城博物馆我觉得是最值得一去的地方,大学每个假期回去的时候都会去逛一逛,看着那些古代的文物会有一种心潮澎湃的感觉,时光流转千年,它们却一直存在。不得不说,以前的王公贵族戴的首饰、穿的衣服还有用的摆件就是漂亮啊,我觉得那么漂亮有一部分是因为工匠技艺精湛,还有一部分是因为古代动不动就要掉脑袋,所以那些工匠肯定一点都不敢敷衍……"

说到这儿,初至觉得自己扯得有点远了,自觉转换了一个话题:"不过川城最出名的还是小吃,我高中学校后面的小吃一条街便宜又好吃,川城的特色小吃基本都有,如果以后你去川城,我可以带你去尝一尝。"

初至讲到这儿有些意犹未尽地舔了舔嘴唇,恨不得把那些小吃的味道都给季弥描述一遍。

这时她听见季弥悠悠的声音:"好啊,那我明天就和你一起回去吧。"

夜晚的空气清凉,小区里的路灯很亮,在明亮的光照下微尘无处遁形,无规律地在空中飘浮移动着。

初至没有立即回答,而是抬头看了一眼,立刻被亮光刺得眯了眯眼睛。

太耀眼的人就像强光一样,靠近的话就要承担被灼伤的风险。

她听见自己轻飘飘的声音:"以后再说吧。"

季弥闻言停下了脚步,若有所思地问:"以后是什么时候?"

初至没有回答这个问题,而是避重就轻地说:"还有一件事,我会在明天下午回家之前退租的,谢谢你这段时间的照顾,如果以后有需要我帮忙的地方尽管提。"说完就不顾身旁人是什么表情,几乎是逃也般地跑了。

季弥站在原地看着前方跑得歪歪扭扭的身影,并没有追上去。

退租?

看样子,明天应该是退不了的。

第二天早上起床时,初至才发现脚伤问题的严重性。

她连走路都变得有些困难。

初至凭着自己浅薄的医学经验判断了一下,应该是肌肉拉伤。

因为她高一时也这么拉伤过一次,所以对于这种感觉很熟悉。

高一时的体育课非常人性化,可以在多项体育运动中选自己想学的。

初至在填表的时候装作不经意一瞥,看见了季弥选的是乒乓球,于是便也跟着选了乒乓球。

可事实证明,她的确没什么打乒乓球的天赋,甚至可以说在这方面十分拉胯。

她艰难地在乒乓球馆里挥着板子打了半个学期的乒乓球,不仅没有遇到和季弥分在一组的机会,还摊上了体育老师要进行期中测验。

初至完完全全地蒙了,没想到上个体育课还有期中测验。

考试的时候她不想在众目睽睽之下打得太难看,便死皮赖脸地请求季弥在自由练习的时候陪她一起练一练。

初至的理由十分冠冕堂皇:咱们都是一个班的,为了班级的集体荣誉,你就帮帮我吧!

虽然这件事情和班级的集体荣誉没有半毛钱关系,但是季弥当时依旧十分好脾气地站在乒乓球桌前，看着对面举着球拍严阵以待的初至，轻巧地发了一个球。

可他没想到的是，转瞬之间，不仅发过去的球没打过来，站在对面打球的人也不见了。

季弥握着球拍站直了身子，声音清冷克制："任初至，你躲桌子下面干什么？"

初至这才缓缓从球桌下钻出来，看上去十分不好意思的样子。

"我……我感觉那个球弹上来要打到我的脸了，我……我就躲了一下。"

季弥抿了抿嘴唇，轻声开口："不会的，你好好打就行。"

初至连忙保证："你放心，我再也不会这样了，我一定好好打！"

可接下来的事情让他重新认识了她口中的"好好打"这三个字。

季弥觉得，可能她乱打，都比她好好打要发挥得正常一些。

初至的确没有再往乒乓球桌下面钻了，但做出的其他事情更离谱。

刚开始的接不住球、打球过界这种真的都不算是问题了。

初至越挫越勇，直接一球拍把球打到了天花板上。然后两个人满场馆一起找从天花板上被反弹下来的、不知掉到了哪里的乒乓球。

好不容易找到了球，继续打的时候又一球拍把球打到旁边的球桌上。

更巧的是那桌打球的人正在接球，一时间也分不清这个天外来球和自己的球究竟该接哪个，索性两个球都打了过去。

这一球拍下去，两桌的四个人都开始满场馆找乒乓球。

一节课打下来，她和季弥一起找球的时间都远比在乒乓球台前打球的时间长。

…………

初至记得当时季弥认命般重重叹了一口气，她立刻十分有眼力见

地赔笑:"万事开头难,如果一开始就赢得轻巧,那岂不是没有一点反转的魅力?我们要的就是逆袭的快感。"

季弥听到这话嗤笑一声,好看的嘴唇说出的话却十分冰冷:"你确定是快感吗?考试的时候你就自求多福吧。"

等到乒乓球考试的时候,初至出乎意料地接到了对手的几个球,可在关键性的一球上一个滑步摔倒在地,季弥在围观人群中默默伸手捂住了眼睛。

最后这件事的结局就是初至胳膊肌肉拉伤,老师见这位女同学这么努力的模样,就给了同情分让她测验过了。

这件事还没有结束。

初至摔到胳膊后,紧接而来的是春季运动会。

说是春季,其实时间已经到了五月份,五月的云城俨然已经闷热得划根火柴就能点着。

班里没有一个男生报名男子一千五百米。

开玩笑,谁想顶着大太阳在四百米的操场上跑个快四圈啊。

待在观众席打打游戏多舒服。

但是每个班都必须要有三个男生报名这个项目。

作为一班之长的班长就自觉担任了这个苦差事,体育委员也自我奉献英勇报名了,可还差一个名额没人愿意报。

那次初至和体育委员这两个闲人被班主任指定,负责统计这次班里的运动会报名单。

体育委员小时候是在东北长大的,个高体壮,说话一股大碴子味。

那几天他经常着急地看着初至:"你说这咋整啊?咋整啊?没人报啊!这不玩完了嘛!"

初至就弱弱地回答他:"我也不知道该咋整……"

她又不能代劳,更何况因为摔倒了左胳膊,她都没有参加这次运动会女子组的任何体育项目。

就在两人坐在座位上一起为这件事愁得焦头烂额时,季弥走过来轻声对他们说:"我来吧。"

这三个字宛如天籁,那一刻五大三粗的体育委员看着季弥的眼神都发着光。

体育委员望向季弥的眼睛,让初至深刻理解到了什么叫作眼中有星辰,眸中有爱意。

体育委员冲上前结结实实地给了季弥一个熊抱,毫无防备的季弥硬是被他撞得生生往后退了一步。

体育委员豪迈地说:"大哥!你以后就是我大哥了!我以后就给你当小弟!"

只是季弥似乎并不接受这盲目的热情,因为他下一秒就脸色难看地推开了体育委员,理了理衣服后平静说道:"这就不必了。"

跑一千五百米的那天特别热,还是在上午十点半太阳完全出来时开跑的,初至在观众台上都看得揪心。

一圈又一圈,在看到季弥第一个冲破终点线时,观众台上的同学们都爆发出一阵欢呼。

这时候就别管是几班的了,总归看到帅哥赢,大家都是开心的。

季弥跑完后有些女生给他递水,他都摇摇头拒绝了,一个人往取水点走去。

初至很聪明地赶忙跑去取水点那里拿着一瓶矿泉水,在季弥到的时候递给他。

这下他总不会拒绝了。

季弥正要伸手接初至手中的水时,初至却又想到什么一般突然收回水瓶,慌忙说了一句:"等一下!"

她用肌肉拉伤的左胳膊圈着矿泉水瓶的瓶身,然后用右手拧着瓶盖。

这个矿泉水的瓶盖不太好拧,可滑溜了。

初至把手放在干燥的衣服上搓了搓,皱着鼻子紧抿嘴唇,使劲拧了好几下才把瓶盖打开。

她这下终于满意了,伸手把水瓶递给季弥,抬头看着他,神色是那种等待被表扬的开心。

怎么样,我贴心吧?

可眼前的季弥默了一瞬,没接她手中的水,直接弯腰从地上的一箱矿泉水中随手拿了一瓶后就转身走了。

…………

哎,回忆,又是回忆。

不过初至觉得,和以前相比,现在的季弥多了几分人情味。

倒也不是说他以前不讲人情,相反,以前的他各方面都做得很好。

即使对待当年莽撞的自己,他也做到了非常宽厚的以礼相待,让人挑不出一点错处。

但他就是一个不会向任何人敞开心扉的人。

而现在,初至不知道为什么,总觉得他变得好接近了一点。

初至一边往脚腕上喷云南白药一边想,她现在这个样子,肯定是没办法坐车回家了。

初至叹了口气,把喷雾放在了床头柜上,拿起手机把出行 APP 上的车票退了。

上周跟爸妈说要回去的时候,他们很开心,谁曾想计划赶不上变化。

初至打开微信,组织语言后给郑兰梅发了一条微信:妈妈,我昨天在单位里不小心脚崴了一下,今天起来有些肿,没啥事,但是医生说得在家好好休息,我这次假期就不回家了。

发完消息,初至又点开了周莞的对话框,想让她来帮自己一起整理一下房间的行李,下午叫个搬家公司来把东西搬走。

前几天她就联系了之前的房东阿姨,得知她之前住的房子依旧空着,目前还没人租。

正巧,她可以直接搬回去,也不用再去看别的房子了。

初至还没把给周莞的消息发出去,妈妈的视频电话就直接打了过来。

郑兰梅的表情有些着急:"你的脚怎么样了啊?"

初至平和地安慰着妈妈:"我没事,就是昨天崴了一下,现在有点肿,所以不能回家。如果回家的话得一直走路什么的,我怕肿得更厉害,怕耽误之后的工作。"

郑兰梅这才放下心:"行,那我和你爸去坐车临城看看你吧。昨天你爸还和我说好久没见闺女了,你要是来不了,他这个假期都过不安生。"

"别啊,"初至连忙阻止,"我一个人在这儿没问题的,你们干吗要过来啊?再说了小桉假期也要回来,你们来了他怎么办?"

"他和同学一起出去玩了,"郑兰梅说,"所以你就在家等我们就行,我跟你爸说了这件事,你爸刚刚已经托人买票了。"

得,没劝住。

初至挂了视频电话后,脑海里只有一个念头:这下不能退租了。

她想起自己昨天晚上酷酷跟季弥说的那些话。

真是打脸。

怀着深切忐忑的心情,初至拨通了季弥的电话。

尴尬是肯定的,昨天话都说出去了,今天却要反悔。

电话接通,那边却没有什么声音。

初至脑子里空白了一瞬,紧接着"呵呵"干笑了两声。

伸手不打笑脸人,这个道理她相信季弥还是懂的。

初至非常艰难地说:"我为我昨晚的鲁莽道歉,我现在可能暂时搬不了了,我能不能再多租一个月?"

"因为我爸妈要来,所以我不是故意不退的,"她又着急补上了一句,"你如果想去川城玩的话,等我脚恢复好了我们就可以一起去啊。什么时候都行,花费什么的都由我来付,想来一定是可以宾主尽欢的,哈哈!"

能屈能伸大丈夫。

这时候那边才不紧不慢地传来一句:"知道了。"

声音没有什么起伏,像是早已预料到了一般。

第八章
喜欢

本来以为按照国庆假期的人流量以及车票的紧俏情况，二老最快也得明天才能到临城了。

没想到任国华和郑兰梅在十一当天傍晚，就到了初至家门口。

初至打开门，看见门口拎着大包小包的爸妈，满脸震惊。

她一边帮忙拎东西，一边好奇地问：" 怎么这么快就到了，谁从车站接你们过来的？"

郑兰梅神情不太在意地随口答道："宇尘开车来接我们的。"

"妈，怎么能麻烦人家呀？"初至的语气有点着急，"你们应该跟我说才对呀。"

"跟宇尘说了要来临城之后，他就非要来接我们，人家也是一片好心。"郑兰梅看着女儿的细胳膊细腿儿，觉得有些好笑地打趣，"再说了，跟你说能怎么样呢，即使你的脚没崴着，你会开车吗？你能拎得动这些东西吗？"

初至一噎，说不出话来。

"行了。"郑兰梅打量了一下初至身上穿的睡衣，摇了摇头，"你看看你穿的这都是啥呀？快点去屋里换一件像样点的衣服。"

换衣服？换衣服干吗？

见初至疑惑的神色，郑兰梅解释道："宇尘还在楼下等我们呢，人家送我和你爸来,我们不得出去请人家吃一顿饭啊?"

初至有点没反应过来,迟钝地"啊"了一声。

郑兰梅轻轻地理了理初至身上的睡衣:"啊什么呀?快点去换衣服吧。"

初至去卧室换衣服的时候,郑兰梅和任国华两人在屋子里走了一圈。

两人交换着结论:房子的装修和布局都挺好的。

他们来的时候从车里往外看,还看到了初至工作的大楼,这个小区离女儿上班的地方也近。

在临城这样的一线城市能租到这样的房子,二老都比较满意。

这时初至正好换好衣服出来,郑兰梅看着初至身上穿的紫色格子T恤和牛仔裤,平平无奇甚至有点土的一身衣服,她不由得皱了皱眉,随即不满开口:"今年夏天妈妈给你寄来的那条白裙子呢?把这身换下来穿那件,你穿成这样去吃饭,别人还以为你是餐厅服务员呢。"

初至无奈:"妈妈,一起吃饭的都是熟人,我没必要打扮得那么隆重吧?"

任国华见状连忙打圆场:"初至这样穿不挺好看的嘛,闺女长得像你,所以穿什么都好看。"

郑兰梅瞪了一眼任国华:"你懂什么啊。"

却也没再提让初至换衣服的事情了。

一家三口乘电梯到了地下停车场,江宇尘的车正好在一片车里响了响。

初至慢吞吞地跟在父母的身后,看着他们熟门熟路地走到了后座车门前,拉开车门坐了进去。

初至正要跟着迈步坐上后座时,郑兰梅就偏头笑眯眯地对初至说:"闺女,你去前面坐。"

初至听了这话觉得头疼，但眼下的情况也只能把已经迈上车的脚退了回来，关上后座的车门，拉开副驾驶的车门坐了上去。

她低头系好安全带，然后转头看江宇尘。

他也在看她。

初至脆生生地说了一句："谢谢你去接我爸妈。"

"不客气。"江宇尘笑得温和，"听叔叔、阿姨说你脚崴了，现在怎么样？"

初至："我没事的，麻烦你了。"

江宇尘摇了摇头，略带深意地说道："你现在总是跟我这么客气，你和我之间其实不用这样的。"

初至沉默了下来，她不知道该怎么接。

她小时候的确一有空就黏着江宇尘，毫不客气地指示他干这干那。

但以前那是年龄小，现在她又不想和他发展出什么除朋友之外的关系，所以肯定要有界限。

这一路上二老和江宇尘相谈甚欢，主要是郑兰梅和任国华在问，江宇尘在回答。

聊天内容主要从江宇尘离开云城后的学习轨迹，到现在的工作内容，再聊到未来的发展规划。眼见着江宇尘耐心把自己这么多年的经历都事无巨细地说了一遍。

初至觉得自己总算是知道为什么爸妈生意也不做了，儿子也不管了，风风火火就从川城奔过来了。

这是要给她拉郎配啊。

初至觉得爸妈可能不知道，他们在乱点鸳鸯谱。

她点开手机微信跟周莞发消息。

初至：我觉得我爸妈来临城的这一趟目的不简单，他们不光是来看女儿，他们最重要的是给女儿挑女婿来了。

初至发完这条消息就听见身旁的江宇尘轻描淡写地说:"我刚看到消息,我爸妈也去饭店了,他们已经到了。"

坐在后座的郑兰梅和任国华很是惊喜,异口同声地说:"这都多少年没见了!"

初至心里暗暗蹦出一句脏话,继续拿着手机给周莞发消息。

初至:震惊!叔叔、阿姨也在!我觉得这顿饭,估计除我之外大家都会吃得很欢乐,这算什么啊?带双方家长一起见面的那种相亲现场吗?

到了饭店门口,初至才觉得妈妈那句"你穿成这样别人还以为你是服务员呢"说错了。

因为这间高档餐厅里,女服务员统一穿着黑色制服裙子,脚踩高跟小皮鞋,走起路来"咔咔"作响,穿得可比她洋气多了。

如果知道今天要见江父、江母,她一定会听妈妈的话,穿那条白裙子的。

初至在心底默默叹口气:不听老人言,吃亏在眼前。

初至扯着衣服有些别扭地上了二楼进了包厢,见到了很多年没见到的叔叔、阿姨。

江父戴着金丝眼镜,即使人过中年也没有发福,瘦瘦的,书卷气息浓厚,看上去十分儒雅。

江母在初至的记忆里一直是位打扮优雅的女人,今天也不例外,她穿了条质感很好的绿色真丝裙子,脸上化了淡妆,气质很好。

初至越发觉得自己与这个包厢里的所有人格格不入,所有人都很精致,只有她像是只土鹌鹑。

两家人见面又是一阵寒暄。

江母慈爱地拉着初至的手:"初至长大了,变漂亮了。"

初至不好意思地笑笑:"阿姨一直很漂亮。"

江母笑容不减:"阿姨给你买了条围巾,马上天凉了用得上。"说完转身从座位上拿起一个标有某大牌标志的手提袋。

初至接过袋子,尴尬得脸有点涨红。

她不仅穿成这样就过来了,还没有准备任何给叔叔、阿姨的礼物。

初至酝酿半天,最后磕磕绊绊地说了一句:"谢谢阿姨,我会好好戴的。"

江母越看初至越觉得喜欢,她以前就想有个女儿,可惜这辈子只生了宇尘一个儿子。

在初至小时候,她就经常送一些小裙子给她穿,像打扮自己的女儿一样。想到这儿,江母满面笑容地说:"你喜欢就好,以后阿姨继续给你买。"

吃饭的时候,江宇尘的位置和初至的位置是紧挨着的。

两家的父母都在饭桌上谈着以前的事情,而初至一直在闷头吃饭,只想着快点结束这场毫无准备的见面。

吃着吃着,碗里突然多出了两条酱鸭舌。

初至抬眸一看,江宇尘正眼神明亮地看着她。

"我记得你小时候就喜欢吃这个,这家店的鸭舌味道不错,你试试看。"

见初至发愣般看着他,江宇尘又解释了一句:"我用公筷夹的。"

"我不是这个意思,"初至笑笑,"谢谢你。"

看到这一幕的江父感慨般开口:"这俩孩子还像小时候那么好。"

"初至,"江母唤她,"现在有男朋友了吗?"

初至猝不及防地被这么一问,怔了一瞬,想到了一个人,最后还是讷讷回了句:"没有。"

郑兰梅用一种惆怅的语气说:"她这过完年就二十五了,虚岁都二十六了,可现在连个男朋友都没有,哎哟,我和她爸真的愁,但现在的年轻人啊,催也催不动。"

初至听了在心中默默吐槽:妈妈你再把我的年龄四舍五入一下,我今年就三十了,再大胆些往上叠加虚岁我都能变成五十。

"都一样。"江母笑笑,"宇尘还比初至大三岁呢,现在也还没有女朋友,长这么大都没领过女孩子回家。"

郑兰梅像是找到共同语言一样应和道:"我们初至也一样,我都没见过她身边有男孩,她提都没提过。"

话题聊到这里,两家人的关系本可以更进一步,但初至不想。

感受到周围灼热视线的初至闷头不语,默默扒饭。

装聋作哑,她最会了。

倒是江宇尘接过了这难以回复的话,温和地说:"这事不急,缘分没到不能强求。"

轻飘飘的,颇有几分四两拨千斤的意味。

这时,初至放在碗边的手机振动了一下。

她点开一看,是季弥的消息。

季弥:相亲相得怎么样了?

一个看不出情绪的普通问句,但初至只觉得脑子里"轰"的一声响。

她急切往屏幕上方看去,不可置信地发现她和季弥的聊天框里的消息,正是她坐车过来时发给周莞的。

晴天霹雳,她把消息发错人了!

傍晚天色昏暗,来时坐的车里也没开灯。

她没有把那两条消息发给周莞,而是误发给了季弥。

怪不得一直没有回复呢!

初至紧紧盯着手机屏幕,这次终于没忍住开口说了一句粗话。

此话一出,饭桌上一片寂静。

初至这才意识到自己刚刚说了什么粗鄙之语。

好懊恼，可说出去的话泼出去的水。

时光没法倒流，话也没法收回。

初至觉得自己现在的形象，在江父、江母心中肯定在急剧下降。

不知道阿姨有没有后悔刚刚把围巾送给她。

初至觉得不管阿姨之前有没有让她当儿媳妇的想法，在她说完这句话后大概是没有了。

她心虚地转了转眼睛，往左右两边都瞅了瞅，然后欣慰地发现大家虽然都在保持沉默，但脸色都维持得不错，就只有郑兰梅看着自己的眼神带着火气。

初至连忙解释："不好意思，我刚刚看了眼工作群里的消息，我们领导今天去草原旅游，结果不小心在骑马的时候从马背上摔下来，腿摔骨折进医院了，我一时情绪有点激动，所以没控制住。"

李东绪对不起。

这种情况下，只能委屈你了。

江父连忙接话道："旅游安全的确很重要，今年年初我和宇尘妈妈去泰国海底潜水，我小腿抽筋了，都差点没上来。"

任国华也连忙接道："去年我和初至妈妈一起去爬黄山，我一步没踩上台阶，也差点摔了下去，幸亏拽着旁边的铁链子。"

…………

初至心中感激，叔叔真是个好人。

虽然这个话题方向偏得有点奇怪，好在自己终于不用陷入这种尴尬的情境了。

她的目光又瞥到了手机，心中犯了难。

这该怎么回？

/ 205

吃完饭后，江宇尘开车把他们一家人送回了家。

初至一进门就率先回了卧室，郑兰梅和任国华在客厅里把带来的东西简单收拾了一下，就坐在客厅的沙发上看电视。

初至在卧室里坐了会儿，越想今晚的事情越觉得坐不住，瞬间起身走到客厅里对着父母斩钉截铁地表明态度："我和宇尘哥没有在一起的可能性，爸妈你们不能乱点鸳鸯谱。"

任国华一听这话立刻表态："闺女，虽然爸也舍不得你出嫁，但是宇尘那孩子真不错。"

初至无奈地说："不错是不错，可是我并不喜欢他呀。"

郑兰梅坐在沙发上，轻瞥了眼站在那儿耷毛的女儿："那你喜欢谁？季弥啊？"

初至听到这个名字表情一僵，她的少女心事因为那个潮湿的日记本，在全家人面前都无处遁形。

"哎呀，妈妈！"初至站在原地跺脚，刚跺了一下右脚腕立刻火辣辣疼，疼得初至弯腰"嘶"了一声。

今天出门前还不是那么疼，去饭店就上下楼梯和走了一小段路而已，又开始疼起来了。

但她还是强撑着把话说完："这么古早的事情还提它干吗？让人怪不好意思的。"

"行了，回屋休息吧。"郑兰梅不再逗女儿，"你自己的事情自己决定，我和你爸不插手。"

从初至决定报临城的大学，再到她要在临城工作，他们都在物质和精神上给予最大程度的支持。

只是难免会不放心。

这次来临城，也是想女儿了，来看看。

看到了就能够放心一段时间了。

至于其他的，只要女儿健康平安，他们当父母的并没有什么别的要求。

来临城前，二老的确是抱着一些想法过来的。

可即便他们觉得宇尘这孩子是知根知底的好，但是女儿不喜欢，那就算了。

初至听了郑兰梅这话心里舒服了，心满意足地回了卧室。

准备面对更大的难题。

她坐在床边，拿起手机给江宇尘发消息：宇尘哥，除了谢谢不知道还能说什么，以后如果你交女朋友了一定要跟我说，我会第一时间送上祝福。

初至觉得不论对方有没有那个想法，她都要先把自己的意思挑明了。

很快，江宇尘就回了消息：初至，你有喜欢的人了吗？

初至犹豫了一下，打打删删，回了一句：是的。

等了一会儿，江宇尘发来了一句：我知道了。

初至悄悄在心里松了一口气，可这个轻松的心情并没有持续多久，就被眼前的问题难得不知所措了。

她看着季弥发来的那句"相亲相得怎么样了"不知该作何回应。

说相亲吹了？

好像也不太合适。

说不算相亲？

又不能自圆其说。

初至决定先说点什么来缓解一下尴尬的气氛，然后再慢慢解释。

憋了半天，初至下了决心，咬咬牙按下了发送键。

初至：嘿嘿。

先笑一笑，笑一笑之后的事情都好说。

可刚发完初至立刻觉得不对劲，这话貌似有点意味不明。

因为这两个字可以说是挑衅，也可以说是享受。

不论是哪种意思，都很难和她想要表达的意思联系到一起。

初至正对着手机屏幕思绪纷乱地发呆，就看见季弥发了消息过来。

季弥：[问号.jpg]

初至瞬间如梦初醒般地撤回了"嘿嘿"二字，火速发了新消息过去。

初至：不好意思，发错了，你就当没看到吧。

季弥：你出来一下。

初至立刻警觉：你要干什么？我爸妈来了！

季弥：那我去你家？

初至认怂：别啊！我过去就是了。

初至轻轻打开自己卧室的门，看见客厅里爸爸正在剥橘子递给妈妈吃。

她转身提起卧室垃圾桶里的垃圾袋，垃圾袋里的分量有点少。

她又从桌子上撕了几张用过的草稿纸塞在袋子里，把垃圾袋塞得满满当当，这才系好垃圾袋，拎起来泰然自若地往门口走去。

"初至，"刚走到玄关处郑兰梅就叫住她，"这么晚你要干什么去？"

初至转身应道："我屋子的垃圾桶满了，我去扔一下垃圾。"

郑兰梅关切地说："让你爸去，你的脚走路都一拐一拐的，就别出去了。"

任国华听到这话赶紧从沙发上站起来，几步走到初至身边："我来我来。"

初至站在门口，呆呆地看着任国华抢过她手里的垃圾袋，打开大门后"嘭"的一声又关上门。

初至慢吞吞地移回了卧室，拿起手机给季弥发消息。

初至：我觉得我出不去。

季弥消息回得很快：*我觉得你可以。*

……初至看着消息沉默片刻，又起身去了客厅。

初至在客厅的柜子里翻翻找找，不停地开拉抽屉造成声响。

郑兰梅的目光落在了女儿的背影上："你找什么？"

这时初至拿着手里的东西晃了晃："猫粮，我还是得下楼一趟，我想起来我得喂猫。"

此时任国华也用钥匙开门进来了，眼见初至又要出门，不禁说道："猫在哪儿？我去喂吧。"

初至换下拖鞋，佯装镇定地说："不行，小猫躲得很隐蔽，见不到我不出来。"说完，也不顾爸妈的想法，迈开步子出了门，又"嘭"的一声关上门，往电梯的方向走去。

其实楼下根本没有猫，初至口袋里的这一小袋猫粮还是在以前的小区喂猫剩下的。

当时本着也许新小区会有猫的想法，没把这袋猫粮扔了。

没想到这袋猫粮在此刻发挥了作用。

在电梯前站了一小会儿，没有听见楼道内有任何声音，初至又立刻做贼般地悄悄走了回去。

路过自己家门的时候，她觉得自己的心脏都紧张得要跳出来了。

初至惊魂未定地站在季弥家门前，手指快速在手机键盘上敲打着。

初至：*我在你家门口，你开门的时候小声一点。*

眼前的门刚开了一条缝，初至就立刻着急地拽开门，侧着身子进了季弥家。

在转身把门缓缓关上时，初至这才放下心。

成功了。

可初至转头一看，却被眼前的场景吓到。

眼前季弥头发还是湿的，穿着灰色的浴袍。

他应该是刚洗完澡，白皙的皮肤被热蒸汽氤氲得微微发红，头发丝上还往下滴着水滴。

初至眼睁睁地看着他发梢的水滴，顺着脖子流到锁骨又继续往下方流……

她立刻垂眸不再看，只是口中嘀咕着："你怎么穿成这样？"

季弥歪了歪头，慢条斯理地说："如果我没记错，这是我家吧？"

初至满腔正义："可是我要过来啊。"

季弥毫不客气："哦？我就没想着让你进来。"

初至一噎。

那她走？

初至决定不再继续这个自找没趣的话题："你叫我过来有什么事情啊？"

季弥却没有回答她，而是弯腰凑近，眼眸平视观察着她。

初至一抬眼就对上了他专注的眼神，不由得下意识往后退了一步。距离那么近，一时间有点不习惯。

季弥站直身子，叹息般问道："脸红什么？相个亲害羞到现在？"

初至觉得有点难解释，闷闷地说："不能算是相亲，就是两家熟人见面吃个饭而已。"

季弥看了初至一眼，转身从桌子上拿了个小袋子递给她。

初至磨磨蹭蹭地接过来，好奇地看了眼袋子里装着的瓶瓶罐罐。

是药。

"今天走这么多路，明天脚腕肯定会严重，只是喷雾大概不顶用，这里面有贴膏和口服药。"

初至小声说了句："谢谢。"

"真想谢谢我的话，"季弥拉长音调说，"就不要再乱跑了。"

初至有点黯然，又有点感动。

他一直都是一个很细心的人。

初至揉了揉鼻尖,想着人家这么关心自己,自己也总得送人家点什么东西。

这就叫礼尚往来。

她把猫粮从口袋里掏出来,弯了弯唇角:"这个送给你。"

季弥看着皱巴巴的猫粮袋子:"什么意思?"

初至想了想,解释道:"这是一份快乐,如果你遇见小猫咪了就把这个拿给它吃,你就能收获一份小猫蹭你的快乐。"

"是吗?"季弥懒洋洋地说,"也可能一不小心就变成五针狂犬疫苗吧。"

初至语塞。

也不是没有可能。

送出的礼物被拒绝,初至又慢吞吞地把猫粮往口袋里装。

"放在那里。"

初至没听清般地问了一句:"什么?"

"把那个,"季弥抬了抬下巴,示意初至手中的猫粮,"放在你旁边的柜子上。"

初至抬头看向他,眼中有着不解。

不是不想要吗?

"不然药怎么装?"季弥继续淡淡地说,"不是以喂猫为借口出来的吗?"

初至突然就明白了过来。

她都差点忘了,如果就这么拎着药回去该怎么对爸妈解释。

初至看着眼前的季弥,突然就想到了那句歌词:是谁说的漂亮女生没大脑?

嗯,感觉有点不太对,得改改。

——是谁说的漂亮男生没大脑？

这就对了。

初至被自己的想法逗笑了，一瞬间笑得有些乐不可支。

明亮的灯光下，季弥见初至突然盯着自己笑成那样，看着她的目光不禁变得关切起来。

对上这熟悉的目光时，初至立刻回神。

那年，初至对他说会一直最喜欢他，会喜欢到老，喜欢到死，还问他要不要最喜欢自己的时候，季弥也是这用这种关切的眼神看着她，问了她一句："你没事吧？"

因为季弥实在不是一个会口出恶言的人，这句"你没事吧"大概已经是他能想到的最犀利的话了。

眼见着季弥的嘴唇动了动，似乎要说什么。

初至抢先说了一句："我回去了。"

走到门口转门把手的时候，初至突然顿了一下。

她知道季弥站在自己的身后，鼓起勇气开口："我今晚跟宇尘哥说了一件事情。"

身后没有回应，像是在耐心等待她的解释。

"我让他以后有了女朋友的话一定要跟我说，我会第一时间送上祝福的。"

国庆放假的第二天上午，初至还没醒，郑兰梅就站在她房间门口问她要不要一起去家具城逛一逛。

郑兰梅觉得女儿这个房子哪儿哪儿都好，就是厨房和客厅的家具不齐全。

这次既然来了，她就想着去把家具置办好，再去做两床厚被子给女儿冬天盖。

初至正在睡觉,迷糊不清地说了句"等一等",就又翻个身睡了过去。

等她醒来时发现爸妈都已经出门了,就坐在床上准备打电话问爸妈到哪里了。

初至打妈妈的电话发现没人接,打爸爸的电话接听的却是一个陌生男人,字正腔圆地问:"您是任国华的家属吗?这里是第一人民医院。"

初至听到这话的瞬间脑海里天旋地转,想追问几句情况,又觉得说什么都是多余,此刻只想飞奔到医院里。

她立刻打车,看到打车APP上显示的"前面还有30位乘客叫车"时简直心急如焚,直接给季弥打了电话。

两人去医院的路上,初至又给妈妈发微信:*我在去医院的路上了,看见的话给我回个消息。*

刚发完初至手机上微信就弹出一条消息,是妈妈发来的:*没啥事了,你爸现在已经清醒过来了。*

初至这才觉得一直窒息的心终于有了片刻喘息的空闲。

她紧紧绷着的背瞬间弯了下来,深呼吸了一口气,才发现原来自己出了一身的冷汗。

"怎么样了?"季弥的手握着方向盘,偏头看了初至一眼。

"没事了,我妈说我爸已经醒了,他应该是高血压犯了,是老毛病了。"

初至握紧了手机,像终于找到了出口,继续对季弥絮叨着:"我爸这几年身体不太好,我一直都挺担心的。

"现在和以前比已经好很多了,就是旧疾难愈,日常都得注意饮食和休息,不能有任何不好的习惯,不然直接会在身体上体现出来。"

讲到这儿,初至像是突然想到什么,顿了一下,有些不好意思地说:"你是医生,这方面你应该比我了解。"

两人来到医院，乘坐电梯上了四楼。

进了病房就看见郑兰梅坐在任国华床边，任国华手背上插着针正在吊水。

初至看到爸爸好好地坐在病床上才放下心："妈，怎么回事啊？"

郑兰梅心有余悸地说："走在路上突然晕倒了，好心人直接帮忙叫了救护车。还好只是血压波动比较大，不算严重，这一路上真是给我吓得够呛。"

任国华有些底气不足地说："昨晚不是吃橘子了吗，我就想着降压药晚点再吃，结果就给忘了。"

"你这怎么啥都能忘呢？"郑兰梅的语气有了几分责怪，随即又有点后怕地说，"还好没出什么事。"

初至走到任国华身旁开始控诉："爸，你真的吓死我了！以后降压药得按时吃！还有以后你们不要坐这么长时间的车来看我了，舟车劳顿的，要是真出什么事我都能自责到下辈子。"

"行了，闺女，"郑兰梅把手里的药单递给她，"你帮我去二楼给你爸拿药吧。"

递药单给初至时，郑兰梅才注意到跟在她身后高高瘦瘦的年轻男人。

看上去和初至差不多大，外表很好看，对上她的目光时会礼貌地点点头。

她一开始还以为这个男孩是旁边病床病人的亲属，可是看着他一直跟在自家闺女的身后，她不由得开口问道："这位是？"

初至转头看了季弥一眼，正好季弥也在垂眸看她。

季弥目光移开，对着任国华和郑兰梅礼貌地笑了笑，开口道："叔叔、阿姨你们好，我是——"

"他是我隔壁的邻居！就是他开车送我过来的。"初至一边抢答一边暗戳戳拽了拽季弥的袖子，示意他别说话。

郑兰梅一听这话立刻热情地招呼季弥："远亲不如近邻，谢谢你送我们初至过来啊。"

"不用客气，阿姨，我应该做的。"季弥礼貌地应下。

郑兰梅继续问："请问你怎么称呼啊？"

初至"啧"了一声："妈，人家做好事不留名的。"

不待他们有更多的交流，初至就推推搡搡地把人拉出了门。

出了病房，初至专注看着手里的药单，单子上显示是要去一楼的窗口拿药。

走着走着，她突然感觉有点不对劲，一抬眸对上了季弥探究的眼神。

季弥见她看向自己，也就停住脚步，缓缓问道："你好像很怕我说出什么。"

唔，有误会。

初至连忙摇头否认："不是这样的。"

可一时间又不知怎么解释。

"就是，"初至咽了咽口水，有点艰难地说，"我以前那会儿不是挺喜欢你的嘛。"

季弥站在原地不说话，看着初至的眼神压迫感却很强。

"然后那时候我性格又比较文艺，喜欢写写日记，记录心情，"初至舔了舔唇角，"后来一场不合时宜的大雨打湿了我的日记本，你的名字也就这样被我们全家知道了。

"所以你一说名字我妈就知道你是谁了，"初至神情肯定地说，"你想想啊，如果我妈知道你是谁了，发现你竟然还住在我隔壁，那她肯定会怀疑咱俩之间有点啥。"

"这样啊。"季弥点点头，一副了然的样子。

初至抬手拍了拍他的肩，以为自己的解释有了效果："你懂我。"

可紧接着，季弥就漫不经心地问道："然后呢？"

"啊？"这话来得有点出乎意料，初至一时间有点没反应过来，"什么意思？"

季弥："知道了，会怎么样？"

这个问题把初至问住了。

好像也不会怎么样。

就是她自己应该会有点尴尬。

就像小时候和爸妈一起看电视剧，看到剧里男女主吻戏的时候，明明是电视里的人在亲吻，可她却尴尬地觉得脸热。

虽然她已经成年了，但那个和父母一起看吻戏就会脸热的小女孩，依然存在在自己的身体里。

"季哥哥！"

这时前方一声稚嫩的童音吸引了两人注意。

初至抬头一看，前面站着的是一个穿着花裙子的小女孩，六七岁的样子。

小女孩惊喜地朝着季弥这边跑了过来。

季弥立刻蹲下了身子，笑眯眯地看着扑到自己怀里的小女孩："童童，好久不见，最近怎么样？"

"不怎么样！"童童一听到这话立刻噘了噘嘴，不开心地说道，"爸爸带我去剪头发了。"

说完，她悄悄凑近季弥的耳边，小声地说："季哥哥，我告诉你一个秘密，我现在戴的是假发，我的头发都被剃光了。"

季弥轻轻扶住童童的肩："以后你的头发还会长出来的。"

童童有些委屈："可是把假发摘下来就不漂亮了。"

"很漂亮啊，"季弥温和地笑笑，"不论戴不戴，童童都是漂亮的小姑娘。"

童童听了这话，脸上又泛起了笑。

这时候童童看到了一直站在季弥身边的初至，好奇地指着她问："季哥哥，这个姐姐是谁？"

初至站在那里，看着眼前的小女孩，嗓子像是哽住一般。

季弥语气温和地说："是哥哥喜欢的人。"

初至听到这话，心中一窒，像是有什么东西在心中生出藤蔓，迅速在体内蔓延。

童童声音细细的："那你们一定要结婚啊。"

童话里都是这样的，历经磨难的王子和公主结婚后，就走向了幸福美好的生活。

所以在童童的认知中，让两个人结婚是最美好的祝福。

季弥不置可否地笑了笑："你都不知道姐姐喜不喜欢我呢。"

小女孩一脸惊奇地说："你长得那么帅，姐姐怎么会不喜欢你？"

初至听到这话笑了笑，觉得真的很可爱。

小朋友果然是很看脸的。

小朋友的直觉也真的是很准的。

这时一位年纪三十多岁的女士满脸焦急地走过来，牵住童童的手："你怎么跑到这里来了？"

小女孩看了眼妈妈，又指了指季弥："妈妈，季哥哥！"

童童妈妈也看到了季弥，打了个招呼："季医生好。"

小女孩又指了指初至，兴奋地给妈妈介绍："季哥哥的女朋友。"

童童妈妈仔细看了看眼前的一对儿，真心称赞了一句："你们挺般配的。"

童童妈妈带着童童离开以后，初至抿了抿嘴问："刚刚那个小女孩是？"

"我实习时候接触的病人，后来转院到这里了。"

"什么病，很严重吗？"

季弥默了一瞬："癌症。"

初至一时间说不出话来，心中升腾出一种深深的无力感。

每个人都在被命运的洪流裹挟着前进，可在命运的随机性下，总会有些人前进得无比艰难。

初至一个人拿着药进入病房时，郑兰梅看了眼女儿身后问道："那位邻居小伙子呢？"

初至把药瓶放在了病床旁的小柜子上："我让他先走了。"

郑兰梅点了点头，紧接着像想到什么一样又叹了口气："本来我和你爸来这儿是想照顾你的，结果还让你担心了。"

初至本来在看药品说明书，听到这话抬起头："妈，你这说的是什么话，我们是一家人。"

"好了好了，都别说了，"任国华转头看着女儿，可怜兮兮地说，"闺女，我饿了。"

…………

初至又一次离开病房，去给爸妈买饭。

下电梯到一楼，走到拿药的地方，初至不禁又想到刚才她和季弥道别后，季弥突然叫住她的那幅场景。

他淡淡地说："初至，人的一生不知道有多长。"

初至愣愣地看着他，不知道他说这话是什么意思。

"所以，你对我好一点。"

虽然任国华坚定地说自己已经好了，可以出院，但医生建议最好还是留院观察三天。

于是初至和郑兰梅也不顾任国华的反抗，让他在医院里待满三天再回去。

任国华听到这个消息长吁短叹："三天之后正好回川城，来之前我还以为是临城三日游，没想到这变成了临城医院三日游。"

正在削苹果的郑兰梅闻言瞥了一眼他："你还能好好地坐在这里，还有在这说话的力气就偷着乐吧。"

初至本来想在医院陪床让妈妈回家睡的，但是郑兰梅说什么都不愿意。她坚持让女儿回家睡觉。

初至拗不过她，在晚上九点的时候坐地铁回家了。

回到家后，初至刚在厨房做好明天的饭，就接到了郑涵的电话。

电话那头的郑涵语气平静："初至，我要订婚了。"

初至以为是自己听错了，不可置信地说："什么？"

郑涵语气带笑："我知道你可能会很惊讶，我也很抱歉那么临时通知你，但事实就是这样。如果你明天中午有空的话，欢迎来欣悦酒店参加我的订婚宴。"

初至还处在震惊状态，说不出话来。

郑涵应该是在别人那里遇见过同样的反应，有经验地打趣道："你想好要不要来之后给我发消息啊，我要通知下一个人了。"

初至睡前又拿了一片药吃，昨晚季弥给她的药真的挺有用。

今天在外面走了挺久，但脚腕也不是很疼。

躺在床上，她翻来覆去地睡不着，把今天发生的事情都在脑海里过了一遍。

最后，她又从床上坐了起来，伸手按开了床头灯的开关，就着昏黄的灯光给郑涵发了条微信消息：我会去的，祝福你，要幸福。

第二天上午，初至拿了饭盒和衣物，坐地铁到了医院，跟爸妈说了朋友订婚的事情后，就打车去了欣悦酒店。

酒店一楼，初至一到门口就看到了穿着红色订婚服的郑涵。

她身旁站着一个穿西装的男人。

男人个子不算高，长得秀气斯文，见到女方的亲朋时稍显拘谨地点点头。

郑涵热情地跟她招手："欢迎欢迎！"

初至走上前握住郑涵的手笑道："看你找到自己的幸福，真的很为你开心。"

郑涵领着初至去婚宴桌，一边走一边说："我知道你们大家都会觉得挺惊讶的，主要我姑姑和他妈妈认识，我们是家里人介绍的，虽然是第一次见，可有种一见如故的感觉。

"有时候缘分就是这么奇妙。"郑涵笑了笑，满眼幸福，"虽然我们认识不久，但我觉得他是那个可以让我托付一生的人，就决定订婚了。因为进程太快，所以可能会有点仓促，连这个酒店都是一个星期前定下的。"

听了这话，初至握着郑涵的手紧了紧，认真地说："这都不重要，幸福就好。"

这时，早已经来到酒店的李东绪朝她招手，又拍了拍旁边的空椅子，非常绅士地对初至说："坐这里。"

郑涵吐了吐舌头："安排你坐领导旁边，你不会怪我吧？"

初至觉得好笑，但还是很配合郑涵，佯装生气道："我谢谢你啊。"

郑涵笑着走去了酒店门口，她还得去迎接其他客人。

初至坐到了领导身旁的空位上，感慨般开口："没想到郑导播速度那么快。领导，就看在她这几年为了台里兢兢业业工作的份上，人家到时候结婚，你不给包个大红包的话说不过去吧。"

李东绪反应很快："这你放心，到时候你结婚我给你包个更大的。"

初至眨眨眼。

行,她不说话了。

郑涵订婚请的人并不多,只有双方的亲人和关系比较密切的朋友。

男方和女方请的朋友们都坐在同一桌,初至这一桌坐的人里,她也只认识几个台里的同事。

订婚宴没开始之前,她百般无聊地划拉着手机,思绪有些飘远。

李东绪拿起酒瓶,给自己的酒杯里倒了点酒,又看了眼旁边的初至,晃了晃酒瓶:"要不要来点?过会儿郑涵可能要来敬酒。"

初至瞥了眼酒瓶:"可以来一点点。"

装个样子还是可以的,反正她也不会喝。

宾客逐渐到满,初至这一桌的人也都到齐了。等到两位新人来敬酒时,男方的朋友们纷纷祝福,一群大老爷们实在想不出什么别出心裁的订婚祝福语,就把婚礼的词都提前用上了:"祝你俩百年好合,永结同心。"

喜气洋洋的气氛下,还有人起哄道:"钱鑫,你这婚都订上了,那必须得和嫂子早点结婚啊,努努力争取三年抱俩,生个大胖小子和大胖闺女。"

钱鑫被说得满脸通红。

闹哄哄的气氛下,郑涵满面笑容地举着酒杯走到初至面前:"别管他们了,初至,我要敬你一杯,我结婚的时候你得来当伴娘啊。"

初至立刻举起桌上的酒杯,坚定地承诺了句:"我一定来。"

郑涵听了这话豪爽地说:"好,我干了!"

初至也紧跟着喝完了酒杯里的酒,喝完后只觉得嗓子火辣辣的,被刺激出了生理性眼泪。

这居然是白酒。

虽然量不多,但对于不会喝酒的人来说,也够难喝的。

这对新人离开后,初至拿了一个新的玻璃杯倒了点果汁,又用勺子盛了一碗甜粥，想压一压喝酒带来的不适感。

正在用勺子舀甜粥喝的时候，她的肩膀突然被人拍了拍。

转头对上了一个年轻男人的笑脸。

正是坐在自己对面，和自己一桌的男人。

应该是男方的亲友，但初至确定自己并不认识他。

他找自己是要干什么？

男人见初至眼中的疑惑，连忙笑着问道："你是临城音乐广播电台的主持人初至吧？"

初至点点头。

男人一副放下心的样子，立刻说道："那就对了，我听到你叫初至，声音又耳熟，还特地去问钱鑫他未婚妻是不是在广播台工作的，这下就对了。"

初至不解："什么对了？"

这时桌上有人喊话："赵修齐，你怎么连钱鑫的婚礼也不放过啊，逮着机会就找漂亮小姑娘搭话！大伙儿可都看着呢，小心你哪天上法制新闻。"

此话一出，对面一片哄笑声。

"章毅君，你自己想法猥琐不要带上我啊！"赵修齐立刻不甘示弱地回怼，"你懂个锤子，我这是帮人追星呢！发扬助人为乐的精神，争做新时代好青年，这种好品质你有吗？你可没有。"

初至有点迷茫，帮人追星是什么意思？

还有，赵修齐这个名字怎么这么熟悉。

好像在哪儿见到过？

赵修齐怼完人后，再次看向初至时，已经换上了一副明媚的笑容："别听他瞎说，我不是那种人。是这样的，我大学同学是你的忠实粉丝，每晚都在宿舍里准点收听你的节目，他真的太爱你了。

所以今天有缘见到你了,我就想着你能给我签个名吗?我把你的签名带给他,他肯定得高兴得睡不着。"

赵修齐本来是参加发小订婚宴的,没想到还遇到了季弥的偶像。

本来他还因为这场订婚推迟了一场约会,所以并不是那么开心。

现在只觉得这个场子来得太值了。

赵修齐满足地在心中暗暗喟叹:季弥啊,你就感谢我吧!

他已经迫不及待地想看到季弥对自己感恩戴德的样子了。

啧,用季弥偶像的签名拿捏他,想想都爽得不得了。

初至这才明白是什么意思,理解地点点头:"好的,没问题。"

能被人喜欢是一件幸运的事情。

随即她有点为难地问赵修齐:"那在哪里签呢?"

赵修齐也犯了难,他没有带纸笔过来。

但很快他就想到了解决的办法。

他从前台拿了一支笔过来,又从包里掏出了一个红包,笑盈盈地指着红包背面对初至说:"麻烦就签在这儿吧。"

他都想好了。

到时候拿着红包装作漫不经心地对季弥说:"送你个礼物。"

季弥一定不会理他。

这时候他再把红包翻个面递到季弥眼前。

然后那个场面……

是赵修齐自己在心里都要惊呼完美的程度。

要的就是这种感觉!

初至接过赵修齐递来的红包,她还从没给别人在红包上签过名。

有点新奇。

初至拽开笔盖,刚要下笔,赵修齐就制止了她。

"等一下,能搞一个 TO 签吗?"赵修齐解释道,"就是写一下他的名字，然后写句祝福语，比如天天开心，幸福快乐这种。"

初至笑着点点头："行，你说吧，我写。"

赵修齐那个激动啊："就写TO季弥，虽然你没赵修齐帅，但还是希望你能幸福快乐。"

说完，赵修齐又"啧"了一声觉得有点长："算了，就写天天开心，早点找个女朋友吧。"

他低头看初至，而她握着笔一动不动。

赵修齐恍然大悟："是不是不知道是哪个字？季是季节的季，弥是弥补的弥。"

片刻而已，初至却觉得时间变得极为缓慢。

她定了定心，抬起头问赵修齐："你大学是在临城医科上的吗？"

赵修齐愣愣地看着她："你怎么知道？"

初至这才想起为什么觉得赵修齐这个名字熟悉了。

在搬进现在住的房子之前，季弥在车上给自己看的房产证照片上的名字，就是这三个字。

原来如此，原来季弥真的从未骗过她。

初至突然间想通了许多事情：

采访的那次他说，会听她的广播。

他到门口时没有选择敲门，而是打电话给她。

在她说怕他会对自己失望时，他那句脱口而出的"不会"。

…………

每一句他说出口的话，都是真的。

不过她自以为是地曲解成了别的意思，从未开口问过，他也就真的从未解释。

同心结，环环扣，有回音。

原来一切都是有迹可循。

第九章
相爱

坐在从临城回川城的高铁上，郑兰梅看了眼身旁托腮发呆的女儿，轻轻拍了拍她的肩膀："想什么呢？"

"噢……"初至这才梦如初醒地回过神来，端坐起身子，不好意思地说，"没什么。"

郑兰梅摇摇头："这两天你总心不在焉的，像是有什么心事一样。"

"咱闺女就是这段时间照顾我太累了，"任国华插话说道，"回家之后得好好休息。"

郑兰梅又不放心地仔细看了看初至："工作上有什么事情吗？"

初至说："妈，你放心吧，我没事。"

任国华在临城住院的这几天，初至每天都过来，总是往床头的凳子上一坐，然后无意识地盯着某处发呆，整个人看上去恍恍惚惚的。

两人看着闺女这个样子不由得面面相觑。

这种状态是从她参加完同事的婚礼开始的。

初至不在病房时，两人私下猜测过，闺女这是不是看人家结婚所以自己心里也有点着急了？

因为任国华住院这事，初至坚持要送父母回到川城，她才放心。

任国华不习惯坐飞机，所以三个人都买的高铁票。

二老想着这样也好，能趁此机会跟闺女谈谈心。

这时任国华给郑兰梅使了个眼色，示意她表明个态度。

高铁上相对比较安静，郑兰梅压低了声音对初至说："我和你爸这次来不是为了催你找对象的，所以你也别心急，这种事情也急不得。"

初至听了这话，朝郑兰梅笑笑："我知道的，妈妈。"

郑兰梅见她笑了，这才仿佛完成任务似的松了一口气。

初至继续转头看向车窗外的景色，心却很难平静下来。

那天婚礼结束后，她无数次点开微信上和季弥的对话框，有很多话想问想说。

但按下发送键的前一刻，被心底生出的犹豫禁锢住，只是犹豫了那一个瞬间，勇气就像是消耗殆尽一般再也开不了口。

不知该从何说起。

川城十月的阳光热烈依旧，下了高铁到家已经是下午三点。

初至放下行李，跟着爸妈到店里吃了顿饭。

她本来是想待在店里帮忙的，但被爸妈撵回家休息。

因为是订了后天上午回临城的机票，所以有两天的时间可以待在家里。

大半年没有回来住过了，初至在自己的屋里转悠了一圈，就从桌子上拿起钥匙下了楼。

她想去附近的商超里买些酸奶。

大概因为是假期，来逛超市的人很多，每个结账区前都排了很长的队伍。

初至随便站了一队，在排队等候结账的时候，她听见身后有人叫了一声："任初至？"

那道声音很小，还带着点犹疑和不确定，如果不注意可能会被当成幻听忽略掉也说不准。

初至转头，有些不可置信地看着眼前的人。

是夏悦。

虽然时间过了八年,但是她的长相和风格基本没什么变化。

圆眼圆脸,小小的个子,总是偏爱穿有卡通图案的衣服。

高一的时候,不论春夏秋冬,夏悦都不重样地穿着带有各种动画人物的衣服,大众或者小众的动画都有。

今天她穿的卫衣上的图案是亮黄色的维尼熊。

除了短发变成了长发,她和高一的样子几乎没有任何差别。

所以初至一眼就认出了她。

可她怎么会在川城?

夏悦的脸上露出了笑容,极其兴奋地说:"真的是你啊。"

这时候排在前面的人已经结完账了,初至冲她点点头,把手上拎着的酸奶放到桌台上,等工作人员扫码结账。

夏悦手中抱着的零食还没结账,只能着急地跑到后面排队。

她跑到一半又快速折返回来,极其严肃地对初至说:"你结完账一定得等我啊,我有要紧事跟你说,千万别跑了。"

初至还没来得及回答,她就飞快跑去了队伍末端。

见初至在看她,她还冲初至招了招手。

紧接着,她伸手指了指自己的眼睛,又指了指初至。

初至和夏悦做过一年同桌,十分懂她的画外音:我看着你呢,你可别想跑。

初至有些哭笑不得,她看起来很想走吗?

也没有吧。

结完账,初至就自觉坐在了超市休息区的座椅上等她,有些无聊地点开手机看了看时间。

抬起头的下一秒,夏悦就出现在她面前。

初至惊讶地问:"这么快?"

夏悦无所谓地耸耸肩，坐到了初至身旁："把东西都放回去了，还是你比较重要。"

初至叹了口气："我又不会跑，你不用这么着急。"

"那可说不准。"夏悦紧紧盯着初至的脸，提高语调问道，"老实交代，这几年你去哪儿了！当初为什么不跟我说一声就转学了？"

夏悦人长得可爱，所以即使一个接一个的问题，听上去带着点步步紧逼的味道，也不会让人有压迫感。

"这个，"初至顿了一下，长话短说道，"那时候因为家庭原因转来了川城上高中。至于当时为什么不跟你说一声，我对你道歉，那时候心里很乱，所以就主动屏蔽掉了和临城有关的一切消息，没有顾及这么多。"

"你知道我当年跟你发了多少条消息，打了多少个电话嘛！"即使过了这么久，夏悦的声音还是有些愤慨，"结果没有一句回复，我都急死了，还是开学问的班主任才知道你转学了。"

听了这段话，初至很小声地说了句："对不起。"又缓缓解释道，"我的电话卡在离开云城前就注销了，所以你的电话和你发的消息都没有收到。"

"那你现在呢？"

被突然这么一问，初至下意识地反问："现在什么？"

"你现在在川城工作吗？"

初至摇摇头："不是，我在临城当电台主持。"

"临城？"夏悦抓住重点，眼睛一亮道，"这不就巧了嘛，季弥就在临城。"

提到这个名字，夏悦忍不住跟初至强调了一遍："季弥你没忘吧？你以前喜欢他喜欢得要死要活的。"

初至讪讪道："没忘。"

不过虽然她以前喜欢季弥，应该也没到要死要活的这种程度吧……

初至张口想纠正这一点，不过夏悦完全没给她解释的机会，自顾自说了下去。

"那时暑假你不回我消息我还以为你受刺激了，后来开学的时候见你没来才觉得事情不对劲。季弥还找我问呢，问我你去哪里了，可我怎么会知道你在哪儿啊？"夏悦说到这里"啧"了一声，"哎，你说奇怪不奇怪？你天天往他身旁凑的时候也没见他多在意你，后来你走了，他反倒是一直来问我有没有你的消息。

"毕业那年，不是有同学聚会嘛，吃完饭他单独来找我，他大概是喝了点酒吧，所以眼眶有点红，看着我的眼神真挚又认真。"

说到这儿，夏悦双手捂心口，回忆起来还是心有余悸的样子："我当时都要吓死了，心跳得特别快，看他那副郑重的样子搞得我还以为他要给我来个惊天反转的深情告白呢，结果是告诉我，如果大学有你的消息一定要对他说。"

初至没忍住笑了一声，笑后又密密麻麻涌上些心酸。

沉默了一会儿。

初至轻声开口："我现在……"

"对了，我跟你说，当初姐们的情报有误啊，季弥他和宋思思之间是清白的啊，我那时看他这么着急，就给他看了我和你的聊天记录。他特别生气地问我怎么能那么跟你说，我第一次听他这么大声说话，我当时就想你跟我发什么火，不过他说完就意识到自己态度不好，跟我道歉了。

"哎呀，事后想想确实是我那时太八卦。他那次就是和宋思思去买了竞赛用的书，还是老师让他们去买的，我确实有那么一点点夸张的成分。后来我也很后悔啊，但是也找不到你，所以我今天遇到了你肯定不能让你跑了。"

夏悦从口袋里掏出了手机，碎碎念般说道："那时候的喜欢什么的都跟闹着玩似的，现在遇见了才是正事，既然你们俩都在临城，就由我做主给你俩牵个线，你们试试呗，这样我也算是将功补过了。"

夏悦点开微信，飞快在聊天框上打了句：超开心！我遇见初至了！

初至握住了夏悦的手腕，想解释一下，她已经和季弥遇见了："其实我……"

"哎呀，不要害羞，"夏悦还以为初至是不好意思，安抚性拍了拍她的肩，"男未婚女未嫁的……等一等，你现在没男朋友吧？"

对上夏悦疑问的眼神，初至下意识地说了句没有。

夏悦点点头，很满意的样子，按下了发送键。

"你误会了，我已经……"

初至还没说完，夏悦就抬起手做了个阻止的手势。

季弥回她了。

季弥：嗯。

夏悦看着季弥回她的这句"嗯"看得眉头紧皱。

他这是什么不冷不热的反应？

夏悦叹了口气，握紧了初至的手："男人果然都是善变的，大学那几年还经常问我，你有没有联系我呢，工作了就开始变心了，不过没关系，我的宝，我还认识几位优质男青年，虽然都长得没他好看，但是——"

这时候，夏悦的手机又振动了一下，季弥又发了一条消息过来。

季弥：我也是，不过比你早一些。

夏悦：他这是什么意思？

"我五月份的时候，"初至轻声说，"在临城遇见他了。"

夏悦定定地盯着初至，用很不满的语气问她："那你怎么不跟我说！"

初至叹了口气，解释道："我一直想说，可是你没给我这个开口的机会哎……"

夏悦挥了挥手表示自己不在意："行了，不说这个。"

她的神情在下一秒就兴奋起来："那你们俩在一起了吗？我得去咱们高中班群里宣布这个大好消息啊！"

"你别激动，"初至按住了躁动的夏悦，平静地说，"我和他没有在一起。"

"啊！"夏悦一脸失望地看着初至，"不应该啊。"

初至笑笑，轻声说："没什么应不应该的，事实就是这样。"

和夏悦告别后，初至回到了家。

她把钥匙放在了客厅的饭桌上，走进了自己的房间，抬头看书架上放着的高一的书本和笔记。

她又想起回家前，夏悦握着她的手认真叮嘱的话："真的可以试试，现在这年头找个知根知底的好人太难了，更何况他还长得那么帅，如果找他的话，你们以后生孩子肯定好看——"

听着夏悦越扯越远，初至笑着对她说："人家也不一定喜欢我啊。"

夏悦努努嘴："他不喜欢你喜欢谁啊？"

夏悦拿起手机给她听手机上的最新消息，是季弥发来的一句语音："你帮我说点好话呗，她一直拒绝我呢。"开玩笑般的语气，又带了几分认真。

夏悦感慨道："没想到咱们年级的男神也有求我帮忙的一天，这都得感谢初至你啊。"

…………

初至高中的书本，在大学录取通知书来的那天就都卖了，只有高一的课本和笔记被她留了下来。

她打开书桌左下侧的抽屉，拿出了一个粉色的翻盖手机，手机上还挂着一个卡通吊坠。

那时智能机还很少，大家普遍用的都是翻盖手机。

虽然云城的电话卡没了，但这个手机她一直留着。

青春期的心动和记忆，她总是会固执地想留下些，证明那些真的存在过。

盯着手机发了会儿愣，像是想到什么似的，她把手机放回原处，转身从床头柜里拿出了一台笔记本电脑。

这台电脑还是她刚上大学那会儿买的，可谓劳苦功高，初至用它做了四年的文档作业。到大学毕业的时候，电脑除了比刚买的时候卡点，其他的基本没什么损耗。

只是电子产品更新换代快，毕业后工作了也就换了个更便携轻巧的笔记本，这个笔记本也就退休在家了。

她点开 QQ，高中时经常使用的那串数字还记得清清楚楚。

只犹豫了一瞬，初至就按下了"找回密码"这个选项。

感谢现在软件设置的人性化，在完成一系列身份认证和客服申诉后，她成功登上了高中时候的账号。

这个过程比她想象中的容易很多。

然后。

她看见了消息一栏跳动的红点数字：五百六十。

其中有二百九十二条都是季弥的消息。

其他的都是一些群消息，还有高中时期几个玩得比较好的同学发来的消息，基本都是在问她转到哪里去了。

这些消息的时间大多数停在了她转学的那一年，同学们见她没有回复也就没有再问了。

只有季弥一直在给她发消息，发得比较频繁的是她刚离开的那年。

△是我错了，你转去哪个学校了？

△没有你来喂，小猫都瘦了，它不太搭理我，倒是经常站在你喂它的那个地方四处张望，我猜它也想你了。

△学校门口的小吃街要拆了，你再不出现，就吃不到你最喜欢的酸辣粉了。

…………

高三后发的频率变得很低，基本上都是生活中的一些重要时刻发生的事情才会发给她，像是分享，又像是怕她哪天登上这个号找不到他的踪迹。

△我考上了临城医科大学，我又想起高一时候那个晚自习，你说喜欢我，我说等高考完再说。本来我是想高考完后跟你告白的，太早开始我怕无法长久，是不是已经没有这个机会了？

△那时候我很自卑，你喜欢我，我很开心，但又怕被你发现我其实没那么好后疏远我，所以对你很冷淡，回望时才发现自己那时的确太幼稚，不会处理很多事情，你应该对我很失望吧？对不起。

△现在学业很忙，我总是会回想起高中的时候，你那时说如果我能当医生你就不会怕了。我是因为这个想法报了医大，也因此感谢你，我很喜欢这份职业。或许你很难相信，你说的每一句话我都清楚地记得:)

△在医院实习的时候，深刻察觉人在世间不过百年。导师在今晚的手术后问我有没有什么后悔的事情，我想是有的，青春那么好，我却一直在错过你。

△生日快乐，你究竟在哪里呢？

…………

最下面的两条消息一条在三年前。

△我找到你了。

另一条的时间是在前些天，初至仔细想了一下，应该是她拒绝他的那一天。

△你好像……不喜欢我了。

初至一条一条地翻看着，心绪纷杂，难以言说看完这些消息是一种什么样的心情。

愧疚、惊讶、感动……各种情绪朝她席卷而来。

她觉得自己最近那些举棋不定的情绪，在这些年的时间面前显得如此微不足道。

她一直觉得这只是一件稀松平常的事情，觉得这只是一场意外的相遇，觉得他的喜欢毫无缘由，甚至觉得自己要么就像鸵鸟般头埋在沙子里不去面对好了。

她一直知道自己不是个勇敢的人，目前为止的人生里最勇敢的一件事情就是毫无保留地喜欢他，以至于后来仿佛不会再喜欢任何人。

其实她回忆起这段喜欢的时候，也曾自怨自艾过。

因为他那时那么淡定从容，显得她那些毫无章法的真诚都有些笨拙可笑。

人都不喜欢自己太狼狈的样子，所以她不太愿意去回忆，偶尔想起时，还会很认真地思考他会不会已经忘了她。

随后又很孩子气地否认，他今后的人生里，应该遇不到像当年的自己那么傻的了吧，所以应该会对自己印象深刻的。

原来他并没有表面上那么游刃有余，原来这些都不仅仅是她一个人的回忆。

她突然就很想知道这些年他过得好不好，想知道他是如何度过这些年的每一个清晨黄昏，想知道记忆中少年的脸庞是如何成长为现在的模样。

她突然就很想，听一听他的声音。

电话接通的那一刻，熟悉的声音传来："初至。"

"我……"

一发声她就觉得自己的语气带着点哽咽，立刻不说话了。

季弥也没有再说话，像是在等着她的情绪平复。

初至压下了情绪，为了缓和气氛，装作开心地说一句："大帅哥在干什么？"

季弥声音温和："我在医院里值班。"

初至怕自己打扰他，连忙说："那你先忙，我挂了。"

"等一等。"

初至又把电话拿到了耳边，听见他带着点笑意说："我说什么你都会乖乖听话？"

即便季弥看不到，初至也拼命点头："当然。"

良久，电话那头才传来一句仿若叹息般的话："初至，别难过了。"

听了这话，她又开始想哭了。

她听见自己平静的声音："季弥，我们结婚吧。"

等到意识到自己说了什么时，她心里腾升出强烈的慌张感。

对面的沉默更是让这种慌张加剧，她觉得自己需要说点什么来解释自己这有点昏头的言语。

只是，他比她更快一步地温柔说道："我很荣幸。"

晚上任国华和郑兰梅回来后，就见女儿正襟危坐在沙发上，见他们回来，郑重其事地起身说："爸妈，通知你们一件事。"

两人听了这话不由得对望一眼，彼此眼中都是疑惑。

闺女很少这么正式地跟他们说话，这究竟是有啥事？

初至清了清嗓子，略微有些不自然地说："我要结婚了。"

郑兰梅、任国华夫妻俩又对望一眼，眼里的情绪已经从疑惑变成

了震惊!

真是不可置信,究竟是怎么回事,怎么才半天的工夫自家闺女就从男朋友都没有的情况,变成要结婚嫁人了?他们这当父母的怎么一点都不知情呢?

初至看着爸妈,有点好笑地说道:"我也到了适婚年龄了,你们不要那么惊讶地看着我。你们见过他的,就是送我去医院的那位……嗯,邻居。"

任国华率先反应了过来,立刻严肃地端起一家之主的架子说道:"闺女,不是爸妈不答应,但你这有些太仓促了吧?婚姻不是儿戏,你们才认识多久就要结婚了?至少应该再相处一段时间彼此了解了解吧。"

初至笑了笑:"认识很久了。"

郑兰梅立刻接话,语气有些不满:"今年年初你才换的房子,这才半年多,能叫认识很久吗?"

"嗯,"初至冲妈妈笑了笑,"爸妈,我还没跟你们说过,他叫季弥,我高一就认识他了。"

郑兰梅和任国华对视了一眼,两人眼中都弥漫着震惊。

初至抬起手,阻止了明显想了解更多的爸妈:"明天他会过来,你们问他吧。"

等回到了自己的卧室,初至躺在床上,又想起那通电话的结尾,她有些忐忑地问他:"你要跟你的家里人说一声吗?"

他的声音变得很轻:"我妈妈在我很小的时候就去世了,我爸爸已经重新组建家庭,结婚生子了,我们平时不太联系。"

他小时候是跟着保姆一起生活的,后来再大一些就搬出来自己住,基本是自己一个人度过的这些年。

他声音很平静:"初至,我没有家了。"

她听到这句话时鼻子发酸,眼中的泪几乎是不受控制地落了下来。

她很认真地对他说:"我和你会有一个家的。"

他笑了笑:"嗯,我知道。"

过去过去,未来未来。

好在当下,我们仍在一起。

第二天一大早,初至迷迷糊糊地听见厨房里传来窸窸窣窣的声音。

她翻了个身继续睡,两秒后被菜刀剁菜板的"哐哐"声完全吵醒。

声音极响,初至直接从床上坐了起来,掀起被子走到厨房一看,原来是爸爸在剁排骨。

她揉了揉眼睛,瞥见地上放着的花花绿绿的塑料袋,塑料袋里装着花花绿绿的菜。

她还没来得及开口,郑兰梅就从外面进来。

郑兰梅笑眯眯地看着女儿:"醒了啊?"

"你们这是干什么?"

郑兰梅神情自若,一边围围裙一边说:"你不说小季今天要来吗?我和你爸昨晚讨论菜单讨论到半夜呢,定了五凉五热的菜——"

说到这儿,她皱起眉头,侧身跟任国华说:"我觉得还是不要做拍黄瓜了,黄瓜的寓意不太好,换成糖拌西红柿吧。"

任国华听了立刻十分赞同地点头:"黄瓜得黄,听上去就不行。"

初至很想说也不至于这么迷信,但话到嘴边绕了一圈,还是咽了回去。

爸妈开心就好。

看着爸妈一副如临大敌的样子,初至开始认真回想,是不是昨天的那个决定做得太仓促?

她真的要结婚了?

但是她不仅不后悔,反倒一想起来就想咧着嘴乐,觉得自己占了大便宜是怎么一回事?

郑兰梅转身拿菜时看到初至还呆呆站在门口,不知想到什么唇边泛笑,便毫不客气地赶人:"行了,你快点出去吧,别直杵杵地站在那儿了,妨碍我们做饭。"

初至幽魂般飘到了自己的房间,趴在床上拿起手机给周莞发消息。

初至:我好像要结婚了。

周莞消息回得很快:说啥梦话呢?没醒就继续去睡行不行。

初至:我很清醒,我是真的要结婚了。

周莞:真的假的?

周莞:我不信,你哪儿来的男朋友?

初至沉默三秒,发了句:昨天刚定的,别说你不信,说实话我都不太敢信。

周莞:你可真是给我整了个大惊喜!我在值班,你先别冲动,等我好好跟你说说。

初至翻了个身躺在床上,随手扯住身旁的印花小薄被盖在脸上,躲在被窝里笑出了声。

可真梦幻。

这时房门处有开锁声,小桉连背包没放下就激动地跑到初至床边:"姐,咱妈说你要结婚了?"

他早上五点赶车回来,就是为了确认这个消息。

初至慢吞吞地从床上坐起来:"差不多吧。"

"行了姐,你别装了。"小桉看着她面上一副淡定的样子,了然地说,"我知道你心里肯定偷着乐呢。"

初至歪了歪头:"你怎么都不问问我结婚的对象是谁啊?"

小桉"啧"了一声,很是不屑地说:"还用我问?还能和谁啊?姐,你说说你还能和谁啊?"

举着枕头把小桉轰出门后,初至点开和季弥的对话框。

她皱皱眉头,怎么回事?这位准人夫怎么也不发个消息来?按理说,这个时候不都应该说些甜蜜的话吗?

难道是……没反应过来?

也是,毕竟是她先说出口的结婚。

想到这儿,初至又笑开了,大帅哥不好意思是吧?没关系,她也有手机,那她给他发好了。

她打下"宝贝"两个字,顿了三秒,按了删除。

很别扭,这么称呼他很别扭。

把"Baby""Honey""Darling"等词汇一一从脑海中过一遍后,初至还是决定算了。

她小声念叨着:"还是得再适应适应啊。"

此时电话提示音响了起来,初至定睛一看,屏幕上闪着"周莞"两个字。

初至按下接听,轻声说了句:"喂。"

"你这么小声干吗?给我如实交代!你怎么就要结婚了?和谁?什么时候?"

面对这气势汹汹、咄咄逼人的三连问,初至顿了一下:"就是氛围到那里了,恰巧对方是位大帅哥,所以就想着和他在近期结婚了。"

周莞那边传来了一声情绪极强:"啊?"

她不理解。

初至尽量用简洁的语言把事情的来龙去脉给周莞描述了一遍,在这个过程中周莞数次跟她确认结婚对象真的是熟人，没有骗她。

最后周莞终于松了一口气："宝贝，我是多么怕你被骗婚啊，毕竟你看起来也不是很聪明的样子。"

还没等初至回应，周莞又大声说道："我突然反应过来，是你跟他说的结婚？"

初至理所当然地说："对啊，就是感情来得汹涌澎湃，然后就觉得可以提个结婚意思一下了。"

周莞闭了闭眼："行啊，任初至，你真行。"

接到季弥电话的时候，初至还在犹豫要给他发什么。

电话那头他说已经到小区南门了。

初至慌忙跑下楼去接，远远见着季弥穿着黑色风衣站在小区门口，两只手里都拎着满满当当的东西。

瘦高白，长得也十分好看，回头率很高。

初至顿时不往前走了，满意地站在原地静静观赏。

赏着赏着，就笑出了声，哎呀天哪，他真的好帅啊。

这么帅的人以后要成了自己老公，那这世间还有什么值得烦恼的事情吗？

自己之前到底在犹豫什么呢？真是不应该啊不应该！

初至抬头看了看天空，蓝天、白云、大帅哥，此情此景真是风景如画、妙不可言。

手机铃声打破了这道美好的风景："在那儿愣着干什么呢，还不快点过来帮我拎东西。"

……说好的贴心人夫呢？

初至："哦。"

初至扭扭捏捏走到了季弥身边，确定关系后第一次见他，还有点莫名其妙的害羞。

季弥倒是没有半点不适应，在初至走到他身前时，把左手拎着的礼盒全部放到右手上，朝她伸出空着的左手。

初至呆在原地看不懂，这是让她拎什么，明明左手没有东西啊。

她左看右看，难道这是和皇帝的新衣一样……皇帝的礼盒？

见她迟迟没有动静，季弥扯了扯嘴角，言简意赅道："让你牵着我。"

初至这才明白过来，期期艾艾地说，"这、这会不会有点太亲密了？被邻里街坊的看到了怎么办？"

她还没有牵过男人的手哎。

季弥听了这话也没生气，顿了一瞬后就收起手，笑盈盈地说："那算了。"

初至顿时瞪大了眼睛！

她只是想羞涩地客气一下，然后等季弥理所当然地说一句情侣之间这是很正常的举动，最后她就可以顺理成章地牵手的！

这人怎么不按常理出牌啊！

初至有些怨念地跟在季弥身后往前走，眼睛紧紧盯着他空荡荡的左手。

她有些后悔，怎么就那么推辞了一句呢？当时就应该毫不犹豫地去牵的啊！

这时季弥停下了脚步，走到了一个交叉路口，他转头看着身后慢吞吞的初至："往哪走？"

该往左边走的，但是初至现在心里还因为没有牵手而不爽，坏心顿起："右边。"

他往右边走，然后自己就能装作惊慌失措地上前牵住他的手："哎呀，不好意思，一时没能分得清左右，还是让我来牵着你走吧。"

/ 241

初至设想得很美好，只是她眼睁睁地看着季弥开始往左边走。

初至几乎是目瞪口呆："我说往右边走。"

季弥掏出手机向她晃了晃："手机地图说要往左边，比起你，我还是更信地图。"

初至欲辩无言。

真的没法聊下去了，好嘛。

两人到家门口时，来开门的是小桉，随着小桉热情的一声"姐夫你来啦"，任国华和郑兰梅纷纷来到门口，笑容满面地招呼着："小季来了啊，怎么还带这么多东西啊，太客气了。"

季弥长得就很讨喜，嘴更是甜，笑起来像是春风拂面："应该的，叔叔、阿姨好，上次见面没能好好打招呼是我礼数不周，这次特意来赔罪。"

郑兰梅和任国华听了这话更是笑开了花："小季你这说的哪里的话？快点洗手吃饭吧，一上午舟车劳顿也该饿了吧？"

"小季你吃香蕉吗？"

"小季你喝水吗？"

"姐夫给你看我最新拼的模型。"

....

初至站在门口，看着和自己最亲近的三个人都紧紧围着季弥转，脑袋上缓缓浮现出了一个大大的问号。

Hello，今天的女主角在这里啊！怎么视她如无物啊！

初至默默换了鞋，满心惆怅地走到沙发旁默默坐了下来。

只听新人笑，哪闻旧人哭。

"初至！"郑兰梅叫她。

初至满心期待地抬头。

"快去厨房帮忙盛饭。"

初至顿感忧伤，真是期望越大，失望越大。

季弥起身："我来盛吧。"

郑兰梅体贴地说："你大老远地过来，就好好歇着吧，让初至来，她睡了一上午了。"

季弥笑了笑："一样的。"

初至赶忙帮腔："对啊，一样的，让他盛。"

说完，初至就躺在了沙发上，见季弥端着碗出来，酸溜溜地说了一句："小心点，别烫着了，你现在可是我爸妈的心肝宝贝。"

季弥笑笑："是吗？可你才是我的心肝宝贝。"

初至被这句话说得脸红心跳，一时沉默不语。

"啧啧啧！"小桉看热闹不嫌事大，"姐夫这情话技能满分啊！"

季弥听了这话，慢条斯理地回复："实话实说。"

饭桌上，任国华和郑兰梅对季弥展开了全方位的提问，小桉也时不时插上几句。

一顿饭基本上把季弥的学历、工作、家境等全部问了一遍，季弥对答如流，初至觉得从自家爸妈那基本没合拢的嘴角来看，他们应该是很满意的。

"姐夫，我姐高中就喜欢你了，你知道吗？日记本上都是你，这些年也只喜欢过你。"

这个问题一出，大家都不说话了。

初至是羞怯的，虽然在座的都是自己最亲近的人，但多年的心事就这么被说出来，她还是有些不好意思地低下头。

"我知道，"季弥看向初至，声音淡淡，"我也只喜欢过她。"

吃完饭后，初至继续躺在沙发上昏昏欲睡。

季弥从厨房出来，坐在她身边，从茶几上的果盘里拿了个橘子："收拾一下出门吧。"

初至顿时清醒，疑惑地问："干什么去？"

季弥平静地说出两个字："领证。"

初至缓缓转头看向季弥，震惊地瞪着眼，嘴巴张成一个"O"字形。

季弥看了不禁觉得好笑，剥下了一瓣橘子放进了她的嘴里："我已经跟爸妈说了，你拿上身份证就行。"

初至嚼着嘴里的橘子，含混不清地道："我还没有心理准备。"

季弥慢悠悠地说："结婚不是你提的吗？"

"是我提的没错，但是……"初至自知理亏，赶紧找补道，"我这不是还没做婚姻风险评估吗？谁知道你是不是觊觎我的其他东西呢？"

季弥这下是真的忍不住笑出了声："你倒是说说，我觊觎你的什么？"

初至的小脑袋瓜使劲地转啊，自己没房没车没存款，相比季弥有房有车，应该也有存款的条件来说，好像的确没什么值得他觊觎。

初至紧紧盯着季弥，开启刁难模式："你会对我好吗？"

季弥点点头："会。"

"那你赚的钱会给我花吗？"

"我的银行卡都可以给你。"

"那家里家务活谁做？"

"平时我工作比较忙，这方面可以请阿姨。"

"孩子想要几个？"

"看你，我都可以。"

"咱们的工作时间有差别，你下班后见不到我怎么办？"

"我下班后就会听你的广播，这些年都是这么过来的，所以并不觉得这是个问题。"

"你会一直爱我吗？"

这次季弥没有直接回答，而是反问道："你呢，你会一直爱我吗？"

初至摸摸下巴考虑五秒，最终谨慎地回答道："这个不好说，但我是这么希望的。"

季弥听了初至这句话突然笑了："不错，你如果说会一直爱，那才不是你。"

初至点点头，满意道："行，结吧，应该很难找到比你更懂我的人了。"

初至刚要起身去卧室换身衣服，走了一半突然又坐回了沙发上，手指绕啊绕，有些纠结要不要开口。

季弥看向她："想说什么？"

"你……你那方面怎么样？行不行啊？"初至说着忍不住垂眸瞥向他身体的某个部位。

听人说那方面不太好的男人大概率心理会比较阴暗，因为一方面不行就要从另一方面找补，从而非常影响夫妻之间的感情。

季弥瞬间领悟到她的意思，忽地笑开："这个行不行好像不能靠说吧。"

初至眨眨眼睛，他这是什么意思？

"欢迎你来试用一次。"

说完，他还把双臂打开，靠在了沙发上，似笑非笑地看向初至，一副任君采撷的样子。

初至没想到季弥真的能坦然地回答这个问题，立刻脸红到耳朵根，连忙摆手道："我还是……还是先不试了……"说完连忙起身回卧室，关上卧室的门后仰天长叹。

她这该死的羞怯感。

今天这婚是自然没结成的。

因为两个人拿着彼此的身份证紧张兮兮地来到民政局门前,看到紧闭的大门才反应过来,今天还在十一假期的放假期间。

民政局不上班。

初至叹了口气:"季先生,你居然连这个都不知道。"

季弥摇摇头,最近忙得晕头转向,因为这事让他太激动了,昨天晚上失眠了一晚,以至于连这种常识都能忘记。

他有些无奈地说:"任小姐,我第一次结婚,太紧张了,你体谅一下吧。"

十月八日上午,两人又来到临城市民政局前。

这次看着民政局敞开的大门,以及门口来来往往、神色各异的行人。

初至面向前方,长吸一口气:"这位先生,我觉得我还没准备好。"

季弥淡淡地说:"那不结了?"

初至双眼一瞪,逆反心理立刻上头:"那怎么能行?事到如今可由不得你。"说完就雄赳赳气昂昂率先往民政局走去。

呵,男人,从了我之后哪里还有反悔的余地,乖乖和我结婚吧。

眼见着排队快要到自己,初至又开始怂。

她思来想去往后迈了一小步退出了队伍,伸手揪了揪季弥的衬衫衣角,小声说:"你跟我过来一下。"

身后的人都在用探究的目光打量着他们,神情写满了好奇。这对新人的相貌在人群中格外显眼,都已经到民政局了还要商量什么呢?是要临阵逃婚吗?

初至在周围的一片注目下觉得有点丢脸,也不管别人什么反应,立刻转身大踏步往外走,季弥不紧不慢地跟在她身后。

走到了一个相对僻静的地方,初至转身,尽管这些话在心中过了一遍,可是抬头对上季弥平静的眼眸,说出来的话还是有些磕磕绊绊。

"你真的想好了要和我结婚吗？其实我这个人有很多不好的，十几岁时对待你那么热情的我，可能今后再也不会出现了。现在的我不勇敢、不可爱，还很现实，遇到问题就只想着逃避，结婚后你可能会对我失望的。"

"不会。"

初至隐隐觉得这句话似曾相识，只是这次终于能把心底的疑惑说了出来："为什么不会？"

"因为我不曾对你有过任何期望。"

初至张了张嘴，还没来得及说什么就听见了季弥的声音。

"可这么多年，我还是只想和你结婚。"

两人重新回到大厅内的时候，方才排队的人又纷纷把目光收了回来，看来这对还是有缘分的。

终于轮到他们，工作人员问两人有没有合照，初至翻手机相册找出那张之前季弥来电台时的合照："这张行吗？"

工作人员看了一眼后礼貌地说道："我建议你们还是去摄影室拍一张吧。"

拍照时，摄影师按下快门后不由自主地说了句："好看！"

初至凑上去端详了一下电脑上放大的照片，真心实意地称赞道："真好看！"

照片上两人都笑意盈盈、满脸喜气的样子。

摄影师一边修图一边赞叹地说："很般配的。"

季弥看了一眼，点头："是挺不错。"

一系列的流程比想象的要容易一些，初至没想到自己会在宣誓的环节落了泪。

强忍着眼泪宣完誓后，她终于控制不住情绪，一边用手抹眼泪一边哽咽着对季弥说："我觉得我肯定不会和你离婚的。"

工作人员笑眯眯地打趣："每一对新人应该都是这么想的。"

季弥伸手给初至擦眼泪，认真对她说："好，我们不离婚。"

拿到结婚证的那一刻，初至只是看了眼这个红本本，怀着一种微妙的"我真的嫁给了年少时最喜欢的人"的心情瞥了一眼身旁的季弥。

却发现他正仔细看着手中的证件，眼眸中闪着细碎的光，唇边的笑意温柔满足。

初至侧头看他，得意扬扬的语气："和我结婚这么开心啊？"

"对啊，很开心。"他毫不掩饰，"高中时我就想以后和你结婚，但是你离开后我怎么都找不到你，我心里非常失落，甚至觉得痛苦，曾经伸出手就能碰到的距离后来却毫无踪迹可寻。以前我想可能是命运觉得我不配有你。现在和你结婚了，我才发现原来是我以前想多了，是我的，终究还是我的。"

初至没有心理准备，再加上现在满脑子结婚的喜悦，一时间被他的这段话绕得有些晕。

但是她凭借本能捕捉到"失落、痛苦"这两个词。

顿时就心疼了。

她伸出右手握住了他的左手，他的手掌生得宽大，手指修长白皙，掌心温暖干燥。

初至感受着这份温度，慢慢和他十指相扣，很是有一种江湖气的豪迈："那些都过去了，结婚以后我们相互扶持，我的肩膀永远让你靠。"

季弥缓缓笑开："嗯，都过去了。"

幼年时就因家庭原因被逼着成长，自立的同时又掺杂着自卑，少年时面对别人热烈的喜爱时手足无措，不相信自己会被别人那样热烈地喜欢。

生怕那喜欢只是短暂的给予，等他适应后，就会被轻飘飘地收走。

后来才发现，原来没有人能拒绝得了阳光，遇到过，便会穷尽一生心心念念。

无数次后悔过因为他的纠结而错过的那些年，不知道她在哪里，不知道她身边是否已经有了陪伴，更不知道他自己这些辗转反侧的想念可以安放何处。

好在上天厚待，错过的终会再次相逢。

领完证后，季弥就匆匆赶到医院里，工作上的事很多，他是调班休了工作日上午的假去领的证。

正在忙工作时，手机铃声响了。

季弥的视线从电脑上移开，瞥了眼手机屏幕上显示的名字，抬手按下了接听。

电话那头是赵修齐气急败坏的声音："你结婚了？"

季弥淡淡"嗯"了一声。

在从民政局出来时，他拍了结婚证，发了很久没碰的朋友圈。

只是没怎么看好友留言和回复，就忙到了现在。

赵修齐电话那头气的话都说不利索："是谁？是哪个女人？不仅让你当舔狗，还能把你拐走！你怎么能一点风声都没透露给我？季弥我告诉你，你现在最好给我一个让我满意的交代，因为我现在真的很心痛！"

季弥打字的指尖都没停，正在写学术会议报告的他对好友的撒泼深感不耐："你正常一点。"

赵修齐立刻卖惨，语气凄凉地说："正常，你让我怎么正常！啊？你倒是美滋滋地结婚了，可你让你的好兄弟我今后怎么活啊！以后家里人催婚我还能拿什么当挡箭牌？我以前还可以跟我老爸老妈说季弥这么正经的人都还没结婚，现在我该怎么对我爸妈说？对了，我妈还想着把我表妹介绍给你呢……"

"嘟——嘟——嘟——"

短促的忙线音,赵修齐不可置信地盯着手机。

他又被季弥挂了电话,还是在自己这么毫不保留倾诉苦恼的当下。

还是不是人啊他?

赵修齐锲而不舍地继续给季弥打电话,在被接通的那瞬间怒气冲冲地找碴儿:"把我的房子还给我!"

对方听上去一点都不在意:"随你,反正也用不到了。"

他都和初至结婚了,为什么还要让她住别人的房子里?

正好能以此为由让她搬进来。

赵修齐咬牙,这小子过河拆桥真是有一手。

"对了,"季弥慢悠悠地说,"我刚才把我结婚的消息发给了赵叔叔,他不仅祝福了我,还说要在近期加大你的相亲力度,争取让你明年完婚呢。"

赵修齐听了这话气得太阳穴直突突,季弥真是知道怎么往他肺管子上戳。

他恶狠狠地丢下一句:"你小子给我等着!"

"好啊,"季弥语气带笑,"我等着你明年结婚的好消息。"

那边沉默了一瞬,然后立刻挂断了电话。

这是赵修齐第一次主动打季弥的电话,可他没有一点爽感,只有满心的憋屈。

赵修齐长叹一口气,他怎么就摊上了这么一位兄弟。

下午两点钟的时候,初至接到了季弥的电话。

"你在哪里?"

初至一蒙："我在家啊。"

实际上，她正在应付各路亲朋好友对她结婚一事的种种疑问，正忙得晕头转向。

"把你的东西收拾一下，五点我去陪你搬家。"

"搬家？这么突然？"

"对，"季弥言简意赅，"搬去我家，你的房东说不把房子租给你了。"

初至："这样啊，好的。"

这个时间点未免也卡得太巧。

挂了电话后，初至有点忐忑地给周莞发消息：姐妹，我好像要和男人同居了，今天晚上该怎么办？我有点紧张……

周莞回复得毫不客气：你别少见多怪了，正常夫妻不都是应该睡在同一张床上的吗？

初至：可是人家和他目前的最大尺度还只是牵牵手这样[害羞脸]

周莞：行，你们真行，好了可以了，其余的内容不用再跟我说了。

初至放下手机，开始收拾自己的行李。

现在还没到冬季，所以她的东西整理起来并不算多，再加上要搬去的住处就在隔壁，不需要在包装上费心下功夫，所以收拾得很快。

五点的时候，季弥准时回来跟她一起搬东西。

季弥的房子的面积比初至租住的房子要大一些，南北通透，装修简洁，户型、采光都很好。

在把全部东西都搬到客厅内后，初至关上门，懒散地往门上一靠，四处打量着这房子。

季弥从鞋柜里找了一双新的粉色拖鞋放到她身前，看见她的样子问了句："你在想什么？"

初至啧啧嘴，一不小心说了实话："我在想，这个房子如果是我的就好了。"

季弥眉眼稍抬，语气带了几分笑意："你想要吗？可以送给你。"

初至狐疑地试探问道："真的可以吗？赠予签字的那种？"

季弥笑意不减："你想要就可以。"

初至扶着门框，心里激动万分。

若不是理智撑着，她特别想去抱住季弥的大腿，万分诚恳地说句谢主隆恩。

但内心仅存的几分矜持让她仍是摆出一副不为钱财所惑的样子，恋恋不舍地换了个话题继续问道："你是怎么这么快就买房的？"

他回答得轻描淡写："大学时候炒股赚了点钱交了首付。"

初至"哦"了一声，随即皱眉："那你现在还炒股吗？"

季弥笑了笑："很早就收手了。"

她这才放了心。

"为什么会想到来临城？"初至突然想起这件事，"我记得你高中就说过最喜欢临城，是因为这座城市经济发达吗？"

"这是其中一小部分原因，主要是因为我妈妈就是临城人，她是出嫁后才去的云城。"

他默了一瞬又继续说道："我和她相处的时间很短，她的模样在我的印象中都已经很模糊了，不过听家里长辈说她是很爱我的。我小时候没怎么来过临城，所以总想着能够来她长大的地方生活，也算是更靠近她一点。"

初至不知道该说什么，只是走上前去张开手臂紧紧抱住了他，把头埋在他的怀里。

季弥抬起手回抱住了她，微微笑着说道："我十几岁时对这个世界是有抱怨的，想着为什么偏偏是我，但这个问题是得不到回答的。再长一些年岁，回首过往，痛苦依旧是痛苦，可是唯一改变的是，因为你，我对这个世界是足够喜欢的了。"

初至抬眼看他，忽然就生出了一份英勇："我会保护你的。"

季弥笑得开心："你想怎么保护我？"

初至犹豫了一瞬，这个问题还真把她问住了，让她不知道该怎么回答。

"嗯，"她斟酌着，"尽量让你每一天都幸福。"

这应该也算是保护——心灵上的保护。

季弥点点头："那很容易做到，你在我身边就好。"

直到初至走到广播台楼下，她才后知后觉地发觉一件事。

他这是说了句情话吗？

初至走进办公室，接收到了一路的祝贺。

李东绪特别老大哥地跟她嘱咐道："初至啊，我简单跟你说两句，婚姻就是相爱容易相处难，对方是医生，工作肯定忙，你的工作又是做晚间节目的，工作时间这方面两个人要商量一下，防止产生矛盾。你呢，要好好跟人家处，平日里不要太任性……"

初至赶忙换了一个话题堵住他的话："知道了，领导，份子钱别忘了。"

李东绪默了一瞬："放心吧，少不了你的。"

经过导播室的时候，郑涵笑眯眯地跟初至说了句："恭喜，当时我就觉得你们挺配，果然你最终还是跟他结婚了。"

初至打趣道："没什么要叮嘱我的吗？刚刚李哥一副要跟我唠半小时的样子。"

郑涵"喊"了一声："我可不像他那么唠唠叨叨的，哪个男人能娶了你是他的福气。"

初至感动得都要热泪盈眶了，还是女人最懂女人！

初至忽然有点好奇，坐在旁边的椅子上开始准备取经："郑姐，你新婚生活怎么样？"

郑涵听到这个问题，不自觉地露出笑容，回想的时候脸上洋溢着幸福："还不错，有个人可以供自己差遣，不过以前都是独居，偶尔半夜一转身时看见旁边睡着个人，还是会有点不习惯。"

初至也跟着笑了："那你们平时相处时间都怎么安排啊？"

"他比我还忙，办完婚礼的第二天就去大西北出差了，怎么说呢……"郑涵抬眼看向她，语气有了几分认真，"靠的还是两个人之间的默契和对待感情的信念吧，曾经觉得无法克服的，换个人也就变得不是问题了，说起来也是件挺奇妙的事情。"

郑涵继续说："每对夫妻的相处模式都不一样，彼此都要懂得包容，才能找到最合适的相处方式。"

初至深以为然地点点头："这道理我以后慢慢体会吧。"

郑涵笑着拍了拍初至的肩膀："你们没问题的。"

晚上下班后，季弥来接初至。

初至有些兴奋地跟他说："跟你说一件特别巧的事，今天的点歌环节，有位很眼熟的听众也留言说他结婚了。"

季弥唇边带了点笑："是吗？那还挺巧的。"

初至停住脚步："对啊，并且那位听众是我的老听众了，在我最开始当电台主持人的时候就一直给我留言，是我很眼熟的一个名字。电台听众开始变多之后就没怎么见到他留言了，今天又突然出现说要结婚了，还说自己现在很幸福。

"他没有给我留言的那段时间我还点进过他的主页呢，因为他没有发过什么微博，我还为此担心过，不过后来又看到他点赞了我的微博才放下心。"

季弥在一旁静静听着，不搭话。

初至似是意犹未尽地又说了起来："其实刚开始一个人做电台节

目的时候,我真的很忐忑,觉得会有人听吗?会有人喜欢我吗?我能把节目做好吗?最初一批听众的网名我到现在还记得清楚,因为我真的很感激他们。

"那位听众留言的内容一直都是有些生疏的,所以我印象很深刻,"初至说到这里笑了笑,"都是什么节目定位不错啊,主持人谈吐出众啊,给的建议很好啊。像是上了年纪的人才会说的话,能看出来其实挺不善言辞的,但还是坚持每天都给我留言,很可爱。"

季弥越听脸色越沉,终于忍不住:"你说的这位听众是不是叫雨后初霁0616。"

"哎!"初至一脸惊奇地看向季弥,"你也看了今天的留言啊。"

季弥淡淡地说:"那个人就是我。"

他仍然清楚地记得第一次在出租车里听到她的声音时,那种不可置信却又紧张到手心出汗的感觉。

兜兜转转,原来竟是那么近的距离。

初至看着季弥,表情十分惊讶:"怎么会是你?"

"怎么会是我?"

季弥微微笑了笑:"初至,没有别人,一直都是我。"

大概是试婚纱的那天冻着了,所以初至接下来几天都有感冒的迹象。

好不容易感冒好了,初至又开始精神气十足地缠着季弥要一起去新开的雪上乐园玩。

她十分狗腿地抱着季弥的胳膊晃啊晃:"这位先生行行好,看在我们夫妻一场的份上你就陪我去看吧。"

季弥拒绝得冷硬:"不行,好好在家休息。"

初至双手叉腰,戏瘾上身地开始愤怒指责道:"我真是看错你了!

你这个男人居然始乱终弃！"

季弥理了理被她抓乱的袖口，勾了勾唇角，似笑非笑地冷声说："我还没有和你乱过。"

初至瞬间反应过来。

是了，他的确还没有跟她乱过。

结婚的这一个月以来，她因为怕尴尬和不习惯是要求分房睡的。

听到这个建议时，季弥的脸色虽然不太好，却也没有提出反对。

初至抬起头，一副英勇献身的表情大义凛然地道："行吧，那我可以勉为其难地和你乱一乱。"

…………

体验下来的初至觉得，他在这方面的确是挺能乱的。

婚后的第二个月，初至的手机上收到了一条消息。

郑兰梅说把她在家里的一些衣服和物件都从川城寄了过来。

初至拿到包裹后，发现妈妈把这些东西分门别类地整理在收纳箱里。

除了衣物，还有一部分是她大学时候看的书，初至在书里发现了一个很眼熟的笔记本。

是她高中时候的日记本，也是那个年代里流行的密码锁本子。

她按下了熟记于心的密码，本子"咔哒"一声打开。

打开的那一页的内容恰好和他有关：

10月18日晴

好烦啊！都过了一年多我还是老想起那个人。我觉得我仍然很喜欢他，可能是因为我还没有遇到一个比他帅的男人。所以遇见一个更帅的男人时，应该就是我忘记他的那一天，我许愿这一天早点到来。

时光重叠,她仿佛看见多年前,那个在台灯下满脸不开心写下这段话的女孩。

初至笑得温柔,她很庆幸这个愿望没有实现。

年少时的勇敢换来一个你,我想这大概是我平淡的青春里最幸运的事情。

番外一
比赛

这天初至刚要下班,就被李东绪截住。

"初至,下个月在北城,要举办一场全国新人 DJ 大赛,你得代表台里参加啊。"

听到这个消息,初至眉头瞬间皱起:"领导,你是在开玩笑吗?"

"怎么会是开玩笑呢?"李东绪语气严肃,"台里已经帮你报过名了,比赛时间就在下个月。"

"天哪!"初至惊恐地开口,"我这都工作快三年了,哪里算得上什么新人?"

李东绪慈爱地拍了拍初至:"比赛没有这份限制。再说了,理论上在任何行业里,工作没满五年的都算是新人。"

初至继续推托:"我觉得吧,这事还是留给台里别的年轻人吧,我就不参与了。"

李东绪断然拒绝:"你就是我们商议后,一致决定的最适合参赛的人选。你要加油,争取给我们台里拿个奖回来!"

在领导的殷切期望中,初至稀里糊涂地回了家。

此时季弥刚写好工作上的报告,正在阳台晾衣服。

初至一路上都在想着这件事,在家门口急切地换好拖鞋后就直奔阳台,往墙上一靠,如临大敌地说道:"重要通知!我下个月就要去参加全国新人 DJ 比赛,我真的好紧张啊!"

季弥手里的活没停，淡淡说了句："知道了，现在就去练习吧。"

初至见他反应如此平淡，瞬间伸手指向他，激动地开口："好啊，季弥，都说男人结了婚就会变，我以为你不是这样的人，没想到，你也变了！你变得好无情、好冷漠！你现在已经不再关心我了！你是不是已经不爱我了！"

听到这么一大通噼里啪啦的指责，正在阳台晾衣服的季弥轻叹了口气，放下手中的衣架，走到初至身边温柔地问了句："演过瘾了吗？"

初至自知心虚，"嘿嘿"一笑，抱住他的手臂撒娇："我也是紧张嘛。"

"那你就紧张一会儿吧。"

初至觉得自己头顶无数问号，她的贴心好老公去哪里了？

眼见初至满眼的不可置信，季弥笑了笑："参加全国性的比赛难免会紧张，但产生紧张的原因肯定是你想做得更好，保持适度的紧张感是件好事。"

这还是第一次听到这种有关紧张的解释，初至歪着头想了想："有道理哎。"

"所以你接下来要做什么？"季弥循循善诱。

初至挠了挠头："我其实有点想退赛来着。"

季弥"嗯"了一声："可以，如果你不好开口的话，我可以替你给你领导打电话。"说完就走到客厅想要拿手机。

"不行不行！"初至急忙挡在他身前拦住去路，"台里都已经给我报过名了，不去的话我这不是和领导作对吗？那以后优秀员工还能有我的份吗？"

季弥定定地垂眸盯着她："所以是想要参加的意思？"

初至眼神乱瞟，小声地应了句："算是吧。"

季弥早就看明白了，认识这么多年他太了解，她就是心里想要试试，

/ 259

但是又怕搞砸后难以面对。

总之，就是需要鼓励。

"既然台里选你去参加比赛，就说明你肯定是有能力的。"

初至听了这话，原本皱巴巴的眉头立刻舒展开来，满意点头。

"你说的这句话——"她特意拉长声调，"特别对！"

"这段时间之内好好准备就行，你有长时间主持的经验，水平肯定是没问题的。再说了，我记得临场发挥也一直是你的强项。"

在季弥的印象中，从高中的文艺会演，到现在的电台主持人，初至几乎都没出过什么业务上的差错。

初至继续猛烈点头认同："对对对，还是你最了解我。"

"所以你现在是不是要去看一些往年的比赛视频，跟着比赛规则再练习——"

"哎哟——"

季弥的话被初至突然的发音打断，他不解地看向她。

"老公，"初至正仰头，星星眼看向他，"这个灯光把你的优势全照出来了，你的皮肤好白，眼睛好亮，鼻子好挺，你真的好帅！我好喜欢你啊！"说完就凑上来，"吧唧"一口使劲亲了亲他的脸。

季弥觉得他的确是不需要担心了。

这人的思维能跳脱成这样，一点也不像会有心理压力的样子。

虽然结了婚，但初至感觉生活上没什么别的变化，倒是她各方面都被照顾得更妥帖了。

以前下了班回家虽然已经很晚了，但她还是会磨蹭半天，常常拖到凌晨三四点才睡。如今在季弥的监督下，她把这个日夜颠倒的作息改掉了，早点睡的好处是第二天起床时更有精神。

为了比赛，她这些天连床都不赖了，每天除了工作，就在反复练习比赛的稿子。

比赛由三个环节组成：才艺展示、新闻播报和现场内容串联主持。

每个环节都是三分钟，除了第一个环节可以自己准备，另外两个环节都要看现场发挥。

为了帮助初至更好地进入比赛状态，季弥在每天下班回家后，会假装评委给她出题目。

刚开始初至一瞅着他那张好看的脸就出戏，随后催眠自己眼前的人就是颗大白菜。

大白菜大白菜……

一直重复着这三个字，初至的脑海里忍不住就放起一首歌"大白菜鸡毛菜通心菜油麦菜，什么菜炒什么菜，喜羊羊美羊羊懒羊羊沸羊羊……"然后就忍不住笑出声。

"任初至，"此时一道愠怒的声音传来，"考试呢！你在笑什么？"

初至一点都不怕，凑上前嘟嘴亲了亲季弥，认真地说："哥哥，我觉得即使你是一颗白菜，也是白菜堆里最好看的那一颗。"

这天是周六，初至正在听以前选手比赛的音频。

"也别这么逼迫自己，"季弥给她端了杯牛奶过来，"结果总不会差的。"

初至闻言看向他："你真的这样觉得吗？"

季弥笑了笑："真的。"

"这位先生，"初至眼睛亮晶晶，"如果你的老婆获奖了，你是不是也会与有荣焉呢？那你想给你的老婆什么奖励呢？"

季弥挑挑眉："你想要什么？"

初至认真想了想："我想要……你陪我旅游！"

"好。"他答应得干脆，两人还认真讨论了确切的时间。

讨论完之后，初至更有动力了。

转眼间快到了比赛的日子。

因为比赛地点是在北城,所以她要提前一天过去。

本来季弥说了陪她一块去,但科室里有位男同事的老婆要生孩子,同事就问季弥能不能帮忙代个班,因为恰好那天科室里排了两台手术。

接到同事的电话时,初至正坐在他身边。

季弥听到同事的恳求,犹豫一瞬,还是说了不行。眼见他还要继续讲,初至急忙拦了下来。

"你就帮人家这个忙呗,肯定让你同事去陪老婆比较合适。"

季弥不肯:"所以我就不用陪自己的老婆了吗?"

初至:"这不是一回事嘛!生孩子是件很重要的事情呀。"

"不,"季弥认真地看向她,"你的事在我心里最重要。"

初至瞬间感动:"老公你真好,但我还是不要你陪了!不然行程里多出你的来回机票钱,我也不好意思找台里报销。"

季弥扯了扯唇角:"任初至,你——"

"好啦。"初至伸手搂住他的腰,软声说道,"毕竟你们都是同事,在科室里低头不见抬头见的,以后还是要好好相处,说不定以后我有啥事你也得找人家代班呢。"

季弥最终勉强答应了下来。

到达北城后,初至在酒店里继续练习,没想到第二天到了北城电视台后,节目组通知说今年改了赛制。

比赛的时间有所改变:每个环节的时长都增加了两分钟。

增加的时长让初至瞬间蒙了,她之前都是掐着表按照三分钟的时间练习的。这突然多出的时长,意味着之前做的所有准备都被打乱。

承办方给每位参赛者留了一个小时的准备时间。

眼见着离比赛时间越来越近,初至迅速给自己稳定心神,手可以抖,但声音一定不能抖。

她首要做的事情，就是改第一环节的稿子，确保稿子上增加的语句在两分钟内能说完。

紧接着又掐着时间，想着以往的比赛题目，排练了自己接下来的环节要多说的话。

在节目组确认人数时，初至听着前面参赛者们的喊到声，感慨着不愧是各个地方的行业佼佼者，就连声音都各有特色，无疑都是好听的。

比赛开始。

初至的参赛号码偏后，她坐在座位上认真听着其他参赛者的播报。

不知道是不是因为承办方临时改赛制影响了大家的心态，虽然能听出来每个人都认真准备了比赛，但大多数参赛者还是或多或少有些问题。

最大的问题还是在时间上，有的五分钟到了话还没说完，有的还剩下一分钟的时间却没话说。

还有人想标新立异，在主持中加入了说唱，却弄巧成拙，磕磕巴巴地结束了混乱的五分钟。

初至一边看着他们的比赛呈现，一边默默想着自己只要认真把播报说好就行了。

整场比赛下来，初至虽然偶有小磕绊，但每个环节都精准控制在五分钟之内，会在比赛时间截止前的二十秒内结束。她对自己的表现总体是满意的。

每个环节都是五十分，她每个环节得到的分数都很平均，最终比赛结果出来——

初至是第三名，是名副其实的全国十佳 DJ。

看着大屏幕上自己的名字，初至心中有喜悦，但喜悦感没有想象

中的强烈，更多想的是终于可以好好休息了，全国十佳的名次已能足够给台里一个交代。

因为比赛是现场直播，她打开手机时，有好几位同事的祝福已经发了过来。

微信里置顶的是和季弥的聊天框，没有显示新消息。

还是早上来时她发给他的：要去比赛了！宝宝有点紧张！

季弥回得很快：好，我知道了。

其实不需要他多说什么，他的一句"我知道了"，就能让她安心。

现在比赛结束，初至又给他发了一条消息：我是第三名，全国十佳！旅游可以提上日程啦！(ˆ▽ˆ)

"初至！"

发完消息，初至正收拾东西的时候，有两位同样参赛的DJ走到她面前，喊了她的名字。

"我们是海城的电台主持人，都听过你的节目，很喜欢你的声音，今天你表现得真的非常专业，祝贺你！"

面对同行突如其来的夸赞，初至很惊喜，笑盈盈地说："哇！谢谢，以后你们来临城可以联系我，我做东请你们吃饭。"

"好哦！一定！"

收拾好自己的物品，初至又看了一眼手机，发给季弥的消息还没有回复。

他应该还在忙。初至想着自己先回酒店，收拾好行李后再去机场。

刚出比赛场馆，就有位穿着工作制服的女生迎面走过来，小声问道："请问您是任初至女士吗？"

初至点点头，疑惑地看向她。

女生解释道："我是北城时光花店的店员，有位季先生在我们这里订了一束花要送给您。"

季先生？是季弥要给她送花吗？

可是她发的消息，他都还没有回复。不知道这花是他什么时候订的，他又是怎么交代店员找到她的。

初至礼貌地道了谢，把花接过来。

她看向怀里的这捧淡粉色的花，花束的大小和颜色都正好，不张扬，不热烈，但足够让人觉得平和温暖。

一如她印象中的他。

她很喜欢。

漂亮娇嫩的淡粉花朵上，还有一张卡片和一个礼物盒。

长方形的礼物盒被放置在花束的最顶端，盒子是宝蓝色的丝绒质地，上面印刻着品牌标志。初至把它拿到手上打开。

首饰盒里存放的是一条花朵形状的钻石项链，在阳光的照射下，发出耀眼的七彩光芒。

她顿时想起来了。

上个月两人一起去商场里吃午饭，她从家里出发，先到了地方。

等季弥到的时候，她正无意识地盯着一处玻璃橱窗发呆。

季弥问她在看什么。

她隐瞒了自己发呆的事实，随手指了指橱窗里被暖灯照射着的项链，说了句"这条项链挺好看的"，然后就拉着他去吃饭了。

他应该是悄悄买下来的。

初至笑了笑，把礼物盒放进包里，又拿起一旁的蓝色卡片。

打开一看，很熟悉的字迹。

无论结果如何，我都为你骄傲。

人来人往的街道边，初至蓦然湿了眼眶。

原来,能被爱的人当成骄傲,是一件这么幸福的事情。

你同样是,初至在心里默默说。

季弥,你同样一直一直,都是我的骄傲。

番外二
旅游

初至获奖之后,最开心的不是收获了台里的同事和领导的夸赞,而是终于能借此由头请了自己的年假,和季弥一起去旅游。

在两人商量去哪儿旅游时,季弥建议去川城:"本来我们两个的假期时间就少,回去看看爸妈吧。"

初至也很认同,所以两个人就把旅游的地点定在了川城。

到了出发的前一天,初至开心得转圈圈:"回家咯!老公,你开不开心?"

"当然开心,"季弥正在收拾行李,从卡包里掏出一张未曾见过的卡,"这是什么?"

"这是我办的健身卡!"初至凑过去,一副痛心的语气说,"本来我以为我这么看重钱的人,交了钱之后一定会每节课都去的!没想到办了健身卡之后我才发现,原来金钱只能操纵我的灵魂,操纵不了我的身体。"

季弥笑着把卡递给她:"有时间还是去练练吧。"

初至接过卡,感慨般说了句:"我以后就长教训了,我再也不提前充值了!现在健身房跑路的这么多,我得把控好自己的金钱,上一节课交一节课的钱。你说我是不是很勤俭持家?"

季弥慢条斯理地问道:"所以是因为勤俭持家,订了明天早上六点的机票吗?"

初至心虚地摸了摸鼻子："一共便宜了七百块钱呢！再说了，我们早一点回去，也就能早一点开启这趟旅途，这可是件一箭双雕的事情！"

"从家到机场要开一个小时的车，也就意味着至少要提前两个小时起床，你能起来？"

"喊，你真的是太小看我了。"初至张狂开口，"我已经定了明天凌晨四点的闹钟，由我来叫你起床，你可不能赖床哦，我们时间很紧的！"

季弥意味深长地笑了笑："我很期待。"

第二天凌晨四点，初至定的闹钟准时响起，响了长达一分钟的时间。

在闹钟响第一声时，季弥就醒了，但他没有关上闹铃，而是打开床头的小灯，转头看向睡在旁边的初至。

整整一分钟，初至连睫毛都丝毫未动，睡得极为香甜，一点要醒的迹象也没有。

等她自然醒的时候，大概飞机都已经落地川城了。

最后是季弥连哄带骗把她从被窝里拽出来的。

直到坐上飞机，初至还在哈欠连天，懵懵懂懂不知今夕何年。

放好行李后，季弥幽幽发问："说好的四点起床叫我呢？"

"哎呀，"初至一听这话立刻精神了，很是讨巧地抱住男人的胳膊，"咱们夫妻两人怎么还说这么见外的话，谁叫谁不是叫啊？"

"你以后——"

"我以后再也不定这么早的机票折腾你了！你又要叫我起床又要开车的，我都心疼你了。"在季弥开口前，初至就一顿可怜巴巴的情绪输出。

男人彻底没脾气，无奈地笑了笑，递过去一个包装精致的食品袋，说："你吃点东西吧。"

初至接过她最爱的香葱肉松面包,吃得很欢乐。

两个小时后,出了机场,初至一眼就看见了不远处的爸爸、妈妈,她使劲挥了挥手,激动地张开双臂冲了过去:"我回来了!"

见妈妈也朝她的方向走了过来,初至跑得更快了。

没想到妈妈只是象征性地对她点点头,就快步走到季弥面前接过行李,心疼地说:"怎么带了这么多东西?一路拎过来肯定很累吧?"说完就看向初至,"你怎么也不帮着小季拎着点呀?"

初至尴尬地摸了摸鼻子:"我这不是着急见你们吗!"

季弥笑了笑:"没事的妈妈,行李不重,我来拎就行了。"

开车回家的路上,爸妈对季弥很是关心,从日常小事谈到新闻事件,被忽视的初至不满开口:"妈,你怎么都不问问我啊?"

"每天打视频电话就你说得最多,我和你爸对你太了解了,没啥好问的。"

……这倒也是。

车开到家门口,爸妈说要去附近超市买点凉菜,季弥也要跟着去,所以初至一个人先回家了。

按门铃后,是小桉开的门,他一开门就探头往初至身后看:"姐,姐夫呢?"

一股危机感油然而生,初至觉得自己在家里排名第一的受宠地位岌岌可危。

"怎么回事?这才多长时间,你和爸妈就已经爱季弥超过爱我了?"

"当然不是啊,"小桉正色道,"我和爸妈都肯定最爱你,不过姐夫对你的好我们都看到了。姐夫是因为爱你才关心我们,我们是因为爱你才关心姐夫,这不是很正常吗?"

这么听下来,的确有道理,自己还是最受宠的那个人。初至满意

/ 269

地点点头:"那你这几天也要多干干活,你姐夫在家里干的活已经够多了,你得有点眼色,多心疼心疼他。"

小桉:……真是好善变的女人。

爸妈中午做了一大桌菜,一家人心满意足地吃完午饭,初至提议下午去海洋馆逛逛。

"我想先去你高中的学校看看。"

在季弥说完这句话后,初至顿感压力,不会是要和她算旧账吧:"去那干啥?"

男人看出了她的担忧,似笑非笑道:"就只是看看而已,别多想。"

"那边挺好的,"郑兰梅颇为赞同,"梧桐大道两边的樱花现在都开了,可漂亮了。"

"姐,"小桉举手跃跃欲试,"我也想去。"

"你去干什么?你就好好待在家看书。"郑兰梅转头对初至嘱咐道,"你和小季去,难得回来这么久,多出去玩玩。"

初至给了弟弟一个同情的眼神,爱莫能助,实在是爱莫能助。

下午两人开车来到川城一中。

川中的校门一如既往的高大,商业街还是那么热闹,不过校门口来来往往的学生早已经不是当年的那一届了。

初至站在原地,蓦然想起一句歌词:

时光一逝永不回,往事只能回味。

"你在想什么?"

听到季弥的问题,初至答道:"赌书消得泼茶香,当时只道是寻常。"

紧接着,她又对季弥眨眨眼:"不过我觉得我的青春很圆满,因为我最想拥有的已经在我身边啦!"

季弥微微一笑,牵住了她的手:"我也是。"

两人一起往前走,路面上铺了薄薄一层掉落下来的樱花花瓣。

粉色的樱花树下，一切都浪漫得不可思议。

"你看你看！"初至像发现新大陆似的，踮脚凑到季弥身旁耳语道，"前面两个穿着中学校服的小朋友在拥抱哎！"

"有什么问题吗？"

初至义正词严："不能早恋！"

季弥冷笑："这种话你也说得出口。"

初至"嘿嘿"一笑，指了指左边的店铺："这个店可以做戒指，我们给彼此做枚戒指吧！"

"我们已经有婚戒了。"

"换着戴呗，自己做的肯定不一样！"初至兴致勃勃地拽着季弥进了店里，"再说了，我的婚戒上有大钻石，贵重的东西我不敢天天戴。"

做个便宜点的戒指戴着好看，即使丢了也不会那么心疼。

在店里看了戒指的款式，征得季弥同意后，初至挑选了一款最简单的素银戒指。

接着就是戒指的制作过程。

在店主的指导下，初至觉得自己奋力砸了一千年，终于把手里的这枚戒指做成功了，但戒指的粗细还是有点不均匀。

反观季弥，他倒是显得不慌不忙，一步步清晰有条理，打出了一枚秀气的银色戒指。

店主看着两枚戒指，对初至说："你对象做的这枚更好些。"

季弥笑了笑："她做的我也很喜欢。"

初至请店主帮忙在戒指的内里，分别刻了两个小小的字母——R和J。

是她和季弥姓氏的第一个字母。

初至把刻着"J"的成品戒指戴在手上，满意地欣赏了一番。虽然像是小朋友谈恋爱时才会做的事，但是真的很开心。果然大道至简，最简单的最开心。

看着季弥也戴着同样的戒指，初至更满意了，感觉他戴上这枚内里刻着"R"的戒指，就被刻上了专属她的印记，可以被她私家收藏。

从饰品店出来，季弥问她："你高中时常逛的店现在还有在开吗？"

"没有开了，我们高中时常去的小吃摊，现在都已经顺应城市规划被推倒重建，发展成商业街了。"

"有点可惜。"

"是啊，不过这也是必然，因为以前的小吃街就是个小巷子，也算不上规范。"初至顿了顿，"你想来这儿，我是没有想到。"

来川城的飞机上，她想了很多本市的特色景点：海洋馆、博物馆、古城区……甚至连约夏悦一起吃顿饭她都想过了。

唯独没想过他要来她的学校。

他的想法，她总是捉摸不透。

"就是想来看看你生活过的地方，没有其他的原因。"想看看没有我参与的人生里，你是如何度过那些岁月的。

初至听出了他的言外之意，瞬间感动："老公，我没想到，你居然爱我爱得那么深！"

"你没想到？"季弥伸手捏了捏她的脸颊，"你是该多想想。"

"你说，如果我没有转学，如果我们没有分开过，我们现在也会在一起吗？"

"我不知道，"季弥笑了笑，"那是另一个平行时空里发生的事情了，我从来不信如果，我只珍惜当下我有的。"

初至握紧了他的手。

分散过，误会过，犹豫过，怀疑过……最终还是坚定地选择了彼此。

两个人组成的家，是这个偌大的世界里，不被打扰的一方小天地，更是能够温暖休憩，彼此依靠的地方。

就这样一直在一起，一直爱下去。

番外三
曾经的日记

结婚两年的一个普通午后。

季弥去外地出差，初至在家里收拾东西。

初至走进储物间，想把之前买的台灯从收纳柜里拿出来。

却在开柜子的瞬间，瞥到在柜子底部，放置着一个小的灰色行李箱。

她对这个行李箱没有印象，这应该是季弥的箱子。

初至好奇地把箱子拿出来，打开看了看，里面装的是季弥从云城带回来的东西，基本都是些上学时候的笔记和试卷。

正要把箱子放回去时，她却被里面一个带锁的密码本吸引了视线。

正好钥匙就在密码本的旁边，随着"咔哒"一声，密码本被打开。

原来里面是季弥曾经写过的日记。

日记1：

初至，明德楼旁的紫藤萝开花了。

去年的这个时候，你兴致冲冲地拿着相机来了学校，非要拉着我去陪你拍那些花。

因为中午还要帮老师准备竞赛报告，我直接拒绝了你。

其实如果我中午做得快一些，或许能够抽出点时间去陪你。

我不答应你,最主要的原因,是觉得这属于浪费时间。

比起去明德楼拍那些每年都会开的花,我更愿意用这个时间,多做一张竞赛卷子。

至少后者还能给我带来点什么。

你失望地跑开,却又在傍晚时,笑得眉眼弯弯,把拍好的照片拿来给我看。

你问我:"是不是真的很美?"

我看着你相机里的那一张张花朵照片,应付地回了句"嗯"。

心里想的却是——花朵在春天开放,这是再常见不过的现象,究竟有什么好拍的?

可今天在去明德楼上课时,我竟不自觉地在那面墙前驻足。

时间正值午后,阳光热烈地洒落在一串串垂落下来的花簇上,给紫色的花瓣表面镀了一层浅浅的金,像是每朵花都在发光似的,充满了春天的气息。

这幅画面,和去年你相机拍里的照片丝毫不差。

是挺美的。

我有些后悔了,后悔那天没有陪你来拍。

现在花还是这样开,但你已不在我身边了。

你离开已经一年了,我的情绪逐渐回归平静,每一天的日子都在照常过,可总是隐隐觉得哪里不太对。

我现在才懂得,为什么人需要做一些在我以前看来是所谓"浪费时间"和"没有意义"的事情。

——是为了回想起生命里重要的人时,记忆不会如此匮乏。

如果那天我陪你来了,那么现在站在这里,我就不会只有后悔的情绪,而是会想起你说过的话,会想起你站在花朵前带着笑的脸庞。

云卷云舒，四季更迭。

年年岁岁花相似，岁岁年年人不同，这是自然规律。

没有人能抵抗得了岁月的流逝，能在时间的长河中被留下的，只有记忆。

而经历过的那些岁月，会在记忆中凝结成一颗琥珀。

需要做的，只是让这颗琥珀更漂亮、圆满，我们看一眼就可以从中获得无数的勇气，能够更从容地面对未来。

如果不是你，或许我得等到很久之后，才能发现我自身存在着的某些狭隘。

我太计较付出和得到之间的平衡，恰巧，你又太不计较。

不知道你现在在哪里、在做什么。

这么久都不联系我，是真的对我失望，还是有别的理由？

我对你，有愧疚，有不解，还有……想念。

只希望你一切都好。

日记2：

初至，今晚的实验并不好做。

自从上大学以来，很多次听导师说这门学科就是这样的，需要耐心，得慢慢熬。

为了保持注意力的高度集中，我习惯在晚上喝杯咖啡提神。

刚开始是有用的，但可能后期身体对咖啡因耐受了，所以也渐渐失了效，喝和不喝没什么区别。

好在我已经逐渐在研究课题中找到了乐趣，不需要咖啡也能保持清醒的状态。

我的导师是一位在医学领域颇有建树的女性，对我们学生都很亲切。

有次闲聊时才知道，原来她和我的妈妈是同一年出生的。

有时看到她，我就会想，如果我的妈妈还在，现在会是什么样子呢？

随后汹涌袭来的那些心酸与痛苦的情绪，让我不敢再继续想下去。

在我小时候，妈妈笃定地对我说，爸爸是爱她的。是的，那时爸爸对妈妈很好，对我也很好。

但在她离开之后，爸爸很快就组建了新的家庭，拥有了新的生活，对我的关心也变得微乎其微。

我曾经一度困惑于"爱"这个命题。当时太小，不可能不在意，但也因为太小，没有办法改变任何。

于是会装作不在意，装作对所有的情感保持冷漠。

即使心中生出想要主动的欲望，也会在短暂的犹豫后，被我的理智紧紧压制住。

没有期望，才不会有失望。

时间久了，这已经成为我生命中对待情感的习惯路径。

所以后来遇见你时，对你也是这样。

随着年龄的增长，我越来越明白，是我错了。

我现在有位室友叫赵修齐。

在遇见他之前，我从来不知道一个男人可以话这么多。

叽叽喳喳，叽叽喳喳，比鸭子还吵。

我平时对他的话会保持一种屏蔽的状态，因为大多是废话。

直到他那天问我："你每天都情绪稳定得跟个机器人似的，究竟有没有什么能让你难过的事情啊？"

听到这个问题,我难得地摘下耳机看向他,恰巧对上了他探究的眼神。

我平静地回了他一句:"你很没有礼貌。"

不出所料,他果然很生气,接下来说的一大堆话全部围绕着"自己究竟有没有礼貌"这件事。

他持续不断地讲了三个小时,从他一岁会说话时就乖乖叫人,从不无缘无故哭闹开始举例,一直讲到了他今天中午还帮宿管阿姨拖地,把他这二十来年有礼貌的言行举止都讲了个遍。

"你说我是不是很有礼貌?"他一边喝水一边问我。

我点点头:"你很有礼貌。"

他开心了,吹了声口哨,就拿起毛巾出去打篮球了。

其实我之所以说他不礼貌,只是为了他能够不继续问下去,不然他肯定能揪着这个问题问三天。

难过的事情吗?当然有。

我想,大概人都有藏在自己内心深处的伤口,不想提及,不能回忆。

在我的生命中,经历过两次刻骨铭心的分别。

想念已经在我的生命中无处不在。

不论是从前还是以后,我都不想对任何人说起这些过往。

因为在我心中,她们从未真正地离开过我。

算起来,我已经快五年没有见过你了。

但我还清晰地记得你的模样,还能够回想起你的声音。

我没有刻意地在等着你,我只是觉得,现在这个状态挺好的。

手边有事情要去做,心里有人可以想。

已经这么久了,不知道你是否身边有了其他人的陪伴。

有也很正常,毕竟你那么好,也值得这世间所有的好。

我曾经很多次想象过，如果和你再见应该是什么样的画面。

在我遇见你的那一刻会做的，大概率只是尽可能地注视着你，记住你现在的模样。

如果你还是一个人，我肯定会试着接近你。

如果你已经有了爱的人，我不会出现在你面前，不会对你有一丝一毫的打扰。

前段时间回了趟云城，高中的班主任陈老师邀请我去给学弟学妹们分享下择校经验。

我实在有些惭愧，我只是考了一所大学，按部就班地上课学习而已，还远没有能达到给学弟学妹们分享的水平。

所以就推掉了，只是拎着礼品去看望了陈老师。

一中的夏天一如既往的朝气蓬勃，有人离开这里奔赴理想院校，有人又带着对新生活的憧憬来到这里。

每个人都在为美好的未来努力。

陈老师还提到了你，他感慨地对我说道："初至当时是真的挺喜欢你的，你们现在联系上了吗？"

我笑了笑："还没有。"

"有缘无分，不过也没关系，总会遇到合适的。"

我没有说出口的那句话是：对我来说，合适的人只有她。

我在学校里遇到了你最爱的那只橘猫，它现在在门卫赵叔叔那里养着，每天都活得轻松惬意。

我叫了它的名字，它很有灵性地过来蹭了蹭我。

你离开之后，小猫很多次都会在看见我的时候凑上来，却只是停在我的周围看了几秒就扭头走了。

因为我的身边没有你。

小猫很想过你，不知道你现在会不会也偶尔想起它。

我曾经尝试找过你很多次,都没有结果。

但我心中一直抱有希望,也许呢,也许未来某一天,我就能和你重逢。

我愿意去相信命运的百转千回,或许兜兜转转,我们还能相遇。

初至,期待再见。

....

一篇篇翻看完所有的日记。

初至情绪复杂地抬头看向窗外。

有阳光透过落地窗照射进来,落在脸上,暖洋洋的。

她的脑海里蓦地浮现出一句话——都过去了。

是啊,所有不好的,都已经过去了。需要做的,就是朝前看。

她庆幸的是,那些如水般流淌的平淡岁月里,还是蕴藏着些不曾为人知晓的幸运。

比如,命运给予的数次机会。

再比如,曾经你以为不可能的人,原来也在深深地爱着你。

初至拿起笔,在日记本的下一页,认真地写下了一句话:

从现在到未来,我们都会平安喜乐,不再有任何分离。

这个世界很大,大到即使努力寻找,也未必能再次遇到。

但命运选择了让我们重逢,是因为我们仍然相爱。

后记

/

你好，我是逢徽。

我记得，关于《春季初至》，最初我想写的就是个重逢的故事，最开始想到的也是重逢的画面。

这篇文完结后，我收到了《春季初至》可以出版的消息。因此，我又看了全文，写了番外。

命运给了季弥和初至重逢的机会。同样，命运也回馈给了我，再次和书中每个人重逢的机会。

多奇妙。

因为这是我写的第一本书，所以在此期间，我收获了不少感动。

我印象最深刻的是：有位读者，在看完全文后，给我评论。

她说：看完之后有种很幸福的感觉。

毫不夸张，我在看到她的这条书评时，真的感动到眼眶湿润，因为真的觉得很开心、很幸福。

收到评论的那天是5月20日，我觉得这是我那年收到的最好的"520"爱的礼物。

我深知茫茫书海中，一本书能被看到的不易，这是缘分。

如果有缘能在被看见后，还能让读者觉得幸福。我想这是作为作者，最幸福的事情。

因为要出版，这本书应该还能够被更多人看见。

我是真心地想感谢：感谢选中《春季初至》这个故事的贵人，感谢温柔负责的编辑，感谢认真对待这本书的每位工作人员。当然，最感谢的是，看到这里的每个你。

我会在写作的道路上继续前进。

有缘的话，我们下本书再见。

逢徽